姫騎士様のヒモ
He is a kept man for princess knight.
5

「髪を結ってくれ」
「やってもらった方が早いしキレイだよ」

「お前がいいんだ」
アルウィンは言った。
「頼む」

PLAYBACK

He is a kept man for princess knight.

『姫騎士様のヒモ』第1部

悪徳の街『灰色の隣人（グレイ・ネイバー）』で生きる主従。高潔な亡国の元王女・アルウィンと、最低のヒモ野郎・マシュー。しかし、彼らの本当の姿を知る者はいない。王国再興を志し、迷宮最深部の『星命結晶』を求めるアルウィンは、精神的な負荷から『迷宮病』を発症し、最悪のクスリ『解放（リリース）』の中毒者になっていた。彼女の秘密を守るため、マシューは今日も人知れず手を汚すのだ。そして、彼自身も、かつては怪力無双を誇る冒険者だったが、太陽神の呪いで常人以下の力しか発揮できないという秘密を抱えていた。

そんなマシューのもとに太陽神の『伝道師』を名乗る者が現れる。太陽神への服従を迫る『伝道師』を辛くも撃退するが、奴らの魔の手は着実に街の暗部を赤黒く染めていく。

『伝道師』による迷宮内部の『スタンピード』の兆候——迷宮に取り残されたアルウィンは、マシューによって救出されるも、『迷宮病』を再発。再起は絶望視されるなか、マシューはアルウィンを連れ、彼女の『原点』を探す旅へ。故郷マクタロード王国で襲いくる魔物たちをかいくぐり、ついにアルウィンは己を取り戻すことができた。

街へと帰還する二人。予想に反する浮かれた空気に面を食らうが、それは太陽神教の策略の一つだった。ついに『スタンピード』が発生し、絶望に揺れ混乱に陥るなか、アルウィンはマシューと出会ったこの最悪の街を救うため、禁断の手を使う。アルウィンの活躍で、『伝道師』たちの教祖——マクタロード王国滅亡の首謀者でもあった——男は倒され、街には平和が戻る。

しかし平穏もつかのま、マシューの前に現れたのは、死んだはずのかつての仲間だった。

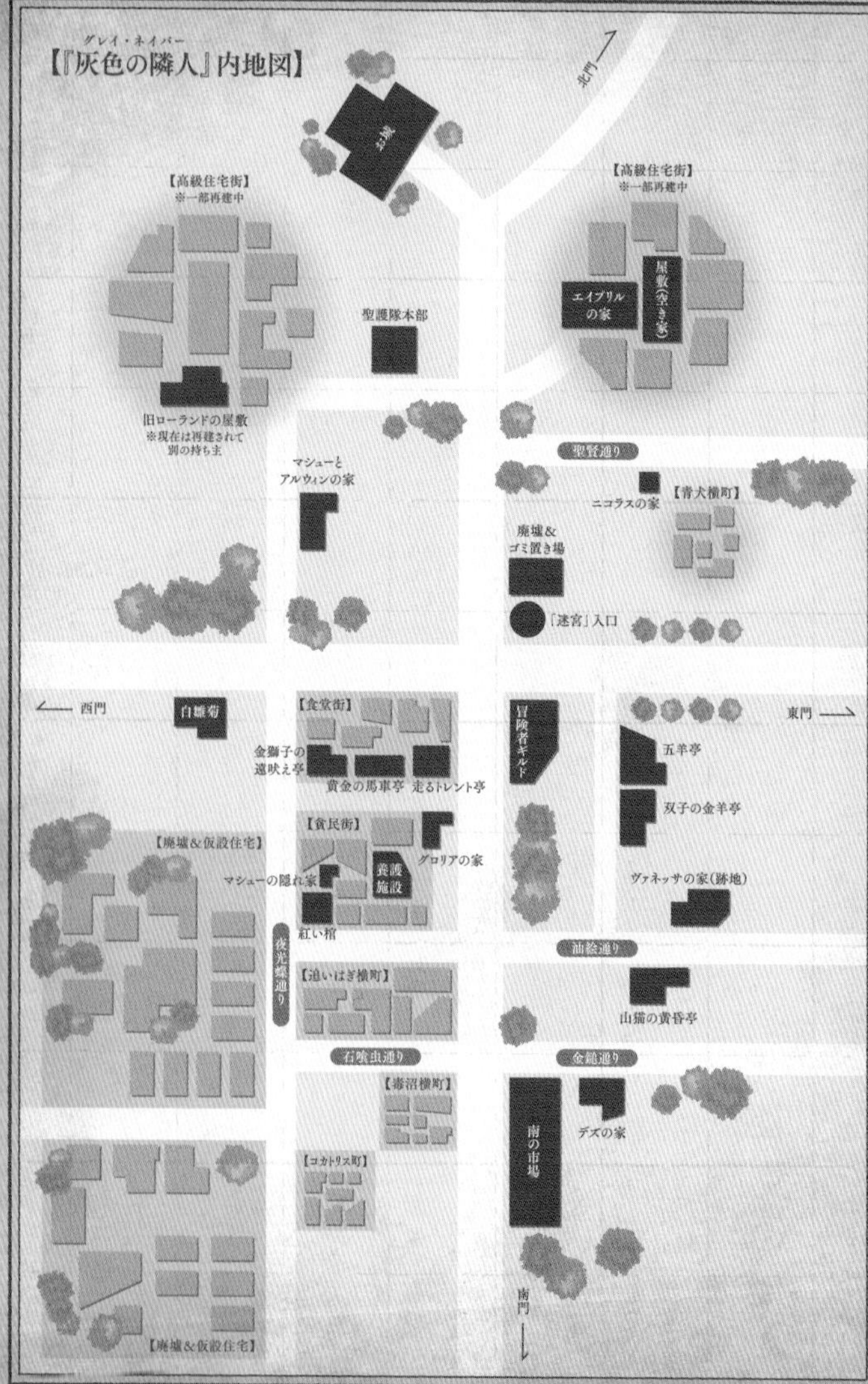
【『灰色の隣人』内地図】
グレイ・ネイバー
北門
【高級住宅街】
※一部再建中
【高級住宅街】
※一部再建中
聖護隊本部
エイプリルの家
屋敷(空き家)
旧ローランドの屋敷
※現在は再建されて
別の持ち主
聖賢通り
マシューと
アルウィンの家
ニコラスの家
【青犬横町】
廃墟&
ゴミ置き場
「迷宮」入口
西門
白雛菊
【食堂街】
冒険者ギルド
東門
金獅子の
遠吠え亭
黄金の馬車亭
走るトレント亭
五羊亭
双子の金羊亭
【廃墟&仮設住宅】
【貧民街】
グロリアの家
養護施設
マシューの隠れ家
ヴァネッサの家(跡地)
紅い棺
夜光蝶通り
油絵通り
【追いはぎ横町】
山猫の黄昏亭
石喰虫通り
金鎚通り
【毒沼横町】
デズの家
【コカトリス町】
南の市場
南門
【廃墟&仮設住宅】

CHARACTER

言っただろ。
俺は、君のヒモだって。

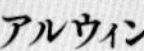

ダンジョン攻略の急先鋒。亡国の姫で、『星命結晶』を探す。
マシューの前だけでは、子供っぽい一面を見せるらしい。

マシュー

経歴不詳の元冒険者。街では腰抜けとバカにされている。
太陽神の呪いを受け、陽の光の下でしか力を振るえない。

エイプリル

ギルドマスターの孫娘。周りの大人からマシューに近づくなと言われている。

デズ

ギルドの専属冒険者。気難しいドワーフ。マシューの過去を知る数少ない人物。

グレゴリー

『灰色の隣人（グレイ・ネイバー）』の冒険者ギルドのギルドマスター。エイプリルの祖父。裏社会にも顔が利く。

blank

ナタリー

『百万の刃（ミリオンズ・ブレイド）』のメンバー。太陽神の呪いで利き腕が使えない。マシューとよく喧嘩になる。

He is a kept man for princess knight.

CHARACTER

ラルフ

『戦女神の盾（イージス）』の年若い戦士。アルウィンに惚れている。マシューを疎む。

ノエル

『戦女神の盾（イージス）』のメンバー。ラトヴィッジの姪で、アルウィンに心酔。

ベアトリス

元『蛇の女王（メデューサ）』で現『戦女神の盾（イージス）』のメンバー。通称ビー、双子の妹。気分屋。

セシリア

元『蛇の女王（メデューサ）』で現『戦女神の盾（イージス）』のメンバー。通称シシー、双子の姉。キレると怖い。

ヴァネッサ

ギルド所属の一流の鑑定士。アルウィンの秘密を知ってしまったことで、マシューによって殺される。

ヴィンセント

聖護隊の隊長。『灰色の隣人（グレイ・ネイバー）』の治安維持に務める裏で、妹殺しの犯人を捜索。ヴァネッサの兄。

ニコラス

元太陽神教の神父で『伝道師』だったが、現在は太陽神の企てを止めるべくマシューに協力。

グロリア

ギルドの鑑定士。『贋作』集めが趣味で手癖が悪い。底知れないマシューを警戒している。

姫騎士様のヒモ

He is a kept man
for princess knight.

5

白金 透 | Illustration マシマサキ

CONTENTS

序章　『暴風（テンペスト）』が吹き荒れるとき

「わたしの剣、返していただけませんか？」

かつての仲間から差し出された手を呆然（ぼうぜん）と見つめる。首の後ろまで伸びた黒髪に、切れ長の黒い瞳。フードの付いた深緑色のローブに、胸には革鎧（かわよろい）、背中には長い杖（つえ）を背負い、腰には細身の剣が二本と、革袋を吊（つ）している。足にはすり切れた革のブーツと、どこから見ても旅人の格好だ。

偽者（にせもの）にしては、目の前の女の気配は似すぎている。顔かたちを似せた程度では、絶対に出せない。『百万の刃（ミリオンズ・ブレイド）』の『暴風（テンペスト）』ナタリーは世界に一人だけだ。

自分で首を切り裂いたと聞いていたが、幽霊やゾンビの類いではなさそうだ。首にそれらしい傷もない。

あの犬の交尾相手太陽神にかけられた『呪い』のせいで、俺は太陽の光がないと力を失い、ナタリーは利（き）き腕（うで）が動かなくなった。剣士としての生き方を理不尽に奪われたのだ。あの時の嘆きようときたら見ていられなかった。

だからこそ、自分で命を絶ったと聞いて納得してしまったのだが。

そこで後ろから裾を引っ張られた。振り返れば、アルウィンが怪訝(けげん)そうな顔をしている。

「誰だ」

「大昔の知り合いだよ」俺は声を潜めながら言った。「『暴風(テンペスト)』」

と、懐(ふところ)の『仮初めの太陽(テンポラリー・サン)』を指さす。それで俺の意図を察してくれたらしい。驚いたようだが声は出さなかった。アルウィンも『百万の刃(ミリオンズ・ブレイド)』については知っている。当然ナタリーの名前や二つ名も。

俺はナタリーに向き直り、問いかける。

「どうしてここにいる。……死んだはずじゃなかったのか？」

「事情がありまして」

ナタリーはにっこりと笑い、周囲を見回した。

「どこか落ち着ける場所で話しましょうか」

人混みの中でする話ではない。俺の素性にも関わるからな。他人に聞かれるのはゴメンだ。

「じゃあ冒険者ギルドだ」

内緒話も出来るし、色々と都合がいい。

「先に行く」

言い置いてからアルウィンが真っ先に歩き出す。帰るように言うつもりだったのだが、先手を打たれたか。説得は難しそうだ。

ナタリーは無言で肩をすくめた。誰だ、と質問してこないところをみると、姫騎士様についてもデズから聞いたのだろう。

冒険者ギルドの二階に上がり、勝手知ったるデズの部屋に入る。四人掛けのテーブルで、アルウィンは俺の隣に座っている。深刻そうな顔でナタリーに自己紹介をする。目線で合図を送ってみたが、やはり席を外すつもりはなさそうだ。

簡単に名乗った後でナタリーが切り出した。

「実は、少々厄介事に巻き込まれてしまいまして、父さんを巻き込まないために、死んだふりをすることにしたのです」

話を要約すると以下の通りだ。『百万の刃(ミリオンズ・ブレイド)』解散後、ナタリーは冒険者を引退して、故郷に戻り父親のところに身を寄せた。

そのまま父の仕事を手伝いながら暮らしていたが、しばらく前に厄介な連中と再会した。

「昔、みんなでぶちのめした連中がいたでしょ？　ほら、西シルベストル王国の」

「ああ」

そんなこともあったな。

二度と歯向かえないように叩(たた)きのめしたつもりだったが。まだ生き残りがいたのか。

そいつらはナタリーの居所を嗅ぎつけて急襲した。撃退はしたが、新手が来るのは時間の問題だ。何より老いた父親を巻き込みたくはなかった。一人で姿を消せば、父親が人質にされる。一緒に逃げようにも、年老いた父親に長旅を続けるだけの体力はもう残っていない。何より、父親は母親の眠る故郷を離れたがらない。近隣には兄夫婦もいる。

「それで一芝居打った訳か」

ええ、とナタリーはうなずいた。

「ですが色々と誤算が」

本来なら、ほとぼりが冷めてから戻るつもりであったが、その間に父親が親交のあったデズに連絡をしたこと、デズが想像以上の早さでやってきたこと、そして『暁光剣(ドーンブレード)』まで持っていってしまったこと。

「それでわざわざこの街まで追いかけてきたのか」

「デズさんの足なら途中で追いつけるかと思ったんですけどね」

デズは『大竜洞(だいりゅうどう)』を通ったからな。俺にも内緒にしていたくらいだから、当然ナタリーもその存在は知らないはずだ。

「なんだってあんなものを欲しがる」

俺の視線は自然とナタリーの左腕に向かう。

「あなたも同じでしょう?」

ナタリーが皮肉っぽく口の端をゆがめる。

「デズさんから聞きましたよ。なんとかって太陽の光を集める道具を持っているそうですね」

「役に立つ」

「わたしも同じですよ」

と、ナタリーがゆっくりと左腕を持ち上げる。俺は目をみはった。

「動くのか？」

「少しだけ、ですけどね」

ナタリーは情けなさそうにうなずいた。

「頑張れば日常生活程度は何とかなります。ですが、剣を持って戦うなんてとてもとても」

我が身のふがいなさを嘆くように眉根を寄せる。

「この状況でもし襲われたら今度こそ冥界行きですからね。そうならないために『暁光剣（ドーンブレード）』を取りに来たんです。要するに護身用ですよ」

あの剣ならばナタリーの『呪い』も一時的に解除されるのだという。タンツボ太陽神のやりそうな話だ。

「あれは、どこで手に入れた？」

「近くの村で市が開いていたんですよ。そこの露天で拾った武器を売っている人がいたんです。その人から買いました。一目見て並の剣ではないと思いましたから」

ナタリーの趣味は名剣収集だ。漠然としすぎているが、怪しいところも見つからない。ウソをついている風ではない。隠す理由もないか。

「それが何か？」

「出所が分かれば、上のハゲ頭に一泡ふかせられると思ってな」

『神器』だかなんだか知らないが、クソみたいな道具をばら撒いて悦に入っているアホの尻を蹴り上げるヒントでもつかめたらと思ったが、そう甘くないか。

「相変わらず失礼な男ですね」

ナタリーは盛大に顔をしかめた。

「それで？　返してくれるんですよね？」

「いいぜ」

そう言った途端、アルウィンは不服そうに鼻の頭にしわを寄せ、腕を組む。元々ナタリーの持ち物だ。よこせとは言いづらいのだろう。俺としては問題ない。欲しければくれてやる。あんなものがあると、またアルウィンが物騒なマネをしでかす。

「その代わり、条件がある」

俺はナタリーに近づくと足下を指さした。

「見ろ」

釣られてナタリーが下を向いた瞬間、その場で飛び上がる。無防備な頭に向け、全体重を乗せた肘打ちをぶちかました。

鈍い音がした。木製とはいえ分厚いテーブルに頭を叩き付けられたのだ。腕力はへなちょこでも体重は変わらないので、それなりに威力は出る。

ナタリーはしたたかに頭を打ち付け、勢い余ってイスから転げ落ちる。

「おい、マシュー！」

アルウィンが止めに入るがそれを腕で払いのける。悪いが、これは俺たちの問題だ。

「いきなりご挨拶ですね……」

テーブルの縁に手をつきながらナタリーが立ち上がる。憎々しげに目を怒りでたぎらせながらツバを吐き捨てる。

「死にたいんですか？」

「今のは、デズの分だ」

仲間が死んだと知らされて、あのひげもじゃがどれだけ傷ついたと思っている。事情があったとはいえ、それはそれだ。どうせ本人は生きていて良かった、くらいにしか思わないだろうから俺がやった。それだけだ。

「相変わらず、仲のよろしいことで」

赤くなった額をさすり、鼻を鳴らす。

「あとでデズさんには改めて謝罪しますよ。それでいいんでしょう？」

「当然だ」

ナタリーにも罪悪感があったのだろう。だからわざと食らった。そうでなければ、俺の腕は今頃切り落とされている。たとえ利き手が使えないとしても。

「なら、早いところ返してくださいよ。どこにあるんです？」

「ここだ」

だからこそ、連れてきた。

俺はテーブルの下に潜り込む。あらかじめ抜けやすくしておいたので今の俺でも簡単に床板の釘を抜ける。それから床板を二枚外せば、出てきたのは、細長い布包みだ。

そんなところに隠していたのか、とアルウィンのつぶやきが聞こえた。家に隠したら見つかるだろうと思ったからな。ここならひげもじゃに遠慮して探しにくいと踏んだのだが、正解だったようだ。

ほれ、と包みごと手渡すと、ナタリーは無造作に布をほどく。

「間違いありませんね」

ほっと息を吐いてから『暁光剣』を腰に差す。威力はともかく、護身用にしては長すぎるシロモノだ。

「冒険者に戻るつもりか？」

事情が事情だから故郷には戻れない。一番手っ取り早いのは、冒険者への復帰だろう。実力も実績も名声も申し分ない。そのために、『暁光剣』を取りに来たのだと考えればつじつまも合う。ミソカス太陽神の『呪い』さえなければ、実力は超一流。すぐに稼げるはずだ。何より この街は『迷宮』という、冒険者の狩猟場を抱えている。

もしパーティを組む相手が決まっていないのなら『戦女神の盾(イージス)』へ加入させる手もある。性格はともかく、戦力になるのは俺が保証する。ラルフ千人より強い。

「ご冗談」

ナタリーは薄笑いを浮かべた。

「もう荒っぽい世界はこりごりですよ。これからはまっとうに生きたいんです」

「お前に出来るとしたら用心棒か殺し屋くらいだろう」

剣術は認めるがそれ以外のスキルがてんでダメだ。食事は生煮えか黒焦げ、掃除や洗濯は途中で放り出し、商売の駆け引きが殺し合いに変わる。戦い以外の生き方を知らない。いや、興味を持たなかった。ある意味、デズより不器用な生き方しか出来ない女だ。

「あなたなら娼婦(しょうふ)とでも言い出すかと思いましたよ」

「お前と寝るなんぞゴメンだ」

裸になられても勃たない。一応、ナタリーの名誉のために言っておくが、女としての魅力はある、と思う。ただ身近すぎて女として見られない。

「いくらだ、なんて言い出したらそのご大層なものを切り落とすところでしたよ」

「殺すぞ」

何故（なぜ）どいつもこいつも人の息子を独り立ちさせたがるんだ。

「もしかして」

アルウィンが口を開いた。ふと気がつけば、後ろで険しい顔をしている。

「ナタリー殿はこの街に住むおつもりか？」

「そうですけど」

「『灰色の隣人（グレイ・ネイバー）』は治安のいい街ではない。ご婦人が住みやすいとは思えないのだが」

「ご心配いただき恐縮です」

にっこりとナタリーは微笑（ほほえ）んだ。

「先程も言いましたが、追われている身ですから。下手な田舎に住むより物騒なところの方が身を隠すにはちょうどいいんです」

ここはスネに傷を持つ連中ばかりだからな。お尋ね者も多い。

「用件も終わったので、わたしはもう行きますね。今日の宿も探さないといけませんので。落ち着いたらまた連絡しますよ。それでは、また」

一方的に言い捨てて去って行った。

扉が閉まり、俺とアルウィンだけが取り残される。

気味の悪い静寂に包まれる。何度も通った部屋なのに、居心地が悪い。

ひとまず帰ろう、と腰を浮かしかけたところでアルウィンが不思議そうに問いかけてきた。

「お前は、ナタリー殿と仲が悪いのか？」

「仲良しだよ」俺はうそぶいた。「猫とカラス程度にね」

別に憎いとか殺したいってわけではないが、どうにも相性が悪い。お互い口を開けば、詰まらない言い合いばかりになる。それを懐かしく思った時もあったが、いざ顔をつきあわせればやはり面倒くさい。死んだと聞いて、あれこれいい思い出ばかり思い浮かんだが、生きて目の前に現れると、思い出すのは腹立たしいエピソードばかりだ。

「別に仲良しこよしでパーティを組んでいたわけじゃないからね」

実力だけは互いに認め合っていたし、いざという時には協力して戦った。求められる役割を完璧にこなせばそれでいい。

「あいつには迷惑掛けられっぱなしだよ。あいつは根っからのトラブルメーカーなんだ」

「お前よりも？」

「俺よりも」

誰の前であろうとマイペースを貫き、余計なマネをしては騒動をひどくする。本人に悪意がないから余計にたちが悪い。

そもそも、ナタリーが『百万の刃（ミリオンズ・ブレイド）』に入ったいきさつというのが……おっと、この話は長くなるので別の機会に。

「まあ、冒険者に戻るつもりはないそうだから君のライバルにはならないよ」

あいつを敵に回したら厄介だからな。味方にしても鬱陶しいが。

そうか、とアルウィンは立ち上がった。

「行くぞ」

「帰るの？」

「買い物だ。今日はその予定だっただろう」

「俺そういう気分じゃないんだけど」

盛り上がっていた気分が萎えてしまった。

「ならお前は床で寝ろ」

「ベッドなら君と一緒に入れば問題ないだろ」

「バカモノ」

俺の脇腹をぶん殴ってから外に出た。まるで通り魔だ。

誰もいなくなった部屋で一人、天井を見上げる。

「どうなることやら」

厄介事が片付いたと思ったらまた面倒な奴(やつ)がやって来ちまった。ある意味『スタンピード』より厄介な女だ。昔、嫌というほど思い知らされたからな。

あの女の二つ名……『暴風(テンペスト)』が伊達(だて)ではないことに。

第一章　魔女の大鍋が煮立ち

「では、行ってくる」

今日からまた、アルウィンは大迷宮『千年白夜（せんねんびゃくや）』へと向かう。最深部にある『星命結晶（せいめいけっしょう）』を手に入れるためだ。それさえあれば、故郷を蹂躙（じゅうりん）する魔物たちを一掃できる。

「何か忘れてない？」

「……分かっている」

若干眉をしかめながらアルウィンが財布を取り出す。落とすようにして俺の手のひらに金貨を一枚載せる。朝日に照らされ、燦然（さんぜん）と輝く金貨を俺は呆然（ほうぜん）と見つめる。

「どうした、不服か？」

「そういうわけじゃないけど」

金貨一枚あれば、俺のようなヒモには厚遇に過ぎる。高い女だって一晩中お相手できる。街中のヒモに聞いて回っても俺より金もらっている奴（やつ）はいないだろう。元々は身分の高い方なので、金銭感覚がずれているのも理由だろうけど。

「あのさ、俺ってかなり頑張っているよね」

「働いてはいないがな」

「君が帰ってきたら風呂を沸かして、食事だって作る。掃除だってやっている」

「私の居ない間に、娼館へ通い、酒場で飲み明かしてもいるようだな」

「何が言いたいかって言うとだよ、臨時収入っていうのかな。いつものお小遣いのほかに報奨金みたいなのがあってもいいんじゃないか？」

「ならば最初からそう言え」

呆れ果てた様子でため息をつく。

「……素行に問題はあるが、色々尽くしてくれたのも事実だ」

気持ちが動いたらしい。言ってみるものだ。

「いくらだ？」

「そうだな」

俺は顎に手を当てて考えながら言った。

「金貨で……千枚くらい？」

しばしの沈黙の後、アルウィンは笑顔で手を振り上げた。

目の奥に火花が飛び散ったと思った瞬間、俺はゴミの山に放り込まれる。

仕掛けてきたのは、まだ若い男だ。酒場の裏に引っ張られた途端、殴る蹴るのオンパレードだ。無造作に切りそろえた黒髪から汗が滑り落ち、三白眼の間を滑り落ちて顎へとつたう。見覚えがある。先日、この街に来た冒険者だ。年の頃は二十歳そこそこといったところだろう。アルウィンを見て顔を真っ赤にしていやがったからよく覚えている。

「まだ寝るには早いぞ、ウジ虫が」

足の裏と壁で、俺の頭を挟み付ける。

腰に細い剣を二本提げていたから、特技は剣術なのだろう。

「あのお方のお気に入りだからと図に乗るなよ、この害虫が」

またか。『スタンピード』の一件以来、アルウィンはすっかり街の英雄様だ。人気はうなぎ登り、以前にも増して一挙手一投足に注目が集まるようになった。

支持者を自認する連中にとって目障(めざわ)りなのが、ヒモである俺というわけだ。

おかげでここのところ風当たりが強い。一昨日は脅迫状とネズミの死骸を家に放りこまれ、昨日は刃物で脅され、今日は暴力のフルコースだ。頼んでもいないのに、サービスはマイナス方面に向上している。

どこかのバカに焚(た)き付(つ)けられたのだろう。アルウィンを知りもしないくせに。のぼせ上がった勇者様は、悪漢から姫騎士様をお救いする騎士の役目を買って出たらしい。で、悪漢役である俺は道端に転がされ、蹴られまくっている。この三文芝居に出演料はもらえるのかね。

それにしてもまだ終わらないのか。覗(のぞ)き見れば、目は血走り、口からは罵声ばかりが飛び出している。暴力に酔っ払っている。脅しではなく、本気で俺を殺すつもりかもしれない。

普通の人間ならとっくに気絶しているところだろうが、俺は人一番痛みに強くて頑丈な体を持っている。若造ごときに蹴飛ばされようとさして痛くもない。とはいえ、このまま蹴られ続けるのも業腹だ。そのうち誰かが通りかかるだろうと思っていたが、誰も来る気配はない。人通りの絶える時間ではないし、酒場の裏手で派手な争いの音をさせているのだ。興味本位で酔っ払いがのぞきに来てもいいはずだ。

おそらく、人払いでもしているのだろう。一人だけならば殺すのはたやすいが、仲間を呼ばれると厄介だな。

火事だなんだと大声を出そうかとも考えたが、ここいらの住人はその手のウソに慣れっこなので、本当に火事にならない限り騒ぎやしない。第一、酒場の裏は娼館なのだ。腰を振るのに忙しくてそれどころではなかろう。むしろ騒ぎ立てれば石を落とされかねない。だから今日はじっと我慢の子だ。

「クソ」

何度殴っても蹴っても「別れる」と言わないから業を煮やしたのだろう。勇者様はとうとうナイフまで取り出した。俺をムリヤリ起こすと、切っ先を胸元に突きつける。

「これが最後の忠告だ。今すぐこの街から消えろ。さもないと目玉をほじくりかえす」

俺は残念な主演に向けて、かぶりを振った。

「言い回しが陳腐。声に迫力が欠ける。動きにムダが多い。顔が不細工。零点だ」

勇者様の顔が一瞬で朱に染まる。欠点を指摘されれば、腹が立つのは分かる。ただ、ダメ出しをするのも演出家の仕事だ。いい芝居を作るためだと思ってガマンしてくれ。

「この……」

「それより忠告だ」

俺はなけなしの親切心を発揮して言った。

「今すぐ逃げた方がいい」

「はあ？」

俺はしゃがみ込んで背を丸める。

次の瞬間、頭上で鈍い音がした。

「うるせえぞ、くたばれ(You asshole)！」

顔を上げれば娼館(しょうかん)の二階からごつい男が喚(わめ)きながら窓を閉めるのが見えた。お楽しみのジャマをされたのがよほどむかついたのだろう。俺の隣では勇者様が仰向けに倒れている。砕け散ったイスの木片が頭に載っていた。言わんこっちゃない。

「ひでえな。死んだらどうするんだよ。なあ？」

返事がない。俺は勇者様の顔を覗(のぞ)いた。起こそうとして、行き場のない手で頭を掻(か)く。

「神への言葉は罵倒以外に知らなくってね。悪いが、冥福なら自分で祈ってくれ」

助言代と治療費代わりに財布の中身を抜き取り、俺はその場を後にする。

冒険者なんぞ死んだところで誰も気に留めない。

『灰色の隣人(グレイ・ネイバー)』はそういう街だ。

「あら、もう終わったの？」

酒場の前を通りかかったところで、酒場から女が出てきた。三十がらみで、茶褐色の髪を後ろでまとめ、帽子代わりに白い布を巻いている。ここの女将(おかみ)のようだ。生活感にやつれてはいるが、こういうのがいいという男も多かろう。

「残念だったね。たった今、幕が下りたところさ」

そこで初めて店の名前が『黄金の馬車亭』だと知った。以前は確か、『矢を射る鉄熊亭』だったはずだ。店主が高齢のために店じまいをして、別の店が入ったとは聞いていたがこんな形で知るとは残念だ。

「三文芝居に腹立てた観客に主演がイスぶつけられてね。次回は追悼公演の予定だよ」

「なら後始末はしておくわ」

女将(おかみ)が手のひらを差し出す。死体の処理はしておく、と言っているのだ。どうせそこらの若い者に小遣い渡して『迷宮』へ捨てさせるのだろう。俺は苦笑しながら銀貨を手渡す。物騒な街だからケンカで死ぬ奴(やつ)は珍しくない。流れ者の冒険者なら尚更(なおさら)だ。

「ここはいつから？」

「『スタンピード』の後ね。建物もしっかりしていたから居抜きで買ったの。手直しも最低限で済んだし」

得したわ、と自慢げに語る。この分だと、前の店が隠れた連れ込み宿だったとは知らないのだろう。年老いた店主が、勃たなくなった逸物を慰めるために、客の交情を盗み聞きしていたことも。

「言い訳になるけど、一応行こうとはしたのよ。でもあの人の仲間に引き留められてね、今追い払ったところ」

ごめんなさいね、と髪をなでつけながら微笑む。後れ毛が風になびく。頭の上には看板が吊るされている。馬車を引く天馬のレリーフだ。

「災難だったね、レディ」

「一応、旦那はいるわよ。ごく潰しだけど」

「もしかして、誘っているのかな？」

「うぬぼれ屋は嫌いなの」

血のついた包丁で俺の頬をぴたぴたとはたく。

「これ、旦那の血じゃないよね？」

「記憶が確かなら雌鶏だったはずよ。……雄鶏だったかしら？」

「身持ちのいい方だね。素晴らしいよ。麗しき夫婦に乾杯だ」

苦笑しながら俺はその場を立ち去った。

ひどい目に遭った。

最近、あの手の正義漢が増えて困る。俺がアルウィンを脅迫しているのだと思い込んで、蛇のように絡んでくる。筋違いもいいところだ。ひどいのになると、発情期のお馬さんみたいに目を血走らせながら、問答無用で刃物をぶち込んでくる。今頃は『迷宮』の名もなき死体役として精を出している頃だろう。

舌打ちをしてボロボロの服をつまむ。そろそろ替えの服もなくなりそうだ。また古着屋でサイズ合いそうなのを見繕っておかないとな。

おまけにゴミの山に突っ込まれたせいで、体中生ゴミ臭い。不幸中の幸いは、街中で同じような臭いがしているから気づかれにくい、ってことだろう。以前は肥料にするための業者が定期的に生ゴミを回収していたのだが、『スタンピード』のせいで、それどころではなくなったからだ。近々再開する予定だというが、その間にも生ゴミは溜まり、汚臭を放ち続ける。『迷宮』の周囲もひどいものだ。以前から一般市民はあまり近付かなかったが、『スタンピード』以後は人気も絶えている。『迷宮』の近くにあったゴミ置き場は、どこからか運ばれてきた生ゴミが小山のように積み重なっているという。

自身の臭いをガマンしながら夜の街を歩けば、月明かりの下で工事中の建物をあちこちで見かける。昼間には街のそこかしこから釘を打つ音や、威勢のいい掛け声が聞こえるようになった。あれから一月近く経過した。街の外へ逃げていた者たちも帰ってきて、商売を再開する店も増えた。壊れた店の前に屋台を出して酒を振る舞う店もある。街の風景は少しずつ『スタンピード』以前に戻りつつある。

だが、それは大通りの話だ。裏路地に入れば、半壊や倒壊した建物がそのままになっている。貧乏人は行く当てもなく、半壊した建物に住み続けている。災害は貧富に関係なく巻き込まれるが、その差はむしろ災害後に表れる。多分家が再建される頃には、大半が凍死か餓死、あるいは圧死しているだろう。

身分と金は、待たざる者に残酷だ。表通りで金持ちの屋敷や大商人の店を再建しようと、大勢の大工や職人が働いている。材木を運び、釘を打ち、石を積み、壁を塗る。朝から晩まで追い立てられるようにして働き、夜になって家族の待つバラック小屋に帰る。

技術があっても我が家を立て直す金と材料がない。彼らの家が再建されるにはまだ時間がかかるだろう。

「おっと」

考え事をしていたせいで、勇者役の三文役者からいただいた財布から金がこぼれ落ちてしまった。銀貨と銅貨ばかりなのがしみったれているが、せっかくの出演料だ。大切に使わないと失礼というものだ。芸の肥やしとすべく、今夜は娼館で修行するとしよう。徹夜だな。

決意も新たに金を拾おうとしゃがんだとたん、怒号と共に横から突き飛ばされた。棒きれのようにすっ転ぶ。傾いた視界の中で年老いた男が、むしり取るように俺の金を拾い、走り去っていった。

「ひでえな、おい」

男が走り去っていった路地の奥からすえた臭いが漂ってきた。薄汚れた格好の男たちが、道端に疲れた顔で座り込んでいる。路上の紳士たちだ。昔からこの街のあちこちにいたのだが、『スタンピード』以後、人数が明らかに増えていた。

仕事を失い、食いっぱぐれて、路上の紳士へ仲間入りする者も多い。俺から金を奪っていった男もそんなところだろう。働いて金稼いで家族を養って、とカタギの生活をしていたはずなのにある日突然、理不尽に仕事や生活基盤を奪われて転落する者もいる。

ただ、前途は多難だ。

哀れっぽく金をめぐんでくれ、とねだるだけではない。縄張りや彼らなりの規律もあり、組織もある。そのバックには裏社会の連中がいる。新参者が勝手にやろうとしても袋叩きにされるのが関の山だ。

物音が聞こえた。更に狭くなった路地を覗けば、路上の紳士たちがお仲間に蹴りを入れている。制裁か腹立ち紛れかは知らないが、寄ってたかってやりたい放題だ。

ふと、紳士たちが俺の存在に気づいたらしく、捨て台詞を吐いてその場から去っていく。残ったのは、ぼろ雑巾となった男だ。もしや、と思ったが先程のとは別人のようだ。四十手前といったところか。銀髪なので老(ふ)けて見えたようだ。薄汚れているが、目には生気がある。

「大丈夫か？」

声をかけると、のろのろと身を起こし、背中を壁に預ける。ゴミための中に頭でも突っ込んだのか、頭に何かの骨のカケラが付いている。

「消えろ、クソ野郎」

「その元気があれば大丈夫だな」

苦笑しながら目線を下げれば、細い手首には黒い斑点が浮かんでいるのが見えた。『解放(リリース)』の印だ。『クスリ』で身を持ち崩したか。笑うつもりはない。老若男女(ろうにゃくなんにょ)、誰でも起こりうる話だ。どこかの姫騎士様ですらも。

「仕事ならここは止めておいた方がいい。ここの『紳士同盟』のバックは『まだら狼(おおかみ)』だ。怖いお兄さんたちとケンカはしたくないだろう？」

返事はなかった。

「街を出たいのなら『青犬横町(あおいぬよこちょう)』のトビーじいさんのところへ行け」

「……金ならあるさ。たんまりとな」

「どうりで、どこかのお貴族様みたいだと思ったんだよ」

苦労が長いと、時として人は妄想に駆り立てられる。実は金持ちのご落胤(らくいん)なのだとか、いつか王子様が迎えに来てくれるのだとか、都合のいい夢で己を慰め、人を殺してもやっていないと信じ込む。

「今のうちだ。……こんなところもおさらばしてやる」

本当におさらばした奴の行く先は冥界だけだ。

「そうか」

俺は紳士に肩を貸して立ち上がらせた。

「まあ、あっちに行こうか。ここにいたらまた袋叩きだ。連中の縄張りの外までなら連れて行ってやるよ」

路上の紳士を今夜の寝床に連れて行った後で、家に戻る。遅くなってしまった。

角を曲がれば見えてきたのは、我が家だ。一度、倒壊して瓦礫の山となったのだが、つい先日完成した。間取りは前回とほぼ同じだが、離れには念願の風呂も付いている。

「ただいま」

といってもアルウィンはまだ『迷宮』の中だ。戻るのは明日になる。飯は済ませたし、一人だけなのに、風呂を沸かすのも面倒だ。新築の臭いがする階段を上がり、ベッドに倒れこむ。

横になった途端、殴られた痛みがぶり返してきたのでさっさと目を閉じる。睡魔はすぐにやって来た。

それからしばらくして、不意の物音に目を覚ました。

まだ、夜明け前だ。下の階から気配がする。気配の主はカギのかかっている扉を開け、ゆっくりと階段を上がって来る。音を立てないように気を遣っている風だが、隠しきれてはいない。

二階へ上がると静かに廊下を歩き、部屋の前で止まる。

入ってくる様子はない。ノックの音もない。ただ息を殺してこちらの様子を探っているのだろう。らちが明かないので俺はベッドから体を起こし、扉を開けた。

「お帰り」

声をかけると、アルウィンは小動物のように身をすくめた。

長い間『迷宮』に入っていると、時間の感覚がおかしくなる。太陽が差さない上に、同じような光景が続く。それに戦いの興奮が加われば、立派な昼夜逆転生活だ。

だから『迷宮』から戻ってきた時には真夜中だった、なんてのは珍しくない。アルウィンも何度か真夜中に戻ってきたが、勝手に自分の部屋に入って寝てしまう。あるいは、俺を叩き起こして風呂の用意をさせる。

「夜這いって時間じゃないね？　朝這い？　俺はいつでもオーケーだけど」

いつもの『減らず口』で場を和ませようとしたが、アルウィンは笑いも怒りもしなかった。

気まずそうに目を伏せる。その横顔は逃亡者のように怯えていた。しきりに右手首を左手で擦っている。

「どうしたの？　ケガでもした？」

「これが……」

おずおずと手甲を外す。あらわになった手首を見せつけるように腕を上げる。

アルウィンの右手首の内側に、黒い斑点が生まれていた。『解放（リリース）』中毒者の症状だ。かつて自身を苦しめる『迷宮病』から逃れるために禁断のクスリに手を染めた。

色々あって今は『迷宮病』も落ち着いているが、『クスリ』の禁断症状を抑えるために今も量を調整しながら飲み続けている。黒い斑点は首の後ろや手首足首と、血管の浮き出た場所に生まれる。それがいつどこに出来るかは人それぞれだ。現状、いつ黒い斑点が浮かんでもおかしくない。それで怖くなって舞い戻ってきたというわけか。

『スタンピード』の時には信じがたい暴挙とムチャをしたからな。これといった異変は見当たらなかったが、今になって症状に変化が出たのかもしれない。放置すれば更に悪化する可能性もある。

俺がためつすがめつ見ている間、アルウィンは我が身を恥じ入るように俯（うつむ）いたままだ。まるで叱られている子供だ。

「ほかの場所は？」

「今はここだけだ」

あわてた様子で左の手首も見せるが、こちらは白いままだ。

「大丈夫だよ」

俺はつとめて優しい口調で言った。

「気になるのなら包帯でも巻いておけばいい」

「だが」

反論しかけたアルウィンの手を引っ張り、黒い斑点に唇を落とした。アルウィンが身を固くしたが、腕を引っ込めたりはしなかった。毒でも吸い出せればと妄想も抱いたが当然、唇を離しても黒い斑点はアルウィンの手首に浮かんだままだ。

「今日は疲れただろう？　休んだ方がいい。それとも、ちょいと早いけど食事がいいかな」

「いや、いい。朝まで休むことにする。すまなかった」

アルウィンは柔らかくなった表情で首を横に振った。不安が消えたわけではないだろうが、俺に見せて少し気が緩んだのだろう。

お前も休め、と、自身の部屋へ戻ろうとする。

「着替え、手伝うよ」

手を伸ばした途端、アルウィンは弾（はじ）かれたように後ずさった。

不意に気まずい沈黙が流れる。

アルウィンは我に返った様子ですまない、と謝罪を口にすると、早足で自分の部屋に逃げ込み、扉を閉めた。廊下が静まりかえる。

きっとあの扉の向こうで、姫騎士様は自分の行いを後悔し、自分を責めているのだろう。街の英雄としての毅然とした姿は見る影もない。

光が強くなれば闇もまた強くなる。

「それで？　解毒薬はいつ出来る？」

「開口一番、それかね」

ニコラスが苦笑する。

翌朝、食事の用意を済ませてやって来たのは、ニコラスの家だ。元太陽神の神父だったが、裏切って今は『戦女神の盾』の一員にして薬師、と色々ややこしい経歴のおっさんだ。冒険者として『迷宮』に潜る傍ら、薬師として薬の生成にも勤しんでいる。今も机に向かって葉っぱや鉱石と格闘している。俺はその後ろでイスに座ってあくびをする。手伝えることもないので、部屋の中をうろつき回っていたら気が散るからおとなしくしていてくれ、と怒られたからだ。

「前にも言ったとおりだよ。お金がない以上は、作れない」

アルウィンを苦しめる『解放』の解毒薬は一応、完成した。だが、材料費が高すぎて作れないでいる。おまけに品薄だとかで、さらに高騰しているという。

『迷宮』攻略のための道具やアイテムも品薄で軒並み値上げしている。アルウィンも懐に余裕がない。そのせいで解毒薬を飲めたのは一回きりだ。

体の中に蓄積した毒を抜き去るには、それだけ解毒薬が必要になる。一回飲めばはい終わり、という万能薬は存在しない。

アルウィンは気にするな、と言っていたが、気になるに決まっている。

「いっそのこと、解毒薬の作り方を売るってのは、どうだ？」

『解放』の中毒に苦しんでいるのは、この街どころか国中にいる。薬屋にでも生成法を売れば金も入るだろう。材料だって手に入るはずだ。

「おススメはしないね」

いいアイデアだと思ったが、ニコラスの反応は芳しくなかった。

「現状、材料そのものがまだまだ高価だ。もし作り方が広まれば、金持ちが材料の買い占めに走るだろう。そうなればますます貧しい者たちや、君の大切な人に行き渡るのが遅れる」

何より、と声を潜めて続ける。

「解毒薬が正しく作られ、運用されるとは限らない。断言するよ。必要としている人間に出回るのは、粗悪な模造品だ」

武器でも道具でも、偽物を作る連中は絶対に出てくる。水で薄めるなんてのは可愛い方で、別の材料を適当に混ぜて金を浮かせる。本物より安価な分、効果は低い。下手をすれば解毒薬そのものが、猛毒になる。

「そもそも薬の開発には年単位の時間がかかるのが普通なんだ。ワタシも本格的に開発を始めたのは、ここに来てから、だからね」

「それじゃあ遅すぎる」

「もちろん、ワタシだって手をこまねているわけではないよ。色々手は尽くしているつもりだ。これもその一つだよ」

手のひらに載せているのは、緑色の丸薬だ。

「先日、実験的に配ったのだが、いたく好評でね。大口の申し出もあったところだよ」

解毒薬開発の過程で、用途とは別の薬品がいくつか出来たらしい。まだまだ試作品の段階だが、有用そうなものもある。

「それは精力剤か？」

「避妊薬の方だよ。性病予防にもなる」

娼館や娼婦で一番の問題だからな。望まない妊娠も防げる。

「これが商売になれば、材料も手に入るようになるが」

「いつになることやら」

落胆を隠さず、俺は首を振る。

「覚えておいてくれ。俺がアンタの手助けをしたのは、哀れな娼婦の救済じゃない。あの銀蠅太陽神のケツを蹴り上げるためだ」

一方的にまくし立てて、俺はニコラスの家を出た。やはり解毒薬はまだらしい。残念ではあるが、予想の範囲内だ。本来の目的は果たした。

俺の手にあるのは、黒い丸薬だ。

部屋の中をうろつく間に、ニコラスの隙をついて失敬してきたものだ。金を出しているのは俺だからな。少しばかりもらったところでバチは当たるまい。似たような下剤とすり替えておいたからしばらくは気づかないだろう。事実、先日の分にもまだ気づいた様子はない。

これがあれば、アルウィンの気も休まるはずだ。ハンカチに包んで懐にしまいこむ。いつまでも握っていると薬が溶けちまうし、手が臭くなる。

「ん?」

大通りから住宅街に入ると、少し行った狭い路地に、誰かが寝転がっている。薄汚れた風体だが、路上の紳士には見えない。酔っ払い過ぎて家に帰れず道端で夜を明かしたのだろう。

通り過ぎようとしたら苦しそうなうめき声が聞こえた。俺は足を止めて考え込む。

病気やケガの振りをして、親切心を起こしたカモをワナにはめる。かっぱらいやスリがよく使う手口だ。一瞬悩んだが、無視することにした。仮に本物の行き倒れだったとしても助ける義理はない。見捨てようとした途端、行き倒れがうめき声を上げた。

「たす、け」

気がつけば、行き倒れの向こう側に黒い影が立っていた。

顔はよく見えない。逆光のせいかと思ったら、顔を黒い布で覆っているようだ。黒いとんがり帽子に足元まで伸びた黒いローブ、枝分かれした杖の先端に赤い宝石をはめ込んでいる。

これでとんがり鼻でもあれば、物語に出てくる魔女そのままだ。仮装かとも思ったが、ただ立っているだけなのに奇妙な威圧感を感じる。俺は悟った。目の前のは、本物だ。

頭の中で鐘がけたたましく鳴り響く。関わるべきではない、とその場を離れようとした途端、そいつが杖を振るった。

「『魔性の王冠よ』」

くぐもった声が聞こえた。その瞬間、頭が急に痛み出した。まるで万力で挟まれているみたいだ。魔術か？

「誰だ、お前は。淫行太陽神の手先か？」

返事はない。その間にも痛みはどんどんひどくなっていく。これに比べたらどこぞの勇者様にタコ殴りにされたのなんか屁みたいなものだ。

今は昼間だし、日の光の下であれば勝機は十分あるのだが、魔女は杖を掲げながら薄暗い路地から出てこない。

理由は分からないが、目的は俺のようだ。人目もないようだし、ケンカを買ってやるしかなさそうだ。『仮初めの太陽』を握りしめた途端、足を引っ張られた。しまった。さっきの行き倒れか。

「たす、け」

「そりゃこっちのセリフだ」

警戒はしていたはずなのに、痛みで注意がそれちまった。そいつはまだ俺の足首をつかんでいる。グルだろうとただの被害者だろうと、どちらでもいい。ジャマをするなら容赦はしない。蹴り飛ばそうと片足を上げたところで俺は息を呑(の)んだ。

そいつの顔には目玉がなかった。顔の皮膚も剝がれ、頭髪の間から白い骨が覗(のぞ)いている。アンデッドか？　なんでこんなところに？　気味の悪さに頭を蹴り上げると、首がポロリと取れた。穴の開いた球のように不規則に転がる。壁にぶつかって止まると、白い湯気のようなものを発しながら消えていく。胴体の方もだ。

気を取られた瞬間、巨大な光が目の前に迫ってきた。

衝撃とともに目がくらみ、仰向けにひっくり返る。体がしびれる。『麻痺(パラライズ)』の魔術か。ぬかったぜ。まずい、クソ。動け。

こうなったら俺の『意地』で、と思う間もなく、魔女が俺の側に立っていた。

しゃがみ込むと俺の腕を取り、手のひらを見つめる。それから俺の懐(ふところ)を漁(あさ)り、ハンカチごと黒い丸薬を奪い取った。

「おい、テメエ……」

どうにか上体を起こそうとした途端、魔女の杖(つえ)が俺の眼前に突きつけられる。

ぶん殴られるのも斬られるのも平気だが、魔術はまずい。呪文だなんだと手間はかかるが、その分破壊力は桁違いだ。何の魔法かは知らないが、魔女様は俺の頭を吹き飛ばすおつもりらしい。いくら頑丈な俺でも頭を吹き飛ばされたら死ぬ。多分。試したことないけど。

どうにか反撃しようにも体が動かない。助けを呼ぼうにも声が出ない。

先端の宝石に力がみなぎっていくのが、魔術に疎い俺にも理解できた。冗談じゃねえ、人間なんぞあっさり死ぬものだと知っている。俺にその番が来たって話だろう。だが、死神の大鎌に刈り取られるにはまだ現世に未練がありすぎる。ここで死ぬわけにはいかない。過去の過ちに怯え続けている姫騎士様のためにも。

だが、俺の悪あがきなど鼻で笑うかのように、光が段々と熱くなってきた。炎の魔術か。ヒモの最後は黒焦げか。

「おい、そこで何をしている」

後ろから誰かの声がした。

次の瞬間、先端の宝石から光が消えた。魔女は飛び下がると、きびすを返し、路地裏の闇の中へ消えていった。

「どうした、マシュー」

入れ違いに足音が近づいてきた。声をかけてきたのは、『聖護隊』のちょびひげと色黒だ。元々はこの街の衛兵だったのだが、出向という形で『聖護隊』の一員になっているが、それもだいぶ板に付いてきたようだ。

姫騎士様はこの街の重要人物だ。以前、盗みに入った奴や、襲撃した奴もいる。

その結果、近所に衛兵と『聖護隊』、両方の詰め所が出来た。定期的に付近を巡回もしている。煩わしいと思った時もあったが、今回はおかげで助かった。

「酔っ払っている……ようには見えないな。追いはぎにでもやられたか？」

「そのまさかだよ」

距離が離れたせいか、魔術の効果も薄れたようだ。動けるようになったので、壁に手をつきどうにか立ち上がる。

「今し方、牛みたいなデブ女に乳で殴られたところ。おまけに彼女にプレゼントするはずのハンカチまで盗まれちまった。ちょっと取り返してくれるとありがたいんだけど」

「そっちは業務外だ」

ちょびひげはさらりと言った。『聖護隊』の設立目的は強盗や殺人、『クスリ』だのといった凶悪犯罪対策であり、無職のヒモがカツアゲされた程度では動かない。

「近頃、やくざ同士の抗争ばかりで手一杯なんだよ。『スタンピード』のせいでな」

大量発生した魔物のせいで『魔侠同盟』や『まだら狼』にも大勢死人が出た。その機会を狙ってよそのシマを奪い取ろうとやくざ者たちが暴れているのだ。無論、無抵抗で明け渡すはずもなく、抗争があちこちで激化しているという。

「さっさと帰れよ。姫騎士様に迷惑かけるんじゃないぞ」

言いたい放題言って二人は去って行った。

誰もいなくなった通りで俺は壁をぶん殴った。

「クソっ！」

とんだヘマをやらかしちまった。

アルウィンのための丸薬を盗まれちまった。

この街で物を盗まれた時にはどうすればいいか？　『聖護隊』の対応はたった今受けた通りだし、衛兵に頼ってもムダだ。そいつは災難でしたね、で終わりだ。よほどの金持ちであれば、マジメに捜索する振りはしてくれるが、戻ってくる可能性は低い。

故買屋には盗品を売り飛ばす輩が多いが、中身が薬品と知れば、捨てるかもしれない。故買屋でも薬は扱うが、たいていは何とかの尻尾だの、乾燥した薬草だのって素人でも分かりやすい代物だ。丸薬だの液体だのは扱わない。服用する以外に効果が分からないし、第一気味悪がって誰も買わないからだ。

薬を盗む理由なんて、たいていは自分が飲むか誰かに飲ませるかだ。仮にあの魔女をもう一度見つけたところで、手遅れだろう。せっかくの薬がフイになるのは残念だが、俺が危惧しているのはそこではない。あいつが見た目通りの魔女ならば薬品にも詳しいだろう。奪い取った間抜けの素性と、丸薬の中身を知られたら、自然とアルウィンに辿り着く。口を封じておく必要がある。

あいつは財布や、マジックアイテムである『仮初めの太陽（テンポラリー・サン）』には目もくれなかった。まるで最初からあの丸薬に目をつけていたみたいだ。そもそもどうやって俺が薬を持っているなんて目をつけたんだ？　誰かにつけられていた気配はない。魔術で探り当てたとでも言うのか？

俺自身、魔術や魔術師について詳しいわけではない。魔術師は身内以外に魔術を教えてはいけないという掟（おきて）がある。そのため魔術師を志す者は弟子入りという形で師匠の姓を名乗らされる。一種の疑似家族だ。閉鎖的で、秘密も多い。

ここは専門家に聞くのが一番だ。アルウィンが戻っているということは、彼女たちも戻っているはずだ。

「よう、お帰り」

彼女たちの馴染（なじ）みは、冒険者ギルドの西にある『さまよう灰色蛇亭』だ。一階が酒場で二階が宿屋、とよくある造りだが、内装や料理に凝っている。その分料金も高く、泊まっているのはほとんど四つ星以上だ。扉を開けると、奥の席に同じ顔の女が向かい合って座っていた。セシリアとベアトリス。双子のマレット姉妹だ。以前は、『蛇の女王（メデューサ）』という別のパーティを組んでいたのだが、仲間を失い、アルウィン率いる『戦女神の盾（イージス）』に加入した。

返事を待たず、彼女たちの間の席に座る。

「姫騎士様の使い?」

姉のセシリアが不機嫌そうに俺をにらむ。　妹のベアトリスもテーブルにあごを載せ、つまらなそうに指先で酒瓶を転がしている。

理由は見当がつく。

「もう少しで十八階まで行けるところだったのに」

「この分だと、攻略まで一体何年かかるのかしらね」

アルウィンの様子を見れば、予定を切り上げて戻ってきたのは間違いない。そのため目的よりも進めなかったのが不満なのだ。『迷宮』を攻略して名前を上げたい姉妹にとっては、想定外の足踏みだろう。それで管を巻いている、というわけか。

「そいつはすまなかったね。アルウィンにも伝えておくよ」

謝る義理も道理もないのだが、理屈の通じる相手ではない。詫びの代わりに酒を注文する。

「それで、何の用？」

「ちょいと確認がしたくてね」

俺はさっき出くわした魔女のような薬強盗の話をした。薬の中身については精力剤の一種とごまかしておいた。

「そういうマネをする奴に心当たりがないかと思ってね」

セシリアはしばし考え込む仕草をする。

「呪文から察するに『ラティマー』の一門だと思うけど、この街に来ているって話は聞いていないわ。あそこの縄張りはもっと西の方だから」

そこでベアトリスが頬をテーブルに付けながら口を開く。

「あれ、でも一人いなかった？　なんか夢見がちな感じの？　ほらアタシたちがここに来たくらいの時に」

「そいつなら『スタンピード』の少し前に、『迷宮』でパーティが全滅して行方不明よ。実際、それ以来見かけていないし」

それもそっか、とベアトリスは興味なさそうにあくびをする。

念のために、そいつの名前と特徴も聞いたら、俺も思い出した。ギルドで何度か見かけたが、いつの間にか見かけなくなった。『スタンピード』のどさくさですっかり忘れていた。

「要するに、その何某(なにがし)って一門の仕業ってこと？」

「グランマの話だと、あそこはお貴族様らしいから。強盗みたいなマネはしないはずよ」

セシリアは首をかしげながら言った。

「この街に来るくらいだから、どうせ『孤児』ね。どこかの魔術師から『勘当』か『義絶』でもされたんでしょ。魔術は使えているみたいだから、『絶縁』ではないはず」

「何が違うんだ？」

「一言でいえば、再起可能か不可能かってところ」

いずれも魔術師社会における追放刑だという。師匠が罪を犯した弟子に対して下すもので、『勘当』は師弟の縁を切ることだ。魔術師社会自体が一つの大家族だ。縁を切られたら、魔術師社会では生きていけなくなる。ただし、別の師匠への弟子入りは可能である。『勘当』された魔術師が同門の師匠を頼るのはよくある話だそうだ。

『義絶』はもう一段階上で、一門全てから追放される。ただし別の一門へ移籍するのは可能らしい。こちらも数は少ないがたまにある話だという。

そして『絶縁』は魔術師社会そのものからの追放だ。これを下された魔術師は、魔術を封じられる。以後、魔術を使うことも弟子入りすることも禁止される。

「魔術師社会は狭いからね、追放された時点で回状が回るの」

「陰湿だな」

これだから魔術師って連中は好きになれない。

「魔女の正体は、その『ラティマー』一門のはぐれ者か」

一匹狼(いっぴきおおかみ)というのは好材料だが、肝心の目的や居所は不明のままだ。

「どこかに気味の悪い声で笑いながら大鍋をかき混ぜる婆(ばあ)さんって心当たりない？」

「『魔女』といっても色々だからね」

セシリアは小さな杖(つえ)を取り出すと、教鞭(きょうべん)のように振り回す。

「みんな適当なイメージで語るから、何もかもごちゃまぜになっているのよ。占い師や野草や薬品に詳しいだけの女もいれば、悪魔と契約した本物もいる。あとはサバトとかいって乱交している淫乱もいれば、召喚した女淫魔（サキュバス）と交わって子供を産ませた、なんてのもいるわね」

「いや、そいつ男だろ？」

両方付いちゃっているわけ？

「この場合の『魔女』は『悪意ある魔術師』って意味なの。だから女だけとは限らないの」

異国の古語を翻訳した際の誤りだそうだ。

「広まりすぎて修正も難しいし、女性が多かったのは事実だからそのままになっているの」

「へえ、さすがシシー。詳しいわね」

ベアトリスが感心した様子で拍手する。

「……そうね」

返事をする寸前、セシリアの唇は引きつっていた。おそらく魔術師の常識なのだろう。

けど、とセシリアが口元に手を当てながら言った。

「魔女でも魔術師でも何かしらの目的があるはず。ほかに同様の手口がないか聞いてみたら？　役人とも親しいんでしょ」

セシリアが言っているのは、ヴィンセントのことだろう。ケチな盗みに手を出すほどヒマとは思えないが、情報くらいは耳に入っているかもしれない。だが『聖護隊（せいごたい）』の部下の対応を考えれば望み薄だろう。魔女が男でも女でも構わない。目的が何であれ、生かしてはおけない。

「ただ、ラティマーの魔術師とことを構えるのなら覚悟を決めた方がいいわ。厄介よ」

セシリアはうんざりした顔で言った。

「あそこのお家芸はね、『死霊魔術(ネクロマンシー)』なの」

死体を動かしてゾンビを大量生産するあれか。俺が蹴り飛ばしたのもそれだろう。ほかにも一時的に蘇生(そせい)させたり、幽霊と話をしたり、死んでもゾンビとして生き返るなど、なかなか芸が広い。だが扱う代物が代物だけに、毛嫌いする奴(やつ)も多い。

「ケンカするつもりはないけどね。肝に銘じておくよ」

礼を言って立ち去ろうとすると、後ろから袖をつかまれた。

振り返ると、ベアトリスが物欲しげに俺の目を見てからうなずいた。

「せめて、言葉に出してくれ」

ポケットから取り出したのは、干しブドウだ。砂糖で煮詰めてから乾燥させたものだ。ちょいと甘ったるいが、小腹がすいた時にはちょうどいい。おちびにでもやれば喜ぶだろうと思って買ったのだが、ここで引っかかるとは。

「だから、ビーに変な物あげないで、って言っているでしょ!」

「なら君からも言い聞かせてくれ」

そろそろ野良猫(のらねこ)にエサをやっている気分になってきた。野良猫(のらねこ)なら撫(な)でさせてくれるが、この美人に触ろうものなら姉の猫が嚙(か)みついてくるけどな。

礼を言って店を出る。

貴重な話は聞けたが、収穫と呼べるかは疑問だ。

アルウィンが『迷宮』へ行くまでに片を付けたいのだが。どうしたものか。あの分では今後の『迷宮』攻略にも影響が出そうだ。ひいては俺の収入も減る。死活問題だ。

魔女の立ち寄りそうな場所といえば、薬屋か。一縷(いちる)の望みをかけて薬屋巡りのために市場を歩いていると、声をかけられた。

「もし、そこのお兄さん」

振り向けば、ナタリーが店を出していた。どこで手に入れたのか、ぼろ布を敷物(しきもの)代わりにして、上にカゴをいくつか置いている。

「どうです？　買っていって下さいよ」

無視しようかと思ったが、こいつが狙った獲物を逃すはずがない。それに曇り空だ。力ずくで引きずられるのもバカバカしいので、店先にしゃがみ込み、手に取る。薬草か。

俺もナタリーも冒険者時代、散々世話になった。ただ質はあまり良くない。おまけにただの雑草も混ざっている。

「これどこから盗んできた？」

「ぶち殺しますよ？」

客に中指立てるなよ。

「街の南に森がありますよね？　あそこから採ってきたんですよ」

さぞ栄養豊富だろう。あちこちに死体が埋まっているからな。埋めたのは俺だけれど。

「で、なんだってこんなところで商売しているんだ？」

「路銀も心細いので、手っ取り早くお金を稼ごうかと思いまして」

「よく許可が下りたな」

露天なんて無造作に出しているように見えてその実、場所はきっちり決まっている。勝手に他人のスペースを使えば、ケンカになる。最悪、この辺りを根城にしている怖いお兄さんたちがすっ飛んでくる。

「ただの店番ですよ」

曖昧に濁す。絶対何か裏があるな。これ以上聞かない方が良さそうだ。

「今ならこれ全部で金貨百枚にしておきますよ」

と、薬草と雑草の詰まったカゴを俺の前に押し出す。

「法外にも程がある」

「じゃあ一枚でいいです」

「ぼったくりだと宣言しているようなものだぞ、それ」

よく見れば値段も何も書いていない。

ナタリーは返事の代わりに持っていたビスケットをかじった。

「さっきから客なんか全然来ないんですよね。冷やかしばかりで」

「だろうな」

見た目はカゴいっぱいの雑草の山だ。金貨百枚で買うアホはいない。

「通りかかる人間がどいつもこいつも、辛気臭い顔ばかりで。イヤになりますね」

もう一度ビスケットをかじった瞬間、小さな影が近づいてきた。

黒髪の男の子だ。七歳か八歳くらいだろう。身なりからして、平民のようだが、物欲しそうにナタリーのビスケットを見つめている。腹の音からしてあまり食べていないようだ。

「ん」

「お断りですよ」

俺の催促に、ビスケット入りの袋を背後に隠してしまう。意地汚い奴だ。

「ほらよ」

十粒ほどの干しブドウを男の子の手のひらに載せてやる。男の子は一瞬、嬉しそうな顔をするが、すぐに歯を食いしばり、背後を向いた。そこにいたのは、小さな女の子だ。こちらは五歳くらいか。顔立ちも似ているから兄と妹なのだろう。

兄貴の方は目をつぶり、顔を背けながら手のひらに載った干しブドウを妹に差し出す。

やせ我慢しやがって。

笑いながら妹の分もくれてやろうとしたが、袋は空だった。ほかに手持ちはない。こんなことならベアトリスにくれてやるんじゃなかった。妹の方は半分こしようとするが、兄貴の方が首を横に振っている。

「しょうがないですね」

ナタリーは悔しそうに袋からビスケットを取り出した。残り四枚のうち二枚を兄貴の方に手渡した。

「ここで食べなさい。取られないうちに」

腹を空かせているのは、こいつらだけではない。小さい子供からでもむしり取ろうとするクソ野郎は、至る所にいる。

兄と妹はナタリーの言葉にうなずくと、干しブドウとビスケットをその場で頬張った。それから小さな声で礼を言って立ち去ろうとしたので呼び止める。

「お前ら、行くところはあるのか？」

兄貴の方が少し考えてからうなずいた。

「もし、行き場がないのなら冒険者ギルドの南西にある養護施設(ホーム)を頼れ。マシューさんからの紹介だと言えば入れてくれる」

兄貴がもう一度うなずいてから、二人は小走りで去って行った。

その背中を見つめながらナタリーがつぶやいた。

「みなしごですかね」

「よくある話だ」

近頃、ああいう子供を以前よりよく見かけるようになった。街全体で大損害を被ったのだ。金持ちはともかく、貧乏人はより貧しくなった。明日の生活もおぼつかないのだ。『スタンピード』から生き残っても、地獄はまだ続く。

「しかし、参りましたね。今日の宿賃どうしましょうか」

「貸さねえぞ」

「あなたから借りたことなんか一度もありませんよ」

「ウソつけ」

昔、俺の剣を勝手に使った挙げ句にへし折っただろうが。

「言っておくが、デズに借りようだなんて思うなよ。あいつだって生活はカツカツなんだ。どこかのギルドマスターがけち臭いせいでな」

「そのデズさんにことある毎(ごと)に金をたかっている寄生虫野郎が、何か申しておりますが」

「最近は返すようにしている」

十回に一回くらいは。

そこでナタリーは会話に飽きたとばかりに眠たげに目をこする。頭から被(かぶ)っていた布に包(くる)まり、背を向けて横になる。

「あとやっておいて下さい。取り分は一割で」

「ねぼけんな！」

背中を蹴り入れようとしたら、ナタリーの姿がかき消える。空振りして勢い余ってその場に尻もちをつくと、背後から喉元にナイフを突きつけられる。

「暴力はいけませんよ」

にっこりと人の好さそうな笑みを浮かべる。俺はため息をついた。

「とにかく、ぼったくりも店番もゴメンだ。お前一人でやれ」

「つれないですね。まあいいですけど」

立ち上がって帰ろうとしたところで、怖いお兄さん方が駆け寄ってくるのが見えた。先頭にいるのは大柄な中年男だ。強面(こわもて)ではあるが、筋者には見えない。

「こいつです」

と威勢良くナタリーを指さす。

「この女が、俺の場所を勝手に……」

「おや、不思議ですね」

ケツモチらしきお兄さん方に取り囲まれてもナタリーはどこ吹く風で肩をすくめる。

「わたしが最初通りかかったとき、ここにいたのは貧しそうなおじいさんでしたけど」

「で、そのじいさんはどうした？」

「わたしがそこの男を叩(たた)きのめしたら逃げていきました。ですからわたしがその間店番を」

俺の問いかけにも、いけしゃあしゃあと言ってのける。やはり、そんなところか。

「まあ、いいですよ。飽きてきたところなので。どうぞ、お譲りします」

「そうはいかねえな」

男たちは舌なめずりをしながらナタリーへ近づいていく。

「まさか、ただで帰れるとは思ってねえよな」

頭と性格はともかく、見た目だけはいいからな。よからぬ欲望を抱いたのだろう。不安などない。雑魚の四、五人など、この女なら片腕一本で事足りる。

「そうですか」ナタリーはうなずいた。

「では、代わりにこの男を置いていきます。煮るなり焼くなりご自由に」

と、俺の頭に薬草をぶちまけた。続けて俺の背中を押すと空になったカゴを抱えて立ち去る。

その背中に声を掛けた時には、人混みに紛れ、あっという間に見えなくなっていた。

「あのクソ女！」

追いかけようとしたら後ろから肩をつかまれる。

「お前、あの女の仲間か？」

「話を聞こうか」

あっという間に路地裏に連れ込まれた。荒事に慣れている雰囲気だ。俺など片腕一本で事足りるだろう。

事実、そうなった。

ひでえ目に遭った。

ナタリーのせいで訳もなく袋叩(ふくろだた)きだ。昔からあの女は、厄介事を他人に押しつける。『百万の刃(ミリオンズ・ブレイド)』のメンバーはデズを含め全員、迷惑を被っていたが、一番の被害者は俺だ。本人曰(いわ)く「迷惑を掛けたところで全く心が痛まないから」らしい。寛容な俺でなければとっくにぶち殺しているところだ。

ナタリーのせいで余計な時間を食ってしまった。結局、魔女の正体も目的も今のところ不明のままだ。

日も暮れてきた。一度戻るとしよう。

アルウィンも心配だ。

家に戻ると居間を兼ねた食堂から話し声が聞こえてきた。来客か。声の様子からして談笑という雰囲気ではないようだ。

「しかしアルウィン様、やはりここは出席されるべきかと。お心はお察しいたしますが」

ノエルの声だ。

「何度も言わせるな。私は出るつもりはない」

返事をするアルウィンの声はとがっている。口調は怒っているが、どこか怖がっているようにも聞こえる。

「何の話？」

声をかけると、ノエルがすがるような目をしながら説明を始めた。

「今度『スタンピード』から街を救ったということで、領主様の館で祝いの宴が開かれることになりまして」

国王から勲章も与えられるという。さすがに本人は来ないが、代理の使者が王都からも来ることになっている。

「ところがアルウィンが出席を嫌がっていると」

「はい」

俺が言葉を継ぐと、ノエルは困り果てた様子でうなだれる。

アルウィンは不満そうに顔を背ける。

「街の復興が最優先のはずだ。ひと月も前の話など無用だ」

アルウィンの主張は筋が通っている。領主が最優先にすべきは街の復興であって、人気取りの宴などではないはずだ。そんな金があるなら一軒でも多く家屋を再建するべきだし、住民の生活のために金を出すべきだと。民草のために身を粉にして戦うアルウィンの言いそうな話だ。

「何より、街を守り抜いたのは私一人の功績ではない。戦った者、死んだ者は大勢いる。私一人が勲章をもらってどうする。死んだ者に花でも手向けてくれた方が、まだ遺族も救われる」

紛れもないアルウィンの本心だろう。けれど、それだけではないはずだ。自分が正しいと信じているならば、正面を向いて堂々と胸を張って発言するお方だからな。

「話は分かったよ。俺からも話してみる。また明日来てくれ」

不安そうなノエルを帰し、アルウィンに向き直る。

姫騎士様はまだ横顔をさらしたままだ。

「キスでもして欲しいの？　なら唇の方がいいんだけど」

「バカモノ」

ようやくふくれっ面がこちらを向いてくれた。

「何と言われようと私の気持ちは変わらない」

「ここが気になるからかい？」

俺の右手首を指さすと、アルウィンは苦いものを飲み干した顔になる。図星か。

ただでさえ首の後ろには黒い斑点が浮き出ている。それが手首にも現れた。更に広がる可能性はある。祝勝会の当日に出る可能性は低いが、ゼロとも言い切れない。

懺悔でもするかのようにテーブルに肘をつき、祈るような仕草をする。

「……腕ならまだ隠せる。けれど隠しようがない場所に出たら？」

アルウィンの名声は地に墜ちる。彼女だけではない。『戦女神の盾』の仲間、何よりマクタロード王国の名前まで傷が付く。死んだ両親の名誉に泥を塗る。それを彼女は恐れている。

「顔に出るのはよほどの中毒者だけだよ」

「私がそうではないと？」

「……」

感情が顔に出たようだ。アルウィンは我に返った様子で項垂れる。

「……すまなかった」

「本音はどうなんだい？」

恩着せがましくするつもりはないが、こちらの苦労も少しは考えてほしいものだね。

「……出られるものなら出てみたい」

申し訳なさそうに言う。

「出席予定の者の中にはマクタロード王家の縁戚もいる。住む場所を無くした者たちの助けになれば……」

要するに、外交や政治がしたいのね。つくづく責任感の塊だな。

「了解だ。そっちは俺が何とかするよ」

そちらの方は何とかなる。そのためにも、あの魔女をどうにかしないとな。

俺の方がおちおち夜も眠れなくなる。

「私は出席するなど……」

「いいから。君はドレスでも用意しておいてよ」

金のない俺には、そちらの方が厄介だ。

「あとはネックレスに指輪にティアラに……」

「そんな金があるものか」

「宝石商から借りればいいんだよ」

姫騎士様が身につけたとなればいい宣伝になる。

「私にはこれで十分だ」

アルウィンは俺の頭に手を伸ばした。撫でられるのかと思ったが、その手に握っていたのは、細い草だ。

「ああ」

さっきナタリーが俺の頭にぶちまけた雑草か。払い落としたかと思ったが、まだ残っていたらしい。

「変わった臭いだな」

手の中で雑草を弄びながらアルウィンが言う。

「香水代わりにはならないね」

「香水といえば」

アルウィンが急に考え込む仕草をする。

「どうも近頃、香水を盗む強盗がいるらしい」

「へえ」

大通りの専門店が狙われたらしい。香水は高価だからな。狙う奴がいてもおかしくはない。

だからこそ護衛も雇っていたのだが、気がついたら全員眠らされていたという。

ただ、宝石と違って香水はクセがある。液体なのでこぼしたらそれでアウトだ。扱いを間違えれば、空気と混ざって匂いが消える。

「しかも安物から高級品までお構いなしだ。それだけつけたら鼻が曲がる」

「いくらなんでも全部一度には使わないよ」

俺は苦笑した。

「全部混ざって台無しになる。せっかくの匂いも……」

そこで俺ははたと気づいた。

「……もしかして」

「どうかしたのか？」

「この前嗅いだ君の匂いを思い出していたところ」

ぶん殴られた。

その夜、密かに家を抜け出してやってきたのは、裏通りの廃屋だ。俺が魔女と遭遇した場所の近くにある。

つっかえ棒で支えてはいるが、屋根に穴は開いているし、柱にもあちこちひびが入っている。今度地震が起これば間違いなく崩壊するだろう。先日、あやうく瓦礫(がれき)の下敷きになりかけた俺としては気が気でない。

まあ、やっこさんの事情が事情だからな。こんな場所にしか住めないのだろう。ネズミも団体さんでお住まいのようだ。俺の足下をすばしっこく駆け抜けていく。外にいるだけでもう奇抜な臭いが立ちこめている。

「お邪魔するよ」

折れた柱の下を掻(か)い潜(くぐ)りながら声をかける。

黒い髪の女だ。まだ若い。少々野暮ったいがなかなかの美人だ。マレット姉妹から聞いた情報によれば、名前は確かエステル。エステル・ラティマー。

「君が魔女だな」

「どうしてここが?」

この街には耳も目もある。もちろん鼻もある。

「さっきそこの路上の紳士に聞いたんだよ。『最近、妙な匂いをさせている奴(やつ)を見かけなかったか?』ってね。そうしたらみんなここを教えてくれたよ」

俺は奥のベッドに寝ている男を指さした。

「原因は全て、そこの眠り姫だな」

ベッドの上で黒い影が横たわっている。生きていないのは、骨の出た顔や張りを失った肌、何より体から発する腐臭で明らかだ。そいつの調べも付いている。姿格好から察するに、おそらくダミアンだ。エステルの仲間であり恋人、そして『迷宮』で命を落とした冒険者だ。『迷宮』で死んだ魂は、半永久的に『迷宮』の中をさまよい続ける。『スタンピード』の際に街まで飛び出してきたのだろう。

アルウィンの活躍で『スタンピード』も終わり、本来なら『迷宮』へと戻るはずだったが、エステルは恋人を薄暗い闇の住人には戻したくなかった。

自身の魔術で死体となったダミアンを操り、街の中に留めている。当然、許される行為ではない。だからひた隠しにする一方で、まずいことも起こってきた。腐臭だ。腐臭を消すために香水や薬品を買い求めていたが、金も尽きた。それで街に出ては、強い臭いを持つ薬を奪い去り、香水店を襲撃した。

「はっきり言うよ。そいつはもう死んでいる。早く弔ってやった方がいい」

「違う！」

エステルは喚きながら男にのし掛かる。

「ダミアンは帰ってきた！　私の所にこうして！」

「気持ちは分かる。けれど、見てみろよ。そいつはもう君の愛したダミアンじゃない」

眼は濁って真っ白。肌は腐ってボロボロ。まごうかたなき腐乱死体だ。

「ラティマーの秘薬ならば、生前と変わらない姿に戻すことも出来る！　何年かかっても完成させる」

一門を追い出されたエステルには、秘薬の作り方が分からない。だから手当たり次第に作るしかない。それで薬を持っている奴を襲ったわけか。

「消えろ！」

エステルが髪を振り乱しながら俺に杖を向ける。またあの頭が痛くなる呪文か？　悪いがそうはさせない。今朝は不覚を取ったが、冒険者時代には魔術師とも戦ってきた。当然、対策もある。魔術師対策その一。先手必勝だ。

「『照　射』」

呪文と同時に、半透明の水晶……『仮初めの太陽』が輝き出す。太陽の力を蓄えた光を浴びて、力がみなぎってくる。

「悪いね、お嬢さん」

つっかえ棒代わりの材木をロープごと引っこ抜く。屋根がぐらついたのを一瞥しながらエステルめがけて、斧のように振り下ろす。エステルの顔に動揺が浮かぶ。とっさに腕で防ごうとしたがムダなあがきだったようだ。

材木は両腕ごとエステルの頭を打ち砕き、吹き飛ばし、壁に大穴を開けた。衝撃が家中に伝わる。

何度かぐらついたが、崩壊は免れたらしい。ほっとしながらエステルを見下ろせば、完全に頭が砕けて、白い骨が覗いていた。

念のためにと、エステルの薬棚を漁っていると、見覚えのあるハンカチを見つけた。

中身も無事だ。あと残るは、ダミアン君か。今もベッドでもがいている。

やはり楽にしてやるのが情けというものだろう。

手近な棒きれを振り上げた瞬間、ひどい頭痛がした。

「『魔性の王冠よ』」

俺は棒きれを取り落とした。

「死ね、ウジ虫が。私たちのジャマはさせない！」

エステルが喚きながら立ち上がるのが見えた。

バカな。あれで生きている人間などいるはずがない。

そう、エステルは頭が割れているにもかかわらず血がほとんど出ていない。腕も折れて、足も折れているが、いびつな動きで起き上がろうとする。途中でこらえきれず、足があり得ない角度で折れ曲がる。激痛のはずだが、痛がる様子もない。

「なるほど、アンタもだったのか」

パーティが全滅したってのは、そういう意味か。ラティマーの『死霊魔術』だろう。あらかじめ自身に術を掛けていたに違いない。目の前にいるのは、ただのゾンビではない。死を超越した、不死の魔術師だ。

「悪かったよ、謝る。君の事情に口を挟んで悪かった」

痛みをこらえながら頭を下げる。

「俺はもう帰るよ。大事なハンカチなんだ。これさえ返してくれたらそれでいい」

「うるさい！」

また痛みがひどくなる。

頭が締め付けられたような激痛に膝を突く。殴られるのは平気だが、精神を直接締め付けられているような感覚はなかなかきつい。意識が飛びそうになるのを懸命にこらえる。

その間に、『仮初めの太陽』の光も消えて、とうとう俺はぶっ倒れた。エステルは俺の手からハンカチごと丸薬を奪い取る。

「あれもダメだった。けど今度こそ、ダミアンを……」

その間にエステルは這うようにして恋人の元へ向かう。

「なかなかロマンチックな話だね」

俺はゆっくりと立ち上がる。

「見た目はゾンビ同士の共食いだけど」

「来るな！」

エステルの杖が白く瞬き、俺との間に半透明の壁を作る。

「嫌われちゃったね」

俺とて野暮は百も承知だ。強盗はいただけないが、二人がどこか寒い国で静かに暮らすというのならジャマをするつもりはない。けれどここは荒野のど真ん中にある『灰色の隣人』だし、俺には俺の事情がある。

アルウィンの薬を返してもらう。

俺は呼吸を整える。久しぶりだが、まあ何とかなるだろう。頭の中で、全身を縛り付ける鎖を引きちぎる。俺の『意地』だ。ほんのわずかの間、昔と同じ力を発揮できる。要するに、火事場のバカ力だ。ただし、使った後は全身筋肉痛でしばらくの間動けなくなる。わずかの間ではあるが、この麗しき愛に終止符を打つには十分すぎる。

俺は床板の隙間に指を突っ込み、一気に引き剝がす。長い床板がずれたせいで、エステルの足場が崩れ、鈍い音とともにうつ伏せに倒れ込む。

エステルは何が起きたのかと、濁った目を白黒させたが、再び起き上がろうとする。まだ魔法の壁は残っている。今のうちだ。

もう少しでダミアンに辿り着く。死んでいるはずの瞳が、希望に輝くのが見えた。薬さえ完成すれば、飲ませれば、助かるのだと。あり得ない妄執に取り憑かれている。

その腕を横からつかむ。エステルが不思議そうに顔を上げる。どうして魔法で閉じ込めたはずの俺が近くにいるのかが不思議らしい。腐った頭では想像も付かないのだろう。床板さえ剝がしてしまえば、床下を這い進むなどたやすいことだと。

「悪いね」

俺はエステルの頭を両手でつかむと、一気にねじ切った。

力なく倒れたその手からハンカチと丸薬を回収する。

「あ、が」

首だけになってもエステルはまだ動いていた。普通のゾンビならばこれで倒せるのだが、なかなかしぶとい。炎で焼いてもまた復活する恐れがある。こいつを殺し切るには、僧侶の法力で浄化するのが一番なのだが、俺には色々な意味でムリな芸当だ。魔術を唱えられても面倒なので、口の中に瓦礫を突っ込む。

ベッドの上ではダミアンがまだうめいていた。

夜露なのだろう。頬に雫が流れるのが見えた。

胸に強い痛みが走る。罪悪感などという殊勝なものではない。『意地』を使った反動だ。俺は体を引きずりながら廃屋を出る。家を出る直前、太い柱目がけて落ちていた石を放り投げた。大黒柱のひび割れが広がり、家全体を揺らしていく。

痛む体を引きずりながら路地裏に逃げ込むと同時に、崩壊の音が聞こえた。山となった瓦礫が轟音とともに地面の下に沈んでいく。この街にはあちこち自然の地下洞窟がある。崩落の勢いでそこへ到達したのだろう。魔女とその恋人は、はるか地面の下だ。もう蘇ることもあるまい。その必要もあるまい。恋人と同じ墓の下で眠れたのだから。

帰りは夜半過ぎになった。『意地』を使った反動でしばらく動けなくなったせいだ。這いずるようにして戻ると、アルウィンが怒鳴りつけようとして、顔色を変える。

「どうしたその格好は？」

エステルとの戦いのせいであちこち汚れちまったからな。

「ちょいと野暮用の帰りに怖いお兄さんに絡まれちまってね」

俺は肩をすくめた。

「悪かったね。寂しい思いをさせちまった」

「私は別に……」

「さてお立ち会い」

頬を膨らませるアルウィンを前に、俺は両腕を広げる。

「君の目の前にいる三国一の色男。何に見える？」

「ロクデナシのヒモだな」即答だった。「女にだらしなくて金遣いも荒い。いい加減で救いようのないダメ男」

反論の余地もないほどの正解を言い当てられ、苦笑するしかない。

「あとお前、自分で言うほど色男というわけでも……」

「え、ゴメン。それ初耳なんだけど」

まさかアルウィンにそう思われていたとは。泣きそうになるのをこらえて、懐から取り出したのは例の丸薬だ。

「先生が作った魔法の薬だ。君の悩みを消してくれる。名前は確か、『抗解薬』だったかな」

本当はもっと長ったらしい名前なのだが、ニコラスも俺に倣ってそう呼んでいるので問題はあるまい。

「つまり、解毒薬か？」

「毒そのものは消さないんだが、体に浮かぶ黒い斑点を消してくれる。一粒飲めば、二、三日は続く。飲み過ぎはダメだけどね」

アルウィンの眼が見開く。俺の手から丸薬を取り、ためつすがめつ見る。

「これがあれば祝宴にも出られる。ただ」

話を続けようとしたところでアルウィンは丸薬を口に入れ、そのまま呑み込んだ。

相変わらずムチャをする。

「なんだか苦いな。それに体が重いような」

アルウィンは不快そうに胸を撫でさする。

「副作用だよ」

薬も転じれば毒になる。何もかも都合のいい薬なんて存在しない。先生の受け売りだが。

「しばらくすれば効果も表れる。気分が優れないようならもう休んだ方がいい」

「そうだな」

今日は色々ありすぎて疲れた。まだ体も痛いし、さっさと寝よう。

「マシュー！」

翌朝、扉を蹴破りそうな勢いでアルウィンが部屋に飛び込んできた。

「朝這いならもう少し恥じらいと慎みってものをだね」

「見ろ、マシュー！」

髪をかき上げ、首の後ろをさらす。

「消えている。消えているぞ！　信じられない……」

喜びと驚きで興奮しているようだ。脱いでって言ったら今にも脱ぎ出しそうだ。

「喜んでいるところ悪いが、忠告だ」

昨日は中断してしまったが、説明の続きだ。

「まずこいつの存在は、誰にも内緒だ。理由は分かるだろう？」

薬を持っている事実そのものが、アルウィンの秘密を暴く羽目になる。

「昨日も言ったけれど、効果は二、三日。それを過ぎればまた元の斑点が出てくる。でも飲み過ぎは厳禁だ。体を悪くする。今回みたいに、特別な状況のために使うものと思ってくれ」

「了解した」

普段使いはできない。日常生活程度なら問題はないだろうが、アルウィンには『迷宮』攻略という使命がある。わずかな不調が命取りになりかねない。

「それと、この薬は酒に弱くってね。効果が薄れるんだ。飲んでいる間は酒を控えてくれ」

アルウィンは神妙な顔でうなずいた。

「あと当然だけどこれを使っている間は、あめ玉は食べられない」

毒と薬を同時に飲むなんてどれだけバカな話か。説明するまでもないだろう。

一通り説明を終えると、アルウィンは何故か呆けたように俺を見つめる。

「どうしたの？　礼なら先生に言ってくれ」

「どうしてお前は、こんなにも私の欲しいものを見つけてくれる？」

「昔っから捜し物は得意でね」

これはウソではない。よく捜し物を見つけたものだ。お袋のなくした針は台所の床で、親父の財布は裏のニワトリ小屋の中で、兄貴の可愛がっていた猫は木の上で。

「さて、お立ち会い」

両手をぽんと叩いて鳴らす。

「君の目の前にいる三国一の色男。何に見える？」

「ロクデナシのヒモだな」

またも即答だった。

さすがに落ち込んでいると、アルウィンはくすりと笑った。

「救いようのない私を救ってくれる、私の命綱(ヒモ)だ」


で、なんやかんやあって数日後。

領主の館で祝宴が開かれることになった。

わざわざ迎えの馬車をよこしたのはもちろん、ドレスまで用意してくれた上に、着付けのための侍女まで派遣してくれた。英雄たる姫騎士様への厚遇ぶりがうかがえる。

あちらの屋敷(やしき)で着替えた方が手っ取り早いのだろうが、おかしな奴(やつ)が覗(のぞ)きに来るかもしれないからな。警戒しているのだろう。

「しっかし、お前は似合わねえな」

「うるさい！」

大きなお世話だ、とばかりにラルフがわめく。一応、『戦女神の盾(イージス)』も英雄のお仲間として招待されている。ラルフも領主が用意したという礼服で現れたのだが、まあ似合わないこと。

完全に服に着られている。

隣にいるノエルも男物の礼服だ。ドレスにすればいいもの「護衛に差し支える」との理由で頑として拒否したらしい。

ニコラスは参加を辞退したそうだが、マレット姉妹は現地で合流の予定だ。こちらは自前の衣装で参加するという。どんな仮装をしてくることやら。

二階では姫騎士様がお姫様に役割変更のため、お着替え中だ。

「少し遅いな」

「こんなものだよ」

高貴なご婦人の身支度だぞ。時間なんていくらあっても足りるものか。それにアルウィンの服装のセンスは世間からずれている。彼女独特の基準を披露して侍女を困らせていたとしても不思議ではない。

「女の着替えを待ってやるのも男の度量って……」

ありがたい講釈を聞かせているところで、階段を下りる音がした。アルウィンの足音ではない。振り返ると派遣されてきた侍女が困り顔で俺に言った。

「アルウィン様が、あなたをお呼びです」

とにかく来てくれというので階段を上がり、彼女の部屋に入る。

鏡台の前に座っていたアルウィンが振り返る。

俺は感嘆の声を上げた。化粧をしていつにも増して艶(あで)やかな肌に、肩の出た白いドレス、首には翡翠(ひすい)色のネックレス。足元にはなまめかしい足と、白い靴が覗(のぞ)いている。

まるで女神様だな。

アルウィンは不服そうに俺から目をそらした。

「じろじろ見るな」

「ムチャな命令に従う義理はないよ」

こんな美人から目をそらせとは殺生な。

「それで、何の用？」

「髪を結ってくれ」

昔、付き合っていた女の一人が、貴族に侍女として仕えていた。そいつから女の髪の結い方を色々教わった。少し前にアルウィンとエイプリルの髪を結いあげたこともある。

「やってもらった方が早いしキレイだよ」

しょせん素人の手慰みだ。本職には敵わない。わざわざ派遣されるくらいだから髪を結うくらいはお手の物だろう。わざわざ下手な奴に頼まなくてもいいはずだ。

「お前がいいんだ」アルウィンは言った。「頼む」

「了解」

言い出したら聞かないんだから。

手を洗い、髪をくしけずりながら整える。

「どんな感じにする？」

「この前ので頼む」

「あれね」

花飾り付きのシニヨンにして頭の後ろで留める。いつも長い髪だから、まとめた方が周りも新鮮に映るだろう。

「完成だ」

鏡の中のアルウィンが惚けたような息を吐くのが見えた。

「本当にこれでいいの？」

自分としては上手くできた方だとは思うが、形とかボリュームとか、やはり本職にやってもらった方がもっと良かった気がする。もっと複雑な髪型だって出来ただろう。

「これでいい」アルウィンは満足そうに言った。「これがいい」

つくづく姫騎士様の美的感覚は独特でいらっしゃる。けれどまあ、嬉しそうにしているのを見れば、俺も悪い気はしない。

「そろそろ時間だね」

早くしないと祝宴に遅れちまう。

俺は玄関でお見送りだ。

「本当に来ないのか？」

「招待状が来てないからね。多分、あと三年もすれば届くと思うけど」

残念そうな顔をするが、俺なんかが顔を出したらアルウィンが嘲笑されるだけだ。

ヒモでなくても俺は日陰者だからな。華やかな場所には向いていない。

「では行って来る。留守を頼むぞ」

アルウィンたちを乗せた馬車が遠ざかっていく。

夕暮れの街に去っていく。残ったのは、俺だけだ。やることもなし、部屋に戻って酒でも飲むかと背伸びしたところで、駆けてくる足音がした。

「彼女はもう行ったのかな」

汗を垂らしながらやってきたのは、ニコラスだ。

「ああ、ウキウキだよ。鼻歌交じりにスキップなんかしちゃってさ」

「あの薬も飲ませたのかい？」

「……ああ」

咎めるような声音に、俺の声も険しくなる。気づかれたか。まあ、いつかはばれると思っていたからな。祝宴まで気づかれなかっただけでも万々歳だ。

「あれはまだ試験段階と言ったはずだが」

「時間がなかったんだよ」

あの様子だとまた『迷宮病』を発症しかねない。アルウィンを安心させたかった。

「あれは強い薬だ。量を誤れば心臓に負担もかかる。場合によっては死に至ることもある」

笑ってばかりでつかみどころのない男だが、今日ばかりは真剣な顔で怒っている。

「君は大切な女性を殺すところだったんだぞ」

「悪かったよ。勝手なマネをした。謝る」

俺は素直に頭を下げた。ここでニコラスにへそを曲げられたら目も当てられない。大本命は解毒薬であり、あんな一時しのぎではない。大手を振って祝宴でも舞踏会でも出られるようにするためだ。

「とにかく、二度とこんなマネは控えてくれ」

「で、完成品はいつ？」

「……あと三日はかかる」

なら完成までは『抗解薬』の効果も続くはずだ。

「先にこれを渡しておく。今後、飲ませるときはこの指示に従ってくれ」

と、俺に紙切れを渡す。『抗解薬』の説明書だそうだ。

「了解」

ニコラスはまだ怒り足りないようだったが、金を握らせると黙って帰っていった。

「心配性だな」

俺は家に戻った。飯を食い、風呂に入り、部屋に戻り、酒を飲む。窓から遠く離れた場所にたくさんの明かりが灯っている。あのどれかが領主の館だろう。

今頃、祝宴とやらの真っ最中だ。アルウィンは無事にやっているだろうか。

「ん？」

眼下を幌(ほろ)馬車が通り過ぎていく。死体回収屋こと『墓掘人(グレイヴディガー)』だ。ブラッドリーは、こんな真夜中にも働いているのか。仕事熱心だな。

まあ、俺が言えた義理ではないが。仕事を作っている張本人だからな。先日もお世話になったばかりだ。

ベッドに腰掛け、改めて紙切れを開く。用法用量が事細かに書き記してある。

俺は苦笑した。

「俺がそんな厄介な薬を試しもせずに、アルウィンに飲ませるわけがないってのによ」

何もかも実験済みだ。飲みすぎれば害になるのも、酒を飲ませると効果が薄くなるのも全部自分で見つけた。だからこそ、もう一度盗み出したのだ。協力者には感謝してもしきれない。

死んだのは、予想外だった。もがき苦しんで死ぬ羽目になったのは、悪かったと思う。けれど、俺が手を汚さなくてもいずれお仲間に殺されて、路上の死体として『迷宮』に打ち捨てられていたはずだ。紳士諸君はルール違反に厳しいからな。

せめて冥界で天国に行けるように祈っておくよ。夜空に向かって哀悼の意を示し、俺は窓を閉めた。

第二章　原初の神は口を開けて

今日も冒険者ギルドは混雑していた。見慣れない顔もある。よその街から来た冒険者がまた増えたようだ。少し前の閑散とした様子がウソのようだ。大迷宮『千年百夜』へと挑むためだ。『スタンピード』が終わって、『迷宮』攻略がしやすくなった。魔物の数が明らかに減っているためだ。冒険者の間ではウワサになっていたが、街の外にも広がっているようだ。

いや、ギルドが意図的に広めているのだろう。『迷宮』へ入る冒険者が増えれば、魔物の爪や牙といった貴重な素材の持ち込まれる量も増える。それだけギルドの実入りも増えるという寸法だ。儲かるのはギルドだけではない。冒険者たちが飲み食いすれば、近隣の宿や酒場にも収入が増える。武器の研ぎや修理で鍛冶屋も客が入る。当然、歓楽街も大賑わいだ。宵越しの銭を持たない連中だから派手に金を使ってくれる。かくして金が右から左へと流れていき、街は賑わいをみせる。人が動けば銭勘定だ。

街の再建はまだまだだが、金回りは良くなってきている。建築が追いつかないのでよその街からも応援を頼んでいるそうだ。その間に家をなくした者たちは仮設の家に住むらしい。アルウィンの献策が通ったのだろう。

今のところ街は順調だ。アルウィンたち『戦女神の盾（イージス）』も『迷宮』攻略を再開している。今回は前回の最高記録である十九階に挑むという。なんとしても無事に帰ってきてほしい。

アルウィン人気が高まる一方で俺の評価は下がる一方。今もギルド中からの敵意に満ちた視線にさらされている。おっかない。

「あ、いいところに」

また裏路地にでも引きずられそうなので、帰ろうとしていたらまずいのに見つかった。ギルドマスターの孫娘にして無類のお節介焼きである、エイプリルだ。

「マシューさんも手伝ってよ。今、忙しいんだから」

「よそを当たってくれ」

どう考えても俺には不適格だ。

「そもそも俺はギルド職員じゃない。もうクビになった身だからね」

「再就職する気は？」

「ないね」

エイプリルはこれ見よがしに頰を膨らませる。

「デズさんも忙しいのに」

「そりゃ何よりだ」

俺は言った。

「あいつの実入りが良くなれば、俺も遠慮なく借りられる」

エイプリルが俺の足に蹴りを入れた。

「痛いな」

つま先でならともかく、体重をかけて踏み抜くように蹴るのはいただけない。俺以外の人間なら大ケガをする。抗議の声にもおちびときたらそっぽを向くだけだ。

「どうせお酒飲んだり賭け事したり、ほかの女の人と遊ぶためでしょ」

「まあね」

それもあるがそれだけではない。

アルウィンの治療のためだ。『解放』の中毒を消す解毒薬は完成した。完全に毒を消すには継続して飲む必要がある。だが、材料が高価なために次の解毒薬が作れない。

その間にも、禁断症状を抑えるためにまたも悪魔の『クスリ』に手を染めなくてはならない。せっかくいい方向に向かっていたのに、また悪い方へ戻ろうとしている。

今の俺には金が必要だ。だというのに、金回りは決して良くない。

理由の一つが、収入源の減少だ。つい先日、市場でやっている闘鶏バクチから出入り禁止を受けてしまった。自分で賭けるだけではなく、たまに予想屋のマネゴトもやっている。強い生き物を見抜くのは得意だからな。少し前の大一番で大穴を当てた奴が続出した。それが俺の仕業だとばれたのだ。

闘鶏バクチ自体はほかにもあるが、どこも筋が悪い。姫騎士様のヒモである俺が乗り込めば、拉致監禁脅迫身代金殺害のフルコース一直線だ。かといってほかの賭け事はどうかといえば、カードなんかはどこもイカサマをやってくる。イカサマ自体は見抜けてもその後に待っているのは、財布が空っ穴になるか俺自身がボロッカスになるかの二択だ。

「そんなんでアルウィンさんとの将来どうするつもり？」

「将来ね」

そんなものはない、と言うのは簡単だが、心の底から心配しているであろうおちびを怒らせるのは得策ではない。

「君こそ将来どうするつもりだ？」

「ワタシ？」

エイプリルが目をぱちくりさせる。

「君だっていつまでもギルドや養護施設の手伝いってわけでもないだろう？　何かやりたいことがあるんじゃないのか」

少なくともそれができるだけの金がある。じいさまの遺産が手に入れば、この街でも有数の金持ちに早変わりだ。

それは、とエイプリルは自信なさげに俯いてしまう。

「もしかして、じいさまに反対されているとか？」

エイプリルは弱々しく首を縦に振る。

じいさまは古臭い上に頑固者だからな。金持ちのボンボンに嫁がせて将来安泰って安易な将来設計を描いているのだろう。娘の分まで幸せになって欲しい、という思いもあるはずだ。

伝え聞くところによれば、じいさまの娘は、この街でも有数の美人だったそうだ。女房を病で亡くしたじいさまにとっては、かけがえのない宝だったという。蝶よ花よと育てた娘は、この街で学者の男と知り合い、恋に落ち、エイプリルが生まれた。

円満な夫婦だったが、ある日研究調査のために夫婦揃って旅に出たところ、乗っていた船が嵐で沈没してしまった。残されたのは、二歳の娘がただ一人。それ以来、じいさまが引き取り、一人で育てている。じいさまとしては今度こそ、箱入り娘に育てたかったのだろうが、俺の目の前にいるのは、足癖の悪いお節介焼きだ。

いくら親だろうと、思い通りには育てられないし育たない。ムリヤリ押さえつければ、ねじ曲がるだけだ。

「君の人生は君のものだ。じいさまのものじゃない」

こんな荒くればかりの街で素直に育ったのは、奇跡としか言いようがない。

じいさまとて、永遠には生きられない。どうせあと十年かそこらの命だ。老い先短い年寄りの安心のために、人生を棒に振る必要などどこにもない。

「いざとなったら俺も手を貸してやるよ」

「腕相撲で負けちゃうくらいなのに？」

「迷子にならないように手を引くくらいは出来るさ」

「マシューさん……」

エイプリルが感極まったように目を潤ませる。俺は笑顔で言った。

「もし君がここのギルドを継ぐってんなら雇われてもいいけどね。条件は週休七日で気が向いた時だけ出勤可、で、給料はじいさまと同じくらいでいい」

「バカ！」

エイプリルは俺の足を思い切り踏みつける。まあ、元の体重が軽いから痛くもなんともないのだが。

「ジャマするなら帰ってよ」

そんなに忙しいなら新人でも雇えばいいんだ、と言おうとしてギルド職員の中に見覚えのない顔がちらほら見えるのに気付いた。

「新顔が増えたな」

「よそのギルドから応援に来ているの」

冒険者ギルドの支部ごとの独立採算だが、横のつながりも強い。窮地になれば応援に来る。『スタンピード』の時も元・冒険者とかいうのが何人か来ていたはずだ。

「まだか？」

　強面（こわもて）の冒険者が詰め寄って来る。字が読めないというのはこの男か。依頼の書いた紙を手に不機嫌そうにしている。今にも癇癪（かんしゃく）を起こしそうだ。

「早くしろよ、おい！　この街にはこんなガキしかいねえのか？」

　無知というのは恐ろしいものだ。じいさまに処罰されても知らねえぞ。

「ああ、それは」

　エイプリルが受け取ろうとした寸前、横から若い男が依頼票をかっさらった。金髪に碧眼（へきがん）で、人当たりのよさそうな顔をしている。ギルドの職員のようだ。

「ああ、これは……」

　流暢（りゅうちょう）かつはっきりとした言葉遣いで、読み上げる。ただ読むだけではなく、難しい単語を分かりやすく言い換えている。

「遅いんだよ」

　礼も言わずに冒険者は愚痴をこぼしながら背を向ける。

「ありがとうございます」

「いえいえ、お安い御用で」

　男は照れ臭そうに笑いながら、別のカウンターに向かっていく。

「あれは？」

「ドナルドさんだよ。今度新しく入ったの」

　エイプリルは誇らしそうに言った。

「ああやって受付や冒険者の整理もやってくれているんだけど、本当は『迷宮』の中に入って、困っている人を助けたりするのが仕事なんだって。デズさんの後輩、になるのかな」

『迷宮』に潜る人数が増えれば、脱落者や遭難者も増える。状況にもよるが、その時はギルド職員が救助や捜索に当たる。

「可哀そうに」

　説明をしない。見て覚えろ。質問をするな。

　ダメな先輩のお手本のようなひげもじゃの後輩とは。運がないな。せいぜい、命がある間に転職か配置換えをおススメする。

「あ、ちょっと待って」

「忙しいみたいだから、俺はこれで失礼するよ」

　ギルド職員が近づいてきて、エイプリルに何事か耳打ちする。エイプリルは、首をかしげながら俺に言った。

「じーじ……じゃなかった。お爺様がマシューさんに用事があるんだって」

「俺にはないよ」

　あの腹黒いじいさまの頼みなど、厄介事に決まっている。

「いいから、一緒に来てよ」

子豚よりも貧弱な俺では勝ち目もなく、三階にあるギルドマスターの部屋に連行される。

「いい、ちゃんとお爺様の言うこと聞いて。いつもみたいな横柄な喋り方しちゃダメだからね」

言い聞かせるような口調で念押ししてエイプリルは出て行った。どちらが年上か分からねぇな。今度エイプリルお姉ちゃんにお小遣いでも催促してみるか。

「相変わらず、うちの孫と仲がいいみたいだな」

二人きりになるなり、じいさまが冷ややかに言った。

「じーじの教育が悪いからだよ」

たいていは向こうから突っかかってきて、用事を押し付けてくる。

「そんなにおちびが心配ならこんな場所に出入りさせるな。護衛もいねぇのに」

少し前までエイプリルには護衛が付いていた。サイラスとジェーンという男女ペアだ。腕のいい連中だったが、いつの間にかくっついたのか、先日ジェーンに妊娠が発覚した。今は夫婦になって故郷に戻っている。現在は、新たな護衛を探しているところだ、という。

「ちゃんと職員どもに見張りはさせている。送り迎えも馬車にさせている」

「例外ってものがあるだろう？　ここは物騒な街の物騒な場所だ」

いくらギルドマスターの孫娘だからといって安全とは限らない。つい先日も誘拐されかけたばかりだ。

「どっちが身内か分かりゃしねえな」

「猫かわいがりするだけが教育じゃねえだろ」

ムチで折檻しろとは言わないが、甘やかしてばかりではダメになるだけだ。

じいさまは苦い顔をするばかりで返事はなかった。代わりに別の話を切り出した。

「お前に頼みたいことがある」

「お断りだ。じゃあな」

「太陽神の件だ」

俺は足を止めて振り返った。

「どうも、うちのギルドに太陽神の信者が入り込んでいるみたいでな」

俺は驚かなかった。『スタンピード』の一件以来、この街で太陽神は禁教扱いだ。信者の出入りも禁止している。だが、あの自称太陽神の目的は『迷宮』の奥にある『星命結晶』だ。それを手に入れるために手っ取り早い方法は、手下を冒険者にして『迷宮』の奥まで取ってこさせればいい。そう考えれば、冒険者やギルドに手下を送り込むのは予想の範囲内だ。

だから時間があれば冒険者ギルドに来て、それらしい奴がいないか監視している。アルウィンにも用心するよう口を酸っぱくして忠告しているが、今のところそれらしい奴は見つかっていない。

「ぶち殺せよ」

「証拠がねえ」

吐き捨てるように言った。

「昔はそうだったが、今は違いますと言われちゃあどうしょうもねえ」

街を出入りする際に信者か否かチェックされるが、あんなものはザルだからいくらでも誤魔化しがきく。あいつらの間では、棄教した振りをすることも認められているので始末に負えない。何より街の外では未だに合法だ。当然、『スタンピード』でやらかした一件は、お偉いさんの耳にも入っているはずだが、国全体でとなるとしがらみが多いのか、まだ動きはない。

「問題は、そいつがただの信者なのか、またこの前みたいにえげつないことをやらかそうとしているかだ」

復興の最中にまた大暴れされたら今度こそ『灰色の隣人』は終わる。

「俺やほかの職員じゃあ警戒されるだろうからな。あいつが信者かどうか、探ってほしい」

むしろ俺の方こそ怪しまれるだろうぜ、と腹の中に呑み込む。

「あいつってことはもう特定は出来ているんだろ？　なら拷問でもすればいい。得意だろ、そういうの」

「目玉ほじくり返したくらいで喋ってくれそうならそうするがな」

おっかないじいさまだ。本気でやるからな。

魂胆は読めている。じいさまは俺の過去を知っているからな。キンカン太陽神との因縁も承知済みだ。それでも俺を巻き込もうとする以上、絶対に何かを企んでいる。

仮に失敗しても俺とギルドは無関係だ。知らぬ存ぜぬを決め込むつもりだろう。

正直に言えば、じいさまの思い通りに動くなど気に喰わない。が、腐った牛乳太陽神の手下に好き勝手されるのはもっと腹が立つ。何よりギルド職員に手下がいるとなれば、アルウィンの身も危うい。『スタンピード』を直接阻止したのは、アルウィンだからな。報復のために何かするには、格好の立場だ。

「まさかただ働きじゃねえよな」

「足代くらいは払ってやるよ」

ケチなじいさまだ。

「で、誰なんだ？　その疑わしい奴ってのは」

腹立たしさを呑み込みながら聞くと、窓の方を指し示した。

窓に近づくと、門の近くで若い男が『迷宮』の方へ向かっていくのが見えた。

「名前はドナルド。最近入った職員だ」

ドナルドの家は『夜光蝶通り』から東に入った通りにある。そこの一角にあるアパートの二階に一人で住んでいるらしい。

あれからそれとなく聞き込みをしたが、評判は悪くない。同僚はもちろん、冒険者連中からも好評だ。明るくて返事もいい。受け答えもはきはきしている。愛想がいい。どこかのひげもじゃとは大違いだ。路上の紳士諸君にも怪しい素振りがないか聞いてみたが、一切出てこない。休日は家にこもっているか、近くの酒場で酒を飲む。二杯空けてまた家に戻る。

好青年だが、本当の好青年はこんな街には来ない。もっと言えば冒険者ギルドで働こうなどとは思わない。無頼漢の尻拭いを好き好んでするなど聖人君子でもムリだ。

アパートの近くで座り込みながら帰りを待つ。ドナルドの勤務日程は把握済みだ。

今のところ怪しい行動は見当たらない。少なくとも表には出ていないが、人の本性などあてにはならない。別の宗教の『異端審問官』や、善良そうな野菜売りまで信者だったのだ。どこの誰が信者だろうと、不思議ではない。

物乞い太陽神の声が蘇る。

あいつは復活のために『星命結晶』を手に入れたい。だが『迷宮』の中までは力も届かないため、自身の力を分け与えた『伝道師』では、『迷宮』攻略は不可能だ。だからこそ、自分の意志で太陽神の奴隷になり下がった『受難者』を欲している。

魔物を大量発生させる『スタンピード』の反動で、『迷宮』内部に現れる魔物の数は減っている。あいつにとっても千載一遇のチャンスだろう。この機会に自分の奴隷を送り込み、『千年白夜』を攻略させるつもりだ。

もしドナルドが『受難者』ならほかに仲間がいるはずだ。尋問でも拷問でもして、全て聞き出す。懐（ふところ）の『仮初めの太陽（テンポラリー・サン）』をつかむと指にざらついた感触が伝わる。またひび割れが大きくなった気がする。いざという時に壊れたら、と思うとぞっとするが何とかだましだまし使うしかない。

苛立（いらだ）ちながら瓶ごと酒をあおると、斜向（はすむ）かいにある『黄金の馬車亭』の扉が開いた。現れたのは、会いたくもない顔見知りだった。とっさに背を向けて知らぬ存ぜぬを決め込もうとしたが、向こうの方が俺を見つけてしまった。

「マシューじゃないですか。昼間から酒とはいいご身分ですね。わたしにもおごって下さい」

俺の顔を見るなり妄言を吐いたのは、ナタリーだ。

「その格好は？」

無視して、ナタリーの服装について尋ねる。ツバの大きな帽子に、ぼろっちい茶色のコート。何より手には小さなリュートを持っている。

「吟遊詩人です」

「商売はどうした？」

「儲（もう）からないので辞めました」

「賢明だ」

こいつが蔵を建てる前に、客の亡骸（なきがら）が積み上げられる方が早いし大きい。

「これからは楽器でも弾いて一人静かに生きていこうかと」

「お前、楽器なんか弾けたっけ？」

　そもそも左腕が不自由なのに、どうやってリュートを弾くというのか。

「お疑いでしたら一曲」自信ありげに弦へ指を掛ける。

「止めろ」

　こんな道端で歌われたら注目されちまう。

「あなたこそ、こんな場所で何をしているんですか？　あなたの家やデズさんの家とも離れていますけど」

「知り合いの家に行くところだよ」

　俺はウソをついた。ナタリーもインチキ太陽神には恨み骨髄だろう。用心棒代わりに協力させようかとも考えたが、余計なマネをして場を混乱させるだけだ。手を借りるのはもう少し後でいいだろう。

「女のところですか？　最低ですね。死ねばいいのに」

　言わせておこう。否定しても信じない。そういう奴だ。

「お前こそ歌なら大通りで酒場回りでもした方がいいんじゃねえのか」

「面白そうな話を聞きつけたのでそれを見に来たんです。話のタネに。知りませんか？」

「酔っ払った勢いで、国宝の鎧をぶった切って死刑にされかけた剣士なら知って……」

　喉元にナイフが突きつけられる。

「あれは事故です。緊急措置です。正当防衛です。証拠もあります」

「裁判では採用されそうにねえけどな」

本人の主張だけだからな。挙げ句の果てに愕然とするお歴々の前で、鎧の上に小間物をぶちまけたバカなど、弁護する気はこれっぽっちもない。

「わたしが言っているのは、あれですよ」

連れて来られたのは、ドナルドの家から二本ほど南の通りにある家の前だ。既に人だかりが出来ている。背の高さを利用して頭の上から覗き込めば、そこには戦場のような破壊の跡が残されていた。あちこち壁にひびが入り、窓は割れ、扉は壊され、道には大穴が開いている。

野次馬の話では、昨日の夜に何かが暴れた跡だという。

「なかなか楽しいことになっていますね。魔物ですかね、これ」

「街中でそれ言うなよ」

魔物の話を聞くだけで気分を悪くする奴もいる。『スタンピード』の一件で家屋や体だけでなく、心に傷を負った者も多い。

「『スタンピード』の時に『迷宮』から出てきた魔物の仕業じゃないかってウワサですね」

「みたいだな」

あり得ない、とは言い切れない。つい先日そういう事例と出くわしたばかりだしな。

「つがい、ではなさそうですから縄張り争い、ですか」

「何故そう思う？」

「久しく会わない間に目が悪くなりましたか？」

見て下さい、と指さしたのは壁の壊れ方だ。

一方は鋭い牙で噛みついたようなように鋭い傷だか、もう一方には力任せで砕いたような壊れ方だ。地面には巨大で足跡のような傷もあれば、細長いものが這いずった跡もある。

「なるほど」

少なくとも二体の魔物が戦った痕跡のようだ。

「むしろ気になるのは、どこへ消えたか、ですね」

「そうだな」

これだけの魔物が争ったのならもっと被害や目撃者、そしてケガ人や死人がいてもいいはずだ。けれど、今のところそうした被害は聞こえてこない。

「嵐がごとき深き闇へ消える二つの影♪　月のみぞ知る♪」

「だから歌うな」

リュートも適当に弾いているだけで、曲になってない。うるさいだけだ。

「おい」

ほら見たことか。案の定、ごついのに絡まれた。

ナタリーは帽子を取ると、笑顔で差し出した。

「ご清聴ありがとうございました」

金を取るつもりらしい。

「お代はお気持ちで結構です」

「ふざけるな！」

殴りかかってきた。腰の入ったいい拳だが、ナタリーにすれば尻を掻くよりも容易い。

紙一重でかわすと上体の浮いた大男の頭にリュートを叩き付けた。耳障りな音が上がる。リュートの腹から男の頭が亀頭のように突き出したところで、ナタリーの蹴りが男の股間に突き刺さった。大男は仰向けにひっくり返った。泡を吹いて気絶する。

「商売道具壊してどうするつもりだ」

「もう廃業します」

うんざりって感じで高々と帽子を放り投げた。

「歌って楽器弾いているだけでいいかな、って思ったんですけど」

「お前、世の中なめすぎだ」

「あなたにだけは言われたくありませんよ」

放り投げた帽子が木の葉のように舞い落ちて、大男の顔に覆い被さった。

「ではわたしはこれで。次の仕事を探しませんと」

手を挙げて角を曲がりかけたところで急に振り返った。

「ところで、私より少し年下で金髪で碧眼の男に心当たりはありますか？」

「……まあな」

まさにその男について探っている最中だ。

「さっきそこの角からあなたのことを見ていましたよ」

「まあ、この近くに住んでいるからな」

いても不思議ではない。むしろ家の近所で魔物が暴れたと知れば、普通は驚くし恐怖を感じるだろう。

「わたしが振り返るとそそくさと逃げていきました。訳アリですか」

「色々とな」

ナタリーと別れて今後の対策を考える。よそから来ただけあって情報が少なすぎる。ナタリーのせいで注目も集めてしまった以上、こそこそ陰で探るのは難しいだろう。直接乗り込んだ方が確実だ。

ドナルドの部屋に忍び込む。鍵はかかっていたが、開けるのは造作もない。

備え付けのクローゼットのほかには、ベッドにイスにテーブルと殺風景だ。生活臭が薄い。寝るためだけに帰っている感じだ。まあ、それ自体は珍しくない。問題は陰気ぼっち太陽神と何の関係があるか、だ。

一番手っ取り早いのは体に聞くことだ。だが、万が一無関係の一般人となれば、俺の方がお尋ね者になる。

クローゼットも服や小物ばかりだ。怪しいものは特にない。

「ん？」

ベッドの下を覗（のぞ）くと、ベッドの裏側に何かが引っかかっている。手を伸ばし、そいつを取り出す。俺は目をみはった。クソ塗れ太陽神の紋章だ。撫（な）でると、指にわずかな汚れが付いた。

「なるへそ」

誰かが近づいてくる気配がする。扉を開けてドナルドが部屋に入ってきた。俺の姿を見て、硬直する。

「誰だ？」

「お前の守護天使だよ」

すかさず『仮初めの太陽（テンポラリー・サン）』を光らせ、後ろを取り、服をロープ代わりにして縛り付ける。いつかの何とか兄弟の時みたいなワナを仕掛けている余裕はないからな。実力行使でいかせてもらった。

動けなくしてから『仮初めの太陽（テンポラリー・サン）』を解除する。

騒がれないよう、ナイフも取り出して鼻先に突き付ける。身柄をさらえたらもっと好き放題できるのだが、俺の腕力ではそうもいかない。

「お前、確かマシューだな。なんだってこんなマネをする」

「質問をしているのはこっちだ」

俺はナイフを喉元に突き付ける。

「じいさま……ギルドマスターに恨まれる心当たりでもあるのか？」

じいさまの魂胆は読めている。俺とドナルドを潰し合わせる気だ。最初から怪しいとは踏んでいたが、確信したのは紋章を見た時だ。ギルドへの潜入なんて重要任務を任されるような精鋭がこんな分かりやすい証拠を残すはずがない。何より熱心な信者ならば毎日握るだろう。ホコリを被(かぶ)るような暇もないはずだ。誰が隠したか、なんて考えるまでもない。

ドナルドの顔にためらいが浮かぶ。頭の中で天秤(てんびん)にかけているのだろう。

「俺はじいさまに雇われたが、忠臣ってわけではない。事情を話してくれたら見逃してやる。場合によってはそちらに協力してもいい」

しばしの沈黙の後、ドナルドは口を開いた。

「分かった。全部話す」

俺は拘束を解いた。この方が話しやすいだろう。もちろん逃げられないように扉の方に陣取るのは忘れない。

「で、もう一度聞く。アンタは何者だ？」

「冒険者ギルド本部の監査役だ」

冒険者ギルドの各支部は独立採算だが、横だけでなく縦の繋(つな)がりもある。各国にギルドの本部があり、そこから許可を得てギルドを作っているというのが建前だ。ギルドの権威を維持すると同時に、乱立を防ぐためだ。決まりができる前は、一つの街に十個以上も冒険者ギルドがあったらしいからな。それに、街単位では対応が追い付かない場合もある。レイフィール王国では本部が王都にあり、各支部を監督している。

「目的はじいさまの不正を暴くためか？」

「ギルドマスターのグレゴリーが利益の一部を着服しているというウワサは前々から流れていたが、証拠は見つからなかった」

表向きの会計に問題はない。監査役を何人も派遣したが、いずれも問題はないと証言したそうだ。帳簿の付け方が上手かったか、監査役を懐柔でもしたのだろう。あのじいさまなら絶対にやっているはずだからな。

「今回の『スタンピード』でこの街のギルド職員にも大勢欠員が出た。上層部は不正を暴く機会と見た」

「で、お前さんが潜り込み、内偵調査を進めていたと」

予想はしていたが、やはりか。あのじいさまのやりそうな話だ。守銭奴太陽神の話をエサに、俺を焚き付けやがった。いざとなれば俺ごとドナルドを消すか、ドナルド殺しを俺になすりつけようって腹だろう。

「忠告だ」

冒険者ギルドの内紛に巻き込まれるなどバカバカしい。一足先に失礼するよ。

「早くこの街から出た方がいい。じいさまはその気になればアンタを消すくらいはやってのける。その証拠とやらを持って街を出ろ」

じいさまは孫に懐かれている元冒険者のヒモ男がよほど目障りらしい。アルウィン人気が再燃して、苦情や文句がギルドにまで飛び火したのも理由の一つだろう。もしかしたらもう、この部屋に暗殺者でも送り込んでいるかもしれない。目障りな人間を二人まとめて消す好機だ。

俺がじいさまなら絶対にやる。

あのじいさまは、俺の同類だからな。

ドナルドはうなずいた。

「待ってくれ、報告書を持っていかないと」

と、クローゼットの扉を開ける。

「早くしろ。街の外には俺の知り合いが出して……」

話している途中で首筋がひりつく感覚がした。

何かが来る。

次の瞬間、窓の方から何かが飛び込んできた。小さな窓を壁ごとぶち破り、着地する。

そこに怪物がいた。

はげ上がった頭部に、巨大な目玉は黒々と光り、ドナルドのおびえた顔を映し出している。

首から下には魚のような鱗(うろこ)が生えていて、手やつま先まで鎧(よろい)のようにびっしりと覆っている。猿とも半魚人ともつかない怪物はゆっくりと歩きだす。

　こいつも『伝道師』か？　またこの街に潜り込みやがったのか？

「忠告はしたはず……。次はない、と」

甲高い声でドナルドの方へとにじり寄る。

ドナルドは青ざめた顔で後ずさる。

「まさか、お前……サムか？」

　知り合いか？

「お前さんの恋人か？　なら説明してくれ。俺は浮気(うわき)相手でもなんでもないってよ」

　いつもの『減らず口(ワイズクラック)』を叩(たた)きながら懐(ふところ)から『仮初めの太陽(テンポラリー・サン)』を取り出す。短時間に何度も使いたくはないが、『伝道師』ならば出し惜しみしている場合ではない。

　ドナルドが後ずさる。完全に恐怖に染まっている。サムと呼ばれた怪物は一気に間を詰める。

「『照射(イラディエーション)』」

　太陽の光を浴び、取り戻した力で一気に距離を詰める。

「クソったれ！」

　間一髪、俺の拳が怪物の頭をとらえた。怪物はきりもみしながら壁をぶち抜き、外へ吹き飛んでいった。

「今のうちに逃げろ！」

あれが『伝道師』なら今ので死ぬはずがない。すぐに戻ってくるはずだ。とっ捕まえて首をねじ切ってやる。ドナルドは腰を抜かしたのか立ち上がる気配がない。

「どうした、情けねえな。それでじいさまを敵に回そうってのか？　じいさまはあんな怪物より何倍もたちが悪いぜ」

「それはそれは恐ろしい」

気が付けば、ドナルドの背後に白い影が立っていた。そこにいたのは、さっきのとはまた別の怪物だった。

「ひざまずいて泣きながら懺悔でもすべきだったかな？」

背丈は俺と同じくらいか。衣服のようなものは身に着けておらず、細長い全身に、白黒のまだら模様が刺青のように刻まれている。細長い顔に、金色の小さな目が光る。鼻や口は見当たらず、脇腹の辺りから巨大なハサミの付いた腕が伸びていた。たとえるならば、白黒まだらのザリガニ人間だ。こいつも『伝道師』か。

リーヴァイの時のような分身とも違う。二体同時にお出ましとは。

「怖がらなくていい。汚れた魂を『浄化』するだけ」

くぐもった声でハサミをドナルドめがけて振り下ろす。

「逃げろ！」

俺の叫びもむなしく、巨大なハサミはドナルドの頭を砕いた。悲鳴すら上げることなく、ドナルドはその場に横たわる。生死を確認するまでもない。物言わぬ骸に変わった。

ドナルドの死体を無造作に放り投げると、ザリガニ人間は俺へと詰め寄って来る。

「やる気か？　ああいいぜ。やってやるよ」

背後から気配がした。振り返って、俺は舌打ちした。

さっきのサムと呼ばれた怪物だ。やはり戻ってきたか。おまけに、傷一つない。

これで二対一だ。おまけにこちらは時間制限付きときている。さすがに不利だ。

だが、まだらザリガニはサムに目配せすると、俺の横を通り過ぎる。俺のことなど眼中にないって感じだった。白い煙のようなものを立ち上らせ、壁に空いた穴から姿を消した。サムは一瞬俺の方を振り返ってから、やはり壁の穴から姿を消した。

静寂が満ちた。

戻ってくる気配はなさそうだ。俺はほっと息を吐く。

何者だったんだ、あいつら。まさか、本当にドナルドが猫ゲロ太陽神の信者だったのか？　秘密を漏らそうとしたので『伝道師』が口封じに来たのか。考えていたら、周りがにわかに騒がしくなってきた。あれだけ暴れたら当然だろう。のんびりしているヒマはねえ。

俺はクローゼットの中を漁る。ドナルドは報告書とやらを持ち出そうとしていた。隠し場所はここだろう。そいつを読めば何か分かるかもしれない。クローゼットの壁板をはがすと、茶色い革製のカバンが出てきた。これか。穴はどうやら非常口になっているようだ。ドナルドなりに逃げる算段を立てていたのだろう。ありがたく使わせてもらう。

カバンから中身を抜き取ると、穴に飛び込む。かかっていた縄梯子(なわばしご)を使い、一階に降りる。真っ暗な部屋の壁を押すと、外に出た。路地裏のようだ。書類を懐(ふところ)に収めて、見つからないよう足音を殺しながら家に舞い戻る。誰も追いかけて来なかった。

自分の部屋で書類を広げる。

書類の大半はじいさまの不正についての調査だ。経費や魔物の討伐数の水増しなんてのは可愛(かわい)いもので、利益の過少申告に各方面への賄賂。やりたい放題だな。そりゃ、孫娘みたいな年頃の女を囲うくらいは簡単だろう。これはこれで興味深いが、今は梅毒太陽神や『伝道師』の話だ。

報告書とやらを読んでいく。簡潔にまとめてくれているので助かる。詩人でなくて良かった。もし詩人だったら、あいつの部屋に戻って首をひねり殺すところだった。

……なるほど。『迷宮』内で不審な行動を取っていた冒険者がいて、その最有力容疑者がおそらくサムなのだろう。

女衒(ぜげん)太陽神の部下が『伝道師』という怪物に変身するのは、この街でも広く知られている。その点については、『スタンピード』の後にアルウィンがギルドへ報告も上げている。それでドナルドも怪物を見てサムと思い込んだのだろう。

ただ、この記録と矛盾する点が一つある。

冒険者ギルドには今、サムなんて人間はいない。

アルウィンの身の安全にかかわるからな。名前や顔は調べてある。その俺が言うのだ。間違いない。どうなっている？

分からないことだらけだが、またぞろ面倒事が持ち上がってきたのは確かだ。

『伝道師』に『受難者』か。『スタンピード』が落ち着いたと思ったらもうこれだ。

とりあえず、今回の件はアルウィンにも伝えるとして、問題はじいさまの方だ。

俺までまとめてワナにはめようとしたからな。ぶち殺してやりたいが、あれでも街の名士なので後が面倒だ。エイプリルも悲しむ。手を汚さなくても、じいさまの不正を本部に上げるという手もある。ただ、ギルドにはじいさまの代わりになる人間がいない。後任がいなければギルドは混乱する。ギルドが混乱すればアルウィンへのサポートも滞る。

悩んだものの、俺はじいさまのところへ向かうことにした。

ギルドの不正や綱紀粛正に関わるつもりは毛頭ないが、アルウィンの安否にも関わる。『受難者』のあぶり出しはじいさまに手伝わせるのが一番だ。じいさまとて、『スタンピード』で散々被害を被ったのだ。イヤとは言うまい。いざとなれば、ドナルドの報告書でも取引材料にすればいい。

翌日、俺は昼近くになってからギルドへ向かった。朝方はギルトが混雑するので、少し時間をずらしたのだ。どうせドナルドの死もとっくに耳に入っているだろう。もし俺の仕業に仕立てようとするなら、ドナルドの報告書がギルド本部に届くことになる。焦る必要はない。

だというのに、俺が到着した時にギルドは騒然としていた。職員たちが浮ついているというか、目が泳いでどうしたものかと不安がっている。血なまぐさいにおいはしないから魔物がらみの話ではなさそうだ。

まさか、またじいさまが襲われたんじゃないだろうな。

適当な職員に声をかけても俺の顔を見れば「それどころじゃない」と無視する始末だ。冒険者がどうのと、『迷宮』から戻すのはどうなっている、だのと口々に喚きあっている。

どうしたものかと思っていると、ちょうどいいのを見つけた。

「どうした、おちび？」

エイプリルの顔は蒼白になっている。今にも泣きそうな顔をしている。

「マシューさん！」

俺の顔を見るなり抱き着いてきた。

「どうした、何があった？」

しゃがみこんで目線を合わせながら頭を撫でてやる。

エイプリルは手の甲で涙をぬぐうと、声を震わせながら言った。

「じーじが、衛兵さんに連れて行かれちゃった……」

第三章　大巨人は立ち上がり

「で、なんでわたしに聞くわけ？」

鑑定士のグロリア・ビショップは露骨に顔をしかめる。

「君が一番ヒマそうだからだよ」

「忙しいんだけど」

ようやく前任者からの引継ぎが終わり、部屋を与えられた。

これでゆっくり出来る、と喜ぶ間もなく、冒険者が増えるのと比例して『迷宮』から持ち込まれる戦利品も格段に増えた。魔物の素材やマジックアイテムを大量に持ち込まれる。大半は二束三文か、アホな連中の勘違いだ。雑務ばかりが増えてストレスが溜まっているのだろう。

「頼むよ。聞いたらすぐに出ていくからさ」

俺はギルドの職員連中に嫌われている。まともに相手をしてくれるのは、デズかエイプリルぐらいだ。デズは口下手なのでこの手の説明は不得手だし、エイプリルは泣きじゃくってそれどころではない。

グロリアは渋々という表情で話し出した。

「『スタンピード』の責任を取らされたのよ。早い話が人身御供」

黒幕のリーヴァイは、冒険者ギルドの『運び屋』、つまりギルドの職員だ。前身はどうあれ、ギルド内部の人間が、『スタンピード』を引き起こし、街に甚大な被害をもたらした。リーヴァイは死んだが、街にはまだ怨嗟の声が広がっている。どうして自分たちがこんな目に遭わなければならない。誰が悪いんだ。

当然、領主やほかのお偉方にもその声は届いているだろう。放置すれば反乱の火種となり、最悪自分たちの首が絞まる。誰かが犠牲になって、責任を取らなければ解決はしない。正義や法律ではなく、不公平感の問題だ。で、その責任を犯人の上司であるじいさまに取らせるというわけか。なるほど、筋は通っている。

「ほかにもワイロだの規則違反だのって話がわんさと出てきているみたい」

じいさまも自分の権力を維持するために好き放題やってきたからな。ドナルドが調査するまでもなく自滅したのだ。自業自得と腹抱えて笑ってやりたいところだが、そうもいかない事情がある。

「で、これからギルドはどうなるんだ?」

よそのギルドなら幹部がいて、そいつが代理になるか後釜に収まるのだが、じいさまはその手の幹部を置こうとはしなかった。後継者もいない。乗っ取りや裏切りを恐れて、じいさまが全員排除してしまったからだ。だからいつも忙しく仕事に追われていた。独裁者ってのは、仕事の奴隷の代名詞でもある。猜疑心が強すぎて他人任せに出来ないからな。

とっとと隠居して、孫と芝居見物でもしていれば良かったものを。

「よそから派遣されてくるって話だけど、そっちは詳しくは知らないかな」

「それまで無事だといいけどな」

冒険者への仕事の斡旋や仲介、素材の買い取りといった日常業務ならじいさまがいなくても何とかなるだろう。だが『スタンピード』のような大きな問題が起きれば大混乱は免れない。判断をして、責任を取る人間がいないからだ。『伝道師』や『受難者』が紛れているって時にやらかしてくれるぜ。

「君はこれからどうするんだ？」

「別に。何も変わらないけど」

グロリアは前のギルドで不義理をやらかした。それを拾ったのがじいさまなのだが、恩義に感じている様子はない。あっけらかんとしたものだ。

「客から取った鑑定費用までちょろまかしていたって聞かされたらね」

ろくなことしねえじいさまだな。

「いざとなったらまたよそに移るだけよ」

腕のいい鑑定士はどこのギルドも欲しがっているからな。

「わたしのことより、ヒモさんはどうなの？」

「俺？」

「ご主人様がいなくなって大変じゃないの？」

グロリアは俺のことをギルドの監視役だと思い込んでいる。何かと都合がいいので、そのままにしている。

「俺の主は欲ボケしたじいさまじゃないからね」

「ああ、もっと上の方」

グロリアが天井を見上げる。おそらくギルド本部直属とかそんな肩書が彼女の脳裏に浮かんでいるのだろう。

「そうもっともっと上の方」

俺は彼女の手を握った。

「はるかかなたの天国まで。二人で飛び上がるってのは、どうかな」

ここのところご無沙汰だし目の前にいるのはすこぶる美人だ。

「あら素敵」

グロリアは笑顔で後ろを指さした。

「でも、あの方の方がもっと素敵なところに連れて行ってくれるって」

俺は恐る恐る振り返り、硬直する。

獰猛（どうもう）な笑みを浮かべたご婦人が一人、殺意を漲（みなぎ）らせて立っている。

「ギルドマスターが捕まった、ってあわてた連中が冒険者を全員『迷宮』から引き返させたんだって。マヌケな話よね」

背後からグロリアの愉快そうな声が聞こえた。

ああ、まったくだ。

お陰で俺は、これからお仕置きの時間だよ。

「とんでもないことになったな」

「そうだね」

相槌（あいづち）を打ちながら赤くなった頬をさする。

俺たちがいるのは、デズの部屋だ。勝手知ったる友人の部屋ということで、使わせてもらっている。エイプリルを落ち着かせるには、人気（ひとけ）のない方がいいだろう、と連れてきた。どうにか泣（な）き止（や）んだところで、冷たい水を飲ませる。コップも水瓶（みずがめ）も俺がこの部屋に持ち込んだものだ。今は赤く腫らした目を冷たい布で冷やしている。

俺専用のイスも持ち込んでいるので、過ごしやすくなった。あとは酒でもあればもっと快適なのだが、デズが飲んでしまうので難しいところだ。

「これからどうする？」

アルウィンが神妙な顔で問いかける。

エイプリルはじいさまの孫娘であって、正式なギルド職員ではない。あくまで手伝いやボランティアだ。じいさまが捕まった以上、ここに来る大義名分がなくなる。

「もちろん、来るよ」

ぬるくなった布を折り畳んでからエイプリルは元気よく言った。

「ワタシがいなくなったら困る人もいるからね」

冒険者には無学な人間も多い。代筆や字を読んでやるなど、細かいところだがエイプリルは間違いなく役に立っている。

「いや」

水を差すようで悪いが、絶対に言っておくべきだ。

「君はもうギルドに来ない方がいい。いや、当分は街にも出ない方がいい」

エイプリルが納得いかないという顔で立ち上がる。

「どうしてそんなこと言うの？」

「イジワルで言っているんじゃない。君の安全ためだ」

俺を働かせようとする悪癖はあるものの、性格はいいし見た目も可愛らしい。冒険者やギルド職員にも好かれている。

だが、万人から好かれるなんてのはあり得ない。

何より冒険者ってのは、無頼漢の集まりだ。女子供だろうと平気で手を上げるクズも多い。

今までエイプリルが無事だったのは、じいさまの……ギルドマスターの孫娘だからだ。うかつに手を上げれば、その瞬間に腕を切り落とされる。

ギルドの中だけじゃない。ギルドマスターという権力は、その無頼漢どもを指一本で動かせる。ことを構えれば、裏社会の連中とて無事では済まない。

エイプリルの安全と自由は、じいさまがいてこそ成り立つ。じいさまの持つ金と権力と暴力。三つの力で出来た恐怖の傘が、エイプリルを世間の悪意や暴力から守ってきた。

今、その傘が取り払われた。これまでへいこらしていた連中も手の平を返す。じいさまさえいなければ、ただの女の子だ。態度を急変させる奴がゴロゴロ出て来る。世間の冷たさをこれから存分に味わう羽目になる。

それだけならまだいい。これからこの街のアホどもはこぞってエイプリルに目をつけるだろう。今までじいさまの威を借りて好き放題して来た小娘だ。おまけに見た目はいいし、金持ちだ。押さえ付けられていた分、余計にだ。餓狼の如く、殺到する。

仮に護衛が付いていたとしても守り切れるかどうかは怪しいものだ。考えるだけでも吐き気のする悪意が付け狙う。

エイプリルは強張った顔で、乾いた笑い声を上げる。

「そんな、考えすぎだよ。だって」

「悪いけど」

まだ現状を把握していないお嬢様に、言い聞かせるように続ける。

「この街の連中が善人ばかりなら、俺は何度も殴られたり蹴られたりして小遣いを巻き上げられたりはしないよ」

「……」

反論できず、エイプリルはうつむいてしまう。

「じいさまが帰ってくるまで家でおとなしくしていた方がいい。少なくとも今までみたいに出歩くのはよせ。もしギルドに用事があるのなら、使いを出せ」

最優先するべきは、エイプリル自身の安全だ。無知無学な冒険者が路頭に迷おうと、エイプリルが危険を冒してまでやる義務はない。職員を増やせば済む話だ。

「……でも、どうしても来ないといけない場合は？」

「デズを頼れ。あいつは君がどこの何様であろうと態度を変える男じゃない」

ひげもじゃの強さは俺のお墨付きだ。近くにいれば冒険者も無体は働かないだろう。

「ただデズも忙しい身だ。君のお守りばかりもしていられない。家にいるのが一番だ」

「……うん」

「とにかく今日は帰った方がいい。送るよ」

俺は立ち上がっておちびの背中を叩いてやる。

「私も行こう」

アルウィンも立ち上がる。

「マシュー一人よりは役に立つはずだ」

腰の剣を見せつけるように撫でる。『西風剣』とかいう魔法の剣だ。先日の祝賀会で譲り受けたらしい。

「そうだね」

昼間でも油断は出来ない。悪意は、時として予想もつかないところからやって来る。階段を下りた途端、ギルド職員や冒険者たちの視線が俺たちに集まる。視線の数は同じでも、こめられた感情はまるで違う。アルウィンには尊敬や憧れ、俺はヒモという軽侮やアルウィンを独り占めしていることへの羨望、そしてエイプリルには同情や哀れみだ。今までのような情愛はどこにもなかった。

アルウィンに続いて俺たちも外へ向かう。エイプリルが俺の裾を強く握った。本人も気づいているのだろう。自分に向けられた視線の中に、飢えた獣のような光があったことに。

「ねえ」

ギルドの外に出たところでエイプリルが口を開いた。

「マシューさんはどうして優しくしてくれるの？」

「当たり前だよ」

俺は言った。

「こんな図体のでかいウスラバカに字を教えてくれる教師は、君くらいだからね」

俺とアルウィンでエイプリルを挟むようにして歩く。歩幅が違うので歩きにくいが、まあこれも仕方がない。

「辛気臭い顔をしなくてもいいよ。じいさまもすぐに戻って来るさ」

あのじいさまが易々と生贄になるものか。

お偉方ってのは、お互いの不正を握りあっている。持ちつ持たれつってわけだ。もしじいさまを追い詰めれば、自分たちの首も危うい。一蓮托生だ。

どうせ罰金か何かで手を打つだろう。ギルドマスターの地位は、ギルド本部との交渉次第だろうが、金だってたんまりため込んでいるはずだ。失職したなら王都にでも移り住めばいい。そうすればエイプリルだってもっといい教育を受けられる。ムダかもしれないが、今度会ったらじいさまに忠告してやろう。

エイプリルは落ち着きなくあちこち見まわしている。視線が気になるようだ。

「じろじろ見られているね」

「アルウィンの方だよ」

今話題の『深紅の姫騎士様』だからな。

「もしかして、親子と間違われているとか？」

「こんな親子はいないよ」

顔も違えば、髪や瞳の色も違う。何よりアルウィンとエイプリルでは年が近すぎる。いいとこ姉妹だろう。

「ねえ」

エイプリルが俺の袖を引っ張る。

「今度は何？」

「マシューさんは、アルウィンさんと結婚しないの？」

アルウィンが激しく咳き込む。

とんでもない不意打ちを仕掛けてきたな、この子は。

「あいにく、俺たちはそういう関係じゃなくってね。身分違いというか」

「でも、アルウィンさんは、その」

本人の前では言いづらいが、アルウィンの故郷は滅びたことになっているので、公式にはお姫様ではない。身分は問題ではない、と言いたいのだろう。

「もしかして、『迷宮』を攻略してから、とか？」

「さあね」

そんな約束はしていない。意味がない。するつもりもない。

「まさか、マシューさんが働かないから、とか」

「まあ、そういうことにしておくよ」

俺たちの関係など、他人に説明できる類いのものではない。

さっきからアルウィンが無言だと思ったら顔を真っ赤にして、あさっての方向を向いておいでだ。

「ほら、君が余計なこと言うから、すっかりご立腹だ」

「ああ、ゴメンなさい。ワタシ、そんなつもりじゃあ……」

「いや、いい……」

アルウィンはしばらくの間こちらを振り向くことはなかった。

「それより、じいさまは君に何か言い残していないか？」

落ち着いたところで本題に入る。じいさまは用心深いからな。もしもの時の対策は打っているはずだ。今回の件がなくても高齢だ。急に倒れて動けなくなる事態も想定していただろう。

そういえば、とエイプリルは首をかしげながら言った。

「オリバーを頼れって」

俺は一瞬、頭の中が空白になった。

「誰だ？」

アルウィンが不思議そうな顔をする。初耳のようだ。

「いや、それって確か……」

「何あれ？」

話の途中で不意にエイプリルが声を上げて駆け出した。屋敷の方角から騒がしい音がする。

俺たちもあわてて追いかける。

エイプリルの屋敷には大勢の人だかりが出来ていた。姿格好から察するに、野次馬の類いではなく、使用人たちのようだ。

門の前では、衛兵が門や扉に木の板を打ち付けている。

「あ、お嬢様！」

年かさの女が駆け寄ってきた。エイプリルの侍女で世話係のノーラだ。

「これどうなっているの？」

「お前が、エイプリルだな」

近づいてきたのは、肥え太った中年男だ。姿格好から察するに役人のようだ。さぞ、お偉方のおこぼれにあずかっていい思いをしているのだろう。得意気に笑うと、手にした紙を広げた。

「領主様のご命令により前ギルドマスターが不正に蓄財した財産を没収する」

「ウソ！」

エイプリルは悲鳴のような声を上げ、身悶えするように役人につかみかかる。

「お爺様はそんなことしない！　何かの間違いよ」

「ちょいと失礼」

役人から書類を取り上げる。読もうとしたが、小難しいことばかり書いているようなのでアルウィンに見せる。

「……事実関係はともかく、正式な通達なのは確かなようだ」

「そんな」

アルウィンの告げた事実に、エイプリルはがっくりと膝を突く。

「分かったらさっさと失せろ。お前たちもだ」

使用人たちも平民ばかりだからな。領主の権力には逆らえない。

「だが、ここには没収ではなく一時封鎖とあるようだが」

そこでアルウィンは鋭い目で役人をにらみつける。

「まさか、家具や財産を勝手に持ち出してはいないだろうな」

途端に役人の顔に汗が浮かぶ。

「こ、これは領主様のご命令です。いくら『深紅の姫騎士』様であっても、口出しは無用に願えますかな」

不利となれば、親分の威光を借りて笠に着る。役人だろうとやくざだろうと、組織でしか生きられない人間の考えは似ている。

「ならば私からこの件について直接、領主様にお伝えしよう。その上で、不正な持ち出しなどないか調査していただこう。いかがかな？」

「え、ええ。もちろんですとも」

虚勢を張りながら乾いた笑いを漏らす。

「と、とにかく。屋敷への出入りは禁止だ。いいな！」

アルウィンではなく、使用人たちに居丈高に喚いて去って行った。木っ端役人め。

「どうしよう……」

呆然とつぶやくエイプリルの隣で侍女のノーラが崩れ落ちる。倒れそうなところを受け止めてやれたら良かったのだが、せいぜいクッション代わりになっただけだ。

「ノーラ、どうしたの？　ノーラ！」

エイプリルが血相を変えて揺さぶる。ケガはないようだが、顔色が悪い。一度に色々なことが起こりすぎて精神に負担がかかったのだろう。

「医者に連れて行った方がいいな」

誰か手伝ってくれ、と言うと庭師と執事があわてて駆け寄ってきた。抱き起こしながら近所の医者へと連れて行く。エイプリルもついて行きたそうにしていたが、彼女にはやるべき事がある。

「みんな、ゴメン」

自分だって精神的に限界のはずなのに、使用人たちの面倒を見なくてはならない。

使用人たちは恐縮しながら首を振る。誰もエイプリルを責めないのは日頃の行いがいいからだろう。

使用人たちほとんどが通いだし、住み込みの連中も一時的に親類の家に泊めてもらうという。残ったのは、お嬢様がただ一人だ。執事を含め、使用人たちが自分の家に泊まるように申し出たが、エイプリルは全て断った。

「みんな大変なのに、これ以上、迷惑を掛けられないよ」

何度も食い下がる使用人たちにも頑として首を縦に振らず、落ち着いたらまた連絡する、と言い切って使用人たちを解散させた。じいさまの逮捕容疑は汚職やワイロ絡みだ。孫のエイプリルを匿えば、共犯扱いされるかもしれない。彼女が恐れたのもそれだろう。

「で、君はどうするつもりだ？　まさか野宿じゃないよな」

「心配ないよ」

笑顔で振る舞うのがまた痛々しい。

「冒険者ギルドに泊めてもらうとか。あ、養護施設に泊めてもらうのもいいかな」

「止めとけ」

「どうして？　前にも泊まったことあるよ」

「その時とは状況が違う」

この街有数の実力者の孫と、行き場を無くした小娘とでは、周囲の対応も変わってくる。

「ほかの知り合いはいないのか？　たとえば、金持ち同士の友達とか」

「いないよ」

寂しそうに首を振る。俺からすれば優しい子でも、クソガキからすれば善人ぶったいい子ちゃんに見えるのだろう。人間は自分の尺度でしかものを考えられないからな。

「ならば、うちに来るといい」

アルウィンが言った。

「一人くらいならば問題ない」

「いいの？」

「もちろんだ」

アルウィンはうなずいてから俺を見る。

「文句はないな」

「君の家だからね」

家賃も払っていない宿六には、反論する権利などない。

宿に泊まるにしてもエイプリル一人では何が起こるか分かったものではない。安全な宿はあるが、その分金もかかる。

その点、ウチならば宿代はかからない。少なくともアルウィンは受け取るまい。衛兵や『聖護隊(せいごたい)』の詰め所も近いので、治安面は問題ない。

ただ、俺とアルウィンには色々隠し事がある。好奇心旺盛な娘を泊めて、万が一の事態が起こる可能性もある。起こってしまった時、その対処など、考えるだけで腸が焼け付きそうになる。かといって、俺にもアルウィンにも、エイプリルを寒空に放置する選択肢はない。

「そうと決まれば早いところ帰ろう。今日は疲れただろう」

たった半日で、祖父が逮捕されて家まで取り上げられたのだ。エイプリルの周囲が目まぐるしく変わった。体力的にも精神的にも参っているはずだ。アルウィンとて『迷宮』から戻ってきたばかりで、疲労が溜まっているだろう。

二人も同意したのでそれじゃあ、と歩き出そうとしたところで足に妙な感触を覚えた。見下ろせば、白黒の猫が俺の足にすり寄っていた。耳の辺りは黒いが、額から口元にかけて白い毛が広がっている。丸々と太っているが、体つきはがっしりしている。反面、足取りはどこかたどたどしい。年季を感じさせる歩き方だ。

「良かった、無事だったんだ」

エイプリルが抱きかかえると、指先で喉元をいじり出す。白黒猫は気持ちよさそうな鳴き声を上げる。

「エイプリルの猫なのか？」

「近所の野良猫だよ。たまにエイプリルの家に現れてエサをねだる」

元々どこかの飼い猫だったらしく、人懐っこい。

「紹介するよ、アルウィン」

俺は言った。

「彼がオリバー君だ」

エイプリルの腕の中で老いた猫がだみ声で鳴いた。


アルウィンも許可したので、オリバーも家に連れていくことになった。俺としてはそこらで毛玉を吐いたり、吐き戻ししたり、小便したり、壁で爪とぎする生き物なんか飼いたくないのだが、じいさまの言い残した言葉が気になった。

エイプリルの話によればオリバーを飼いたがったが、じいさまが許可しなかったという。猫嫌いのじいさまが、何故「オリバーを頼れ」などと言い残したのか。抱きかかえながらそれとなく調べてみたが、特に目立った痕跡はなかった。


「それで、服はどうする？」

いきなり放り出されたので、エイプリルには着替えがない。

「まだ時間もあるし、今から買いに行くか。金は私が出そう」

オーダーメイドというわけにはいかないが、既製品ならばすぐに揃えられる。

「そんな、悪いよ。お金ならまだ少しは持っているから自分で……」

「遠慮はいらない。私からのプレゼントだと思ってくれればいい」

恐縮するエイプリルに、アルウィンは鷹揚にうなずいた。

「好きなのを買うといい。私が選ぼう」

え？　と、俺とエイプリルの声が重なった。

アルウィンの服のセンスは独特なので、万人向けと言い難い。エイプリルもその事実は知っている。しばし手足をもじもじさせた後、すがるような目で俺を見る。

「マシューさんお願い」

「了解」

不幸な娘にこれ以上、重荷を背負わせるのは酷だ。

奇妙奇天烈摩訶不思議な衣装を着せようとする姫騎士様をなんとか阻止し、一通り買い揃える。何故、ああも作り手の正気を疑うような服ばかり選んでくるのか。むしろ、そんな服がこの世に存在すること自体が驚きだ。世の中には、俺の想像以上にアルウィンと感性の重なる人間は多いのかもしれない。下着はエイプリル本人に選ばせた。

ようやく我が家に戻ってくれば、もう夕方だ。

「とりあえず、君は俺の部屋を使ってくれ」

ベッドは二人分しかないからな。

「え、じゃあマシューさんはどこで……あ？」

エイプリルはそこではっと気づいたかのように顔を真っ赤にする。

何を想像したのやら。こまっしゃくれめ。

「そういうこと。どうせ、アルウィンがいるときは使わないから問題な……」

言い終える前にアルウィンの肘を脇腹に食らった。

「お前は床で寝ろ」

姫騎士様が冷たく言い放つ。照れ屋さんなんだから、もう。

オリバーは、家の中に入れると物怖じする雰囲気もなく家の中をうろついては時折、鳴き声を上げている。こいつ、もうこの家を住処と決めたようだ。

「とりあえず食事にしよう」

腹が減るとろくでもない考えばかり浮かんでしまう。腹さえ満たせば何とかなる。台所に立つと、エイプリルも寄ってきた。

「マシューさんが作るんだよね？」

「お城でディナーの準備をするのは使用人の役目だよ」

「ワタシも手伝う」

「じゃあ頼むよ」

パントリーから持ってきた野菜を台所に積み上げる。今日は三人前だから多めに用意しないとな。

「とりあえずこっちの野菜切ってくれ」

「うん」

養護施設では料理の手伝いもしているだけあって手慣れたものだ。

玉ねぎを刻み、ピーマンを輪切りにしていく。

俺もその隣でフライパンを火にかけ、油を引いてから野菜を炒める。火の通ったところで塩と胡椒を振りかける。

「マシューさん、手際がいいね。料理人みたい」

「ヒモにもランクがあってね。下のは、家事は何もせずメシも女に作らせるが、上になれば、たまに御馳走を用意する」

「たまに、なんだ」

エイプリルは呆れた顔をするが、毎日やるような男は主夫であって、ヒモとは言わない。

「もし君がヒモを養うつもりなら上のランクを狙うといい。下のはダメだ。最初は良くてもすぐに飽きる。でかい図体をして家の中でゴロゴロしているのを見ると、鼻につく」

その瞬間、後頭部に痛みを感じた。

「どの口でそれを言う。それと、エイプリルにおかしなことを吹き込むな」

振り返れば、フライパンを持ったアルウィンが仏頂面で立っていた。

「あと暴力を振るうのは下の下だ。絶対に別れろ。泣きながら謝って来ても信用するな。絶対に同じことを繰り返す」

また殴られた。フライパンは戦いの道具ではないって、世間知らずの姫騎士様に誰か教えてやってくれ。

エイプリルが袖を引っ張る。

「ねえ、このローリエも使うの？」

「後で香りつけにね」

「こっちのナスビも？」

「じゃんじゃん、入れちゃって」

背後でうめき声が聞こえた気がするが、無視する。『深紅の姫騎士』様にも苦手なものがある。その一つがナスビだ。どういうわけか、お気に召さないらしい。美味しいのに。

使わせないために監視していたのだろうが、甘いな。

ナスビや玉ねぎやピーマンをオリーブオイルとにんにくで炒めてから、トマトと香草を加え、ワインで煮込む。夏野菜の煮込みだ。

「エイプリルは好き嫌いってあるか？」

「特にないよ」

「いいことだ」

後ろの姫騎士様にも見習ってほしいものだ。

「……マシューさんのお父さんとお母さんって、今どうしているの？」

エイプリルが俺の顔色をうかがうように話しかけてきた。

「さあ」

八歳の時に奴隷として売り飛ばされて以来、それっきりだ。生死も確認していない。その件はエイプリルにも伝えたはずなので、恐る恐るって感じになっているのだろう。

「じゃあ、お父さんの顔って覚えている？」

「思い出さないことにしている。殴りたくなるからね」

働きもせず、自作の果実酒で酔っ払っては俺や兄貴たちをぶん殴るのが日課の男だ。奴隷として売り飛ばされる直前に、二度と妹や弟が生まれないようにしてやったから、不幸な命はもう生まれていないはずだ。

母親も同様。世を嘆いて自分が世界一不幸だと毎日息子や娘に愚痴をこぼすのが生きがいの女だった。毎日繰り返し聞かされれば、同情する振りすらする気も失せた。挙げ句の果てが泣きながら息子を売り飛ばして被害者ぶる。誰だってぶん殴りたくなるだろう？

だから思い出さない。記憶に残す価値もないからな。

「君はどうなんだい？　パパとママのこと」

「ワタシも、あんまり」

力なく首を振る。

「お母さんの方は絵もあるからなんとなく、こんな人かな、って分かるんだけど。お父さんの方は絵も残ってないから、顔もよく分からないんだよね」

まだ二歳であれば、記憶に残る方が少ないだろう。ムリもない。

「でも、変なんだけど三人で描いてもらったような記憶はあるんだ」

「親子で、ってこと？」

「お母さんに抱っこされて、ずっと同じ格好して。でも小さい子ってそんなのガマンできないじゃない？　ワタシが泣き出したから男の人が必死にワタシをあやしているの」

「その絵は？」

「ないの。じーじに聞いても絵なんかないって」

エイプリルの記憶違いか。あるいは何かの事情でじいさまが絵を捨てたか。はっきりしているのは、エイプリルは父親の顔を知らないって事実だけだ。

「……じーじ、今頃どうしているんだろう？」

火にかけた鍋をかき混ぜながらつぶやくエイプリルが口を開いた。

「じいさまなら無事だよ」

どうせ看守にワイロでも渡して、牢屋(ろうや)の中を別荘代わりにしているだろう。今頃肉でもかっ食らいながらワインでも飲んでいる頃だ。

「……じーじが悪いことしたって本当なのかな」

孫には甘いが、悪辣非道を絵に描いたような男だ。俺も人に言えないことは大抵やってきたが、じいさまのはウワサに聞いただけでも桁違いだ。奪い取った金も、死んだ人間の数も。

今回が冤罪だとしても、その何倍も完全犯罪を成し遂げてきただろう。間違いなく、この街に巣くう悪徳だ。

この際、純真な娘に現実を思い知らせるのも教育なのだろう。いつまでもお花畑で生きられるほど世界は楽園じゃあない。だが、俺は無知で無教養な男だから教育などに縁がない。何よりウソつきだ。

「じいさまは……熊みたいなものだよ」

「あんなに大きくないよ」

「熊も鹿もやっていることは同じだ。生きるためにエサを取って子供を育てる。鹿は草食っていれば済むけど、鹿にとって熊は、恐ろしい怪物だ」

生き物を狩り、自分のエサと決めたものは執念深く追いかける。狙われたら命はない。別に害意や敵意はない。そういう生き物ってだけだ。

「熊は熊をやっているだけでも、ほかの生き物にとっては脅威になる」

「じーじが悪いことをするのは、ワタシのせいってこと？」

「じいさまは、不安なんだよ」

じいさまも元は冒険者だ。裏切りや報復が当たり前の世界で、相当の修羅場をくぐってきただろう。

「戦わないと生きていけない。戦うってのは傷つくことだ。傷ついて、成長していくこともあれば、恨まれ、憎まれることだってある。一度道を間違えれば、後戻りはできない」

裏社会から足を洗って真人間になりたがる奴はいる。ただ、誰もがまっとうな生き方に戻れるとは限らない。失敗し、挫折し、元の裏社会に戻ってまた悪さを続ける。

忍耐が足りないとか、周囲の目が許さないとか、理由は色々ある。その中でも多いのが、かつての仲間だ。

「誘惑や脅迫、恩義や仲間意識とあの手この手を使って裏社会に引き留めようとする。過去の悪行や犯罪を喋られたら都合が悪い、というのも大きな動機だが、あとは嫉妬だ」

「嫉妬？」

「『一人だけいい子ちゃんになろうなんてずるい』、ってことさ」

自分は真っ当に生きられないのに、あいつは真人間になろうとしている。それが我慢ならない。だからこそ、引き留めようとする。そうしなければ、自分が日陰者であるという現実を否応なしに突きつけられるからだ。

「じいさまだって今の地位にたどり着くまでに苦労したんだろう。その結果、この街で有数の金持ちで権力者だ。でも、そのせいで止めることも後戻りも出来なくなった」

今更、足抜けも出来ないだろう。それこそ、口封じに殺されるだけだ。

「俺だってじいさまが何考えているかなんて分からないけどね。確かなのは、じいさまはじいさまのやり方で君を愛しているってことだよ」

性根の腐ったじいさまだが、腐った根っこから美しい花が咲くこともある。悪党だって気が向けば金を恵んでやりもするし、善人だって魔が差して盗みを働くこともある。

「……」

黙ってしまったエイプリルの脇を肘でつついた。

「手が止まっているよ。アルウィンに焦げた料理を食べさせるつもりかい？」

あ、とあわてた様子で鍋をかき混ぜる。勢い余って汁が少しばかり飛び散ったのはご愛敬だ。

エイプリルが鍋の底をかき混ぜながら言った。

「マシューさん」

「何？」

「ありがとう」

料理も完成して夕食の時間になる。

「本日のディナーでございます」

料理人兼給仕としてエイプリルの席に料理を並べていく。パンを詰めたかごをテーブルの真ん中に置き、ナスビと玉ねぎのコンソメスープ、キャベツと玉ねぎとピーマンに豚肉の野菜炒め。主食は鶏肉とナスビのトマト煮込みだ。

「これ。おいしいね」

「だろ？」

「これなら、料理人としてやっていけるよ。うちの家で働いてみない？」

「悪いけど、遠慮しておくよ。アルウィンの料理を作る人間がいなくなっちまう」

「……」

エイプリルもご機嫌のようだ。やはり腹が膨れると元気が出る。

「こっちのパンも美味しいけど、マシューさんが焼いたの？」

「家を建て直した時に窯も作ってもらってね。柔らかめのが好きだからよく焼いている」

野営用のパンは腐敗防止のために硬く作ってあるからな。

「へえ、すごい」

「……」

俺たちが喋る間、アルウィンは無言でスプーンとフォークを動かしている。黙々と食べる姿に、エイプリルが遠慮がちに問いかける。

「あ、ゴメンなさい。うるさかった？」

「ああ、いや。そうではない」

アルウィンは首を横に振る。

俺は言った。

「お姫様だからね。お行儀悪く食事中にお話なんかしないんだよ」

そもそも食事中に会話をするという習慣がないのだ。『迷宮』の中でもそうらしい。マクタロード王国の晩餐会はさぞ静かだったのだろう。俺との食事中ももっぱら話しかけるのは俺の方だ。

まあ、アルウィンが静かな理由はそれだけではない。ナスビをいかに攻略してのけるか、という負けられない戦いの最中だからだ。

「だから、いつもほとんど俺一人で喋っている。今日みたいににぎやかな食事は久しぶりだよ」

「……気にしなくていい。賑やかなのは、嫌いではない」

「本当？」

エイプリルが嬉しそうに身を乗り出す。

「じゃあ、アルウィンさんが好きな食べ物は？」

「……魚料理は好きだな」

アルウィンはしばし考えてから言った。

「アユにニシンにマス、ウナギも好きだ」

「ウナギって、あのにょろにょろしたやつ？」

「マクタロードは海がない代わりに湖があってな。そこで秋になると川から上ってきたのを漁師がワナを仕掛けて取る。焼いて食べるのが一般的だが、油で揚げたりもする。保存用に干物にもする」

「へえ」

エイプリルは興味津々って感じで目を輝かせる。

「じゃあ、嫌いな料理は？」

アルウィンの唇がかすかに引きつる。

「……ない」

見栄っ張り。

「じゃあ、そこのナスビは……」

「手が止まっているよ」

「あ、ゴメンなさい」

俺が注意すると、あわててスプーンでスープをすくう。楽しい食事は大歓迎だが、話に夢中になるのも程々に願いたい。せっかくの料理が冷めちまう。

「アルウィンは好きなものは最後まで取っておく方なんだよ、ね？」

「……そうだ」

苦いものを噛み潰すようにうなずいた。

急いで食事を再開するエイプリルを横目に、俺はアルウィンに向かって唇を動かした。

ウソつき。

アルウィンは笑顔のまま唇だけ動かした。

やかましい。

「ごちそうさま」

食事を終えて、エイプリルも気持ちが落ち着いたのだろう。笑顔が出てきた。

姫騎士様はナスビを食べてすっかり憂鬱なご様子だが。

「まあ、君の家だと思ってゆっくりしてくれ」

洗い物をしようとしたところで、エイプリルが俺の横に並んで皿の水を拭きとる。ゆっくりしていていいのにねと思ったが宿代代わりだと思ってやりたいようにさせておく。負い目が増えるのも精神的に辛いからな。

「あのね」

皿を布巾で拭きながらエイプリルがぽつりとつぶやいた。

「ワタシ、先生になりたかったの」

「親父さんみたいな学者ってこと？」

「そうじゃなくって、学校の教師。読み書きや計算を教えたりする人」

学校なんてものに通ったことがないからピンとこなかった。振り返れば、アルウィンも似たような反応をしている。二人とも学校なんてのに縁がない。俺は貧しいからだがアルウィンはお姫様だからな。教師の方から王宮にやって来て教鞭(きょうべん)を執る。

「養護施設(ホーム)でもギルドでも字が読めなくて、数も数えられない人たちがいる。頭が悪いとかじゃないの。誰にも教えてもらってないの」

「そうだろうね」

俺もそうだった。親も家族も近所の連中も、貧しくて勉強どころじゃなかった。食うのが最優先事項だ。本を読むより木の実を採り、獣を狩る方が腹は満ちる。字が読めたところで、腹は膨れない。

ただ、外の世界に出て俺も分かった。学のない人間は一生貧しいままか、誰かに搾取(さくしゅ)されて終わる。抜け出す術がない。そうして生まれた子供もまた貧しいまま一生を終える。貧困の連鎖は続いていく。

「大人になったら、この街に学校を作って、読み書きとか教えて、色々なことが出来たり覚えたりできるようにしてあげたいなって」

「それはいいな」

アルウィンは満足げに同意する。民衆の暮らしが第一の姫騎士様なら当然の反応だろうが、俺の意見は異なる。

「そいつはムリだな」俺は言った。「金をドブに捨てるだけだ。やるのなら……」

「……もういい！」

エイプリルは皿を拭き終えると、戻り際に俺の足を踏んづけていった。

「ひでえな、おい」

何もイジワルで言ったつもりはないんだがな。

エイプリルが風呂に入っている間に、俺たちは今後の相談だ。

色々ありすぎて忘れそうになったが、伝えておくべき話もある。

『伝道師』と『受難者』の話だ。

「サムか。聞き覚えはないな」

アルウィンがあごに手を当てながら言った。冒険者はもちろん、ギルドの職員にもそんな名前の人間はいないという。

「愛称だと思うんだけど。サミュエルとか、そういう名前の」

「そちらも知らないな」

ノエルたちにも確認してみる、と言ったがこの分では望み薄だろう。

「冒険者やギルド関係者以外で『迷宮』に出入りしている人間か。いるとすれば」

「『運び屋』はないね。そちらはじいさまが身元調査をしている。全員、地元の人間だ」

リーヴァイの件で懲りただろうからな。さすがに手は抜いていないだろう。

「となるとあとは、ほら前にお前が言っていた……」

「『ついばみ屋』のこと？　どうだろうな」

『迷宮』の一階で、冒険者が興味を持たないような魔物の素材を拾い集め、ギルドへと売る連中だ。あまり快く思われない。

可能性はあると思うが、こちらは別の意味で特定が難しい。『スタンピード』で仕事を失い、食い詰めた連中が次々と『ついばみ屋』へ成り下がり、『迷宮』へ入っている。毎日新顔が入れ代わり立ち代わり出入りしている。そいつら全員調べ上げるだけでも骨だ。それに、サムが本名なのかも分からない。偽名を使っている可能性は高い。

もっと詳しく聞けたら良かったのだが、ドナルドは冥界だ。

「それと、今回の件と関係しているかは分からないが、どうにも気になることがある」

アルウィンは自信なさげに言った。

「近頃、冒険者が急にいなくなっている。しかも、ここ最近来た者たちばかりだ」

「それ、普通じゃない？」

不運もあるだろうが、自分の実力も顧みず、『迷宮』のイロハも知らず、無謀な攻略を挑んで命を落とすなど、この街では日常茶飯事だ。

俺の言いたいことを悟ったのだろう。アルウィンは静かに首を横に振る。

「気になってノエルに調べてもらった。確かに『迷宮』で命を落とした者もいるが、ほとんどが街を出ている。門番の証言では、『逃げ帰るように出て行った』そうだ」

「それも普通だよね」

意気込んで『迷宮』へ潜ったはいいが、地上との勝手の違いに戸惑い、苦戦し、恐ろしくなって逃げ出す。これもよくある話だ。むしろ、見切りの早さに拍手を送りたいくらいだ。命を落とさずに済んだのだから。

「街を出た冒険者の中には四つ星もいた。彼らがいなくなる前にギルドの中で見かけたが、パーティ全員が負傷していた。傷も見たが、あれは棒か何かで打ちのめされた跡だ」

「誰かにボコボコにされたってこと？」

闇討ちか、私刑か。どちらも冒険者あるあるなので、『受難者』絡みとは断定しづらい。

「分からない。いずれも口をつぐんで話したがらなかった。詳しく聞こうかと思ったが、その夜には街を出たらしい。誰がやったか、その理由も分からずじまいだ」

冒険者は、実力と名声が命だ。わざわざ負けました、と喧伝する恥知らずはいない。

「逃げ帰っているのは、新顔だけ？」

「私の知る限りではそうだ」

となれば、ライバルを減らそうと誰かが脅迫して回っているって線もあるな。だが、四つ星となれば、冒険者の中でも腕の立つ方だ。そいつらを追い返すとなると、相当の実力者だろう。俺の知る限り、それが可能なのは……目の前の姫騎士様とそのご一行だが、当然除外する。アルウィンたち以外となると数は限られるが、心当たりはある。ただ、今更新参者を追い払う程狭量ではなかったはずだ。

「つまり君は、それが『受難者』か『伝道師』の仕業だと考えているんだね」

「あくまで可能性だがな」

「だとしたら、本命は君たちだ」

現時点で、『星命結晶』を手に入れるパーティでも最右翼だからな。

「とにかく気を付けてくれ。『迷宮』で不意打ちってのは、面倒だ」

「その心配はあるまい。少なくとも今のところはな」

アルウィンは曖昧な笑みを浮かべた。

「奴らの目的は『星命結晶』なのだろう。ならば、私たちが手に入れるか、その直前で襲う方が確実だし安全だ。ほかの冒険者を襲ったのも、露払いの意味もあるとしたらどうだろう」

弱体化しているとはいえ『千年白夜』の中には多くの魔物が現れる。『迷宮』内部で『伝道師』が戦えない以上、そいつらを相手にするのは『受難者』ということになる。

もし『受難者』が魔物など苦にしないような無敵の力を持っているのなら、とっくに『星命結晶』はあいつらの手に落ちているはずだ。けれど、今『迷宮』攻略の最前線にいるのは、アルウィン率いる『戦女神の盾』だ。『迷宮』攻略まで泳がしておく方が、姑息太陽神側も被害が少ない。事前に雑魚を始末しておけば、ジャマされる心配もない。

「けどね。冒険に『はずだ』と『はずがない』は禁句なんだよ」

アルウィンが言っているのはあくまで一般論だ。ありえない事態なんていくらでも起きる。何よりあいつらの常識は俺たちと違う。何かの拍子に襲って来る可能性は十分にある。

「とりあえず調査は進めるから君も用心してくれ」

分かった、とアルウィンはうなずいた。

「それと、だな」

急に目を伏せて申し訳なさそうに体を揺すりだした。座り心地が悪そうに腰を浮かしては座り直している。そろそろ頃合いだったか。手持ちは切れているはずだし、『迷宮』から戻って以来、常にエイプリルと一緒だったからな。

「はい」

俺が小袋から取り出したのは、いつものあめ玉だ。アルウィンの過去の汚点にして、禁断症状を防ぐための手段でもある。

「……すまない」

アルウィンは一瞬目を輝かせた後、我が身を恥じるように受け取る。手のひらで転がるそれを、じっと見つめる。

「どうしたの？」

「……いつまで、こんなマネを続けなければいけないのだろうな」

「アルウィン」

名前を呼ばれて、はっと我に返る。

「……悪かった。失言だった」

アルウィンは深々と頭を下げる。

「前にも言ったはずだよ。後悔は飲むなって」

飲みたくない気持ちは分かる。俺だって飲ませたくない。『解放（リリース）』は猛毒だ。飲み続ければ、遠くない将来、アルウィンの命を奪う。それでも、ほかに手立てがない以上は頼らざるを得ない。屈辱と自己嫌悪（けんお）に押し潰されそうになっても。俺たちに今できるのは、時間稼ぎだ。分量を制限し、極力体への負担を減らし、その間に別の解決方法を探る。

その甲斐（かい）あって薬を作れる人間が見つかり、解毒（げどく）薬は完成した。あとは量産するだけだ。もう一歩だ。

「……そうだったな」

アルウィンは苦笑した。

「あの時からお前は、私を導いてくれていたのだな。女性の指南役、だったか」

「忘れてくれ」

適当な与太話を蒸し返されても俺が困る。

「次の解毒（げどく）薬もすぐに完成するよ。それまでの辛抱だ」

街の再建が進み、流通が回復すれば、値段も下がっていくだろう。多分。

「分かったら早いところ、そいつを食べてくれ。それとも口移しの方がいいかい？」

「無用だ」

アルウィンがそっぽを向いた。あめ玉を口元に含み、その体勢のまま固まる。

「何食べているの？」

振り返れば、白い寝間着姿のエイプリルが顔を覗かせていた。タオルで長い銀髪を拭きながら興味津々って顔だ。しまった。話に夢中で気づくのが遅れちまった。

「もしかしてお菓子？　マシューさん、今度は何作ったの？」

「悪いけど、君が期待するようなものじゃない」

自然な態度を装いながら近づき、しっとりと濡れたエイプリルの手にあめ玉を載せる。お砂糖控えめで薬草の汁入りだ。

「のどあめだよ。さっき咳き込んでいたからあげただけ。ね？」

「あ、ああ」

水を向けると、アルウィンは顔を背け、口元を押さえながら咳き込み始めた。その間にあめ玉を口の中に放り込んだようだ。

「もしかして、カゼなの？　そうだよね。『迷宮』から帰って疲れているのに……ワタシのためにあちこち歩き回って……」

「気にしなくていいよ。マシューさん特製だからね。すぐに良くなる」

情けない顔をして落ち込むエイプリルの髪をタオルで拭いてやる。

「君こそ早いところ髪を乾かしてベッドに入ることだ。濡れたまんまだと、君の方がカゼ引いちまう」

ぽん、と背中を押す。エイプリルは二階の俺の部屋を使うことになっている。

俺は居間で床に敷物を敷いて寝る。野宿に比べれば屋根があるだけ有難い。

「本当にいいの？」

「どこでも寝られるのが俺の特技でね」

お休み、と半ば強引に階段を上がらせる。

エイプリルの姿が二階に消えたところでほっと息をつく。危ないところだった。一緒に住むと、こういうリスクも増えるからな。もっと用心しねえとな。

振り返れば、アルウィンはまだイスに座りながら俯いている。何も知らないエイプリルと我が身を比べて、また自己嫌悪に陥っているのだろう。

俺は彼女の肩を抱いた。

「それじゃあ、お子様もいなくなったことだし、あとはオトナの時間だ。風呂が冷めないうちに二人で入っちまうとするか」

アルウィンは無言で俺の手の甲をつねった。

目を覚ますとまだ夜中だった。扉の前に近づく。外に気配がした。

気配は三つ。襲撃にしては少なすぎるが、衛兵たちの目もあるから多くは集められなかったのだろう。それでも実行するところを見ると、不意打ちさえすればどうにかなると考えているようだ。見通しが甘すぎる。

扉が音を立てて揺れる。鍵をこじ開けているのだろうが、なかなか開く気配はない。熟練の鍵職人に作らせた特注品なので、手こずっているようだ。

面倒なので俺は内側から扉を開けてやる。黒い覆面の男たちと目が合った。

「よう」

「ちっ」

声をかけると背を向けて逃げ出す。気づかれた時点ですぐに撤退するのは悪くない判断だ。けれど、不用意に近づきすぎたし、『仮初めの太陽(テンポラリー・サン)』は俺の背後で輝いている。俺は後を追いかける。二つ角を曲がり、わざと人気(ひとけ)のないところへ誘導する。そこがあいつらの処刑場だ。

狭い路地に入ったところで、地面を蹴って一気に距離を詰める。もつれ合うように逃げる男たちの頭上に回り、覆面ごと顔面を潰し、もう一人は心臓をぶん殴って胸を陥没させる。そしてもう一人の襟首をつかまえ、腕の中に抱えこむ。

このまま首でもへし折ってやりたいところだが、聞きたいことは山ほどある。首を絞めあげるとがっくりとうなだれる。気を失ったようだ。首筋を叩(たた)く方法もあるらしいが、俺がやるとたいてい首の骨が折れて死ぬ。覆面をはぎ取ると、存外に若い。ラルフと同じくらいか。死体の処理はまたブラッドリーに頼むとして、問題はこの生かしておいた坊やからいかにして情報を引き出すか、だ。

このまま秘密のねぐらに運んでからお楽しみの拷問タイムしゃれこみたいところだが、今の俺には運ぶ腕力がない。『仮初めの太陽(テンポラリー・サン)』も不安定なので、あまり使いたくない。それに家ではアルウィンたちが寝ている。なので、こうする。

俺は腰につけていた鈴を鳴らした。

すると、しばらくしてから路地の手前で幌(ほろ)馬車が止まる。現れたのは、俺と同じくらいの背丈をした女だ。

「やあ、よろしく頼むよ」

彼女はチェルシー。『トンビ』と呼ばれる、闇の運送屋をしている。街の中ならたいていの場所に、たいていのものを運んでくれる。金さえ払えばクソでも運ぶ。運ばないのは死体くらいだ。そこはブラッドリーなんかと取り決めがあるらしい。

チェルシーは大きな仕草でうなずくと、ノロノロとした手付きで元・覆面男の体を軽々と運び込む。彼女から口が割れる心配はない。異国人なので言葉が分からないのだ。分かるのは、金と簡単な指示だけ。チェルシーというのも仮の名前らしい。

作業中にやってきたブラッドリーに死体の始末を任せ、俺は荷台に乗り込む。別料金さえ払えば、人も運んでくれる。

「それじゃあ、場所はここね。頼むよ」

またものんびりとした仕草でうなずくと、御者台に乗り込み、馬車を走らせる。『夜光蝶通り』を横切り、狭い路地に入った廃屋の二階だ。そこが俺の隠れ家の一つだ。

階段を上がると、チェルシーはお届け物を部屋の前に転がした。サービスで手枷と足枷、猿ぐつわもつけてくれている。もちろん有料でだが。

チェルシーと別れた後、作っておいた合鍵で中に入る。仮眠用のベッド、イスとテーブルくらいだが、俺には十分だ。

体重を使って元覆面男を部屋の中に引きずり、カギをかける。

「やあ、どうも」

声をかけるとびくついている。可哀想に。すっかり怯えちゃって。哀れなので、早いところ済ませてしまおう。彼の上に馬乗りになり、研いでおいた短剣を喉元に突きつけながら猿ぐつわを外す。

「さて、本題に入ろうか。お前さんの目的やバックにいる奴とか、知っていること何もかも喋ってくれないかな。便所と風呂と奥方との性生活以外全部だ」

短剣の切っ先で軽く喉をなぞる。血の珠が皮膚の上からぷくりと膨れ上がり、赤い筋となって胸の方に流れていく。

「悪いけど、俺の尋問は少しばかりきつめだからね。衛兵や『聖護隊』のお遊戯会と一緒にしない方がいい」

「話す。だから助けてくれ」

思っていたより泣きつくのが早かったな。最近の若いのは、根性がない。手の指は残っているし、金玉もまだ一個残っているってのに。

彼の名前はロブ。この街有数の裏組織である『まだら狼』の末端組織に属するチンピラ君だ。

「これだ」

ロブが差し出したのは、エイプリルの似顔絵だ。よく似ている。下に書いてあるのは懸賞金か。『連れてきた人間に金貨五十枚』とは。大盤振る舞いだな。

「『魔侠同盟』があのガキを狙っているんだ」

『魔侠同盟』は『まだら狼』と並ぶ、この街最大の裏組織だ。構成員の数も一番多い。

「何故だ？」

あそこの親分はじいさまとも付き合いがある。腹の内はともかく、表向きは良好な関係だったはずだ。

「幹部のヘザーが死んだのは知っているよな」

ヘザーといえば『魔侠同盟』の副将格で、古株だ。正確な年齢は不明だが、八十は超えていたという。『スタンピード』で街が壊滅した直後に、屋敷のトイレでぶっ倒れているところを手下が発見した。元々死病で余命幾ばくもないという話だったが、死因は違う。体中に食われた跡があった。

「死にかけた自分の体から出る臭いがイヤで、高い香水を付けまくっていたから、それが魔物を呼び寄せたってよ。バカな話だ」

事実、屋敷の庭で『魔女を見た』という証言もあるらしい。

「前々からヘザーが莫大な財産をためこんでいるってウワサがあってな。テメエの親分にも隠れて金庫番に預けていたってよ。金貨で百万枚は下らねえってよ」

そりゃすごい。娼館を娼婦ごと十軒買い取ってもまだお釣りがくる。

「ヘザーの子分でハリソンってのがいて、そいつが『隠し財産』を奪い取ろうとひそかに金庫番を監禁して口を割らせようとした。ところがその矢先に『スタンピード』が起きて、金庫番は行方不明だ。挙句の果てにヘザー本人も死んじまった」

つまり現状、大金が宙に浮いた状況というわけか。

「金庫番のエルトンはヘザーの腰巾着だ。きれい好きでしょっちゅう風呂に入りたがる、っていけすかねえ男だが、昔は冒険者で、ギルドマスターとも顔馴染みってウワサだ。あのじいさんなら何か知っているだろうって……」

「けど、ただのウワサだろ？」

じいさまがそのエルトンって金庫番と顔馴染みだとしても金の在処までは知らないだろう。その可能性の方がはるかに高い。

「金貨百万枚といっても全部が金ってわけじゃねえだろ。ギルドマスターは元々、ヘザーの金を宝石や美術品や香水に換える仲介をしていたって話だ」

やくざの資金洗浄まで手伝っていたのか。どうしようもねえじいさまだな。

「それに、そんな大金を黙って見過ごす男じゃねえだろ。エルトンから聞き出していても不思議じゃねえ。知らなくてもヒントか、だいたいの場所くらいはつかんでいるはずだ」

まったくその通りだ。

とはいえ、じいさまを敵に回すのは、冒険者ギルドを敵に回すのと同義だ。さすがに荒くれの冒険者集団相手にケンカは売れない。諦めかけたところで、じいさまが逮捕された。

「それで、チャンスとばかりにエイプリルを狙ったのか」

エイプリルの護衛も手薄になっているので好都合だ。じいさまは孫娘を可愛がっているからな。じいさまへの交渉材料には十分だろう。

金か。

金があればアルウィンの解毒薬も作れる。『迷宮』攻略なんて夢物語にすがらなくても身の立つ方法だって選べる。

「そいつを大親分に献上すれば自分が次の幹部だ、ってんで、どいつもこいつも目の色変えてやがる。で、調子に乗ったアホがベラベラし喋りやがったんで、よその組に漏れちまった」

「それでお前さんたち『まだら狼』やよその組織も動いている、か」

話が大事になってきたな。要するに、じいさまがやくざの『隠し財産』の在処を知っているかもしれないので、口を割らせるためにエイプリルを誘拐しようとしているらしい。

「ああそうだ。お前もあのガキも終わりだ」

ロブはにたりと笑った。

「家の中だから安全なんて思ったら大間違いだ。衛兵なんぞ屁でもねえ。また明日には別の連中がお前の家を襲撃するだろうぜ。いつまで耐えられるかな？　せいぜいあのガキが五体バラバラになるところを地獄から見物しやがれ」

「ご忠告感謝するよ」

俺はロブの首をへし折った。


あれから三日経った。

俺はまた台所に立ってお料理中だ。

エイプリルはまだ俺たちと一緒にいる。

裏社会の連中はまだ付近をうろついているようだ。『聖護隊』や衛兵たちが巡回や警備を強化しているので、仕掛けては来ない。が、隙あらばエイプリルを狙おうと手ぐすね引いて待っている。

おかげでエイプリルはろくに外出も出来ないでいる。ギルドにも養護施設にも行っていない。安全なのはいいことだが、家に閉じこもってばかりで気が滅入っているようだ。若い娘なら当然だろう。活発なエイプリルなら尚更だ。

今も二階でアルウィンから借りた詩集を読んでいるが退屈そうだ。

不安なのはエイプリルだけではない。アルウィンもそうだ。

本来であればまた『迷宮』に潜っている頃なのだが、エイプリルが気になって、まだ地上にいる。本人は休養のつもり、と笑っているが、マレット姉妹からは『次に潜るのはいつなのか』と催促が続いている。姉妹の究極の目標は名声であり、哀れな娘の救済ではない。

この状態が続けばパーティ分裂もあり得る。

アルウィンも平静を装ってはいるが、目や足を忙しなく動かし、落ち着きがない。現状に苛立っているせいもあるだろうが、それだけではない。

あめ玉の材料が無くなりつつある。周囲に衛兵連中がうろついている。つまり、俺の外出も逐一監視されるのだ。もし怪しいそぶりを見せれば、真っ先に疑われる。今までのように売人を襲って『解放』を奪い取るのは難しい。

何よりヴィンセントはまだ俺を疑っている。あいつの中では今も妹殺しの容疑者だ。『解放』

と俺がつながれば、自然とアルウィンまで結びつく。

膠着状態が続けば、先に倒れるのは『魔俠同盟』ではない。俺たちの方だ。

危険を冒してでも状況を打開する必要がある。

状況を整理する。

この街の裏組織である『魔俠同盟』の幹部が死に、『隠し財産』が宙に浮いた。在処は不明。管理していた金庫番は『スタンピード』の最中、行方不明になった。持ち主のなくなった『隠し財産』を裏社会の連中がこぞって狙い始めた。

唯一の在処を知る金庫番がどこで何をしていたか、情報は何もない。『魔俠同盟』の三下でも締め上げれば何か吐くだろうが、その程度の情報はあいつらも知っているだろう。とっくに発見しているはずだ。むしろさっさと見つけてくれねえかな。

階段を降りる気配がした。秘密のあめ玉の材料を陶器のボウルに入れて、上から布を被せる。それを素早く足下の棚にしまい、扉を閉める。

一瞬遅れて顔を出したのは、案の定エイプリルだ。

「ねえ、マシューさん。何しているの？」

「なんだ、君か」俺は笑った。「おやつの時間が待ちきれなくなったのか」

「何を作っているの？」

「もう出来ているよ」

あらかじめ焼いておいたクッキーを冷ましてから皿に載せ、その上にクリームをかける。クリームにはハチミツ漬けのリンゴを小さく刻んで混ぜてある。更にその上からもう一枚クッキーを載せれば完成だ。

「はい、どうぞ」

マシューさんお手製のクリームサンドクッキーだ。エイプリルは目を輝かせる。一口かじるなり顔をほころばせた。

「美味しいよ、これ」

喜んでいるので俺も一枚いただく。サクサクとした歯ごたえの間から甘いクリームが広がる。リンゴのほのかな酸っぱさがアクセントになっている。

「まあ、こんなものか」

考え事しながら作ったせいで生地の練り込みが雑だ。

「マシューさん、お菓子屋さんになる気は……」

「ないよ」

何が悲しくて他人のために作りたくもないケーキやクッキーを作らなきゃならねえんだ。

「美味しいのに」

エイプリルはふて腐れた様子でまたクッキーをかじった。

「ほかにも何か作っているの？」

「まだ欲しいのかい？　食い意地が張っているな、お嬢様」

「そうじゃなくって。さっき下の棚に何かしまわなかった？」

急いで隠したのだが、物音で気づかれていたらしい。これが他人の目に触れたら、俺はそいつを殺すしかない。

エイプリルとてこの街の住人だ。『解放』の存在や危険性は重々承知している。優しい子だからな。もし知り合いが、それを使っていると知れば、命がけで食い止めようとするだろう。その結果がどうなろうとも。

「もしかして、お菓子の材料？　何作っているの？」

興味津々って顔で、棚の取っ手に手を伸ばす。

俺はその手を上からつかんだ。

「悪いけど、こいつはまだ作りかけでね。きちんと寝かせておかないと味が落ちる。完成したらまた食べさせてやるよ」

「うん、お願いね」

素直にうなずくのを見て、平静を装いながら安堵する。

やはりエイプリルとの同居は色々と心臓に悪い。

翌朝、俺は家を出る。

「俺はギルドの様子を見て来る。君は、エイプリルとお留守番でもしていてよ」

今日も今日とてやることが多い。『聖護隊（せいごたい）』のヴィンセントのところにも行って、じいさまの情報も手に入れるつもりだ。

「待って」

出掛ける準備をしていると、エイプリルがあわてた様子で二階から駆け下りてきた。

「出かけるんでしょう？　ワタシも行く」

「あのね」

ほいほい出歩かれたら匿（かくま）っている意味がない。

「君にはオリバーの世話って仕事があるだろう」

「けど、養護施設（ホーム）の様子も気になるし」

「もう少し状況が落ち着いてからの方がいい」

けど、と納得した様子はない。

「分かった」俺はため息をついた。「一緒に行くよ」

いずれは直面する事実だ。早いか遅いかの違いだ。

「遊びに行くんじゃないんだからね」

「もちろん」

「なら私も行こう」

アルウィンも宣言したので、結局、この前と同じく三人連れだ。

視線を浴びるのは変わらない。ただ、エイプリルへ向けられる視線が増えている。じいさまの逮捕や屋敷封鎖の件がウワサとなって広まっているだけではない。視線を向けている中に、筋者が増えている。どいつもこいつも獲物を狙う狼の目をしていやがる。

エイプリルも居心地が悪そうにしている。

大通りだし、アルウィンが隣にいるので手出しはしてこないがその分、気味が悪い。

俺はエイプリルの手を取る。子供の足に合わせていたら時間が掛かるからな。

「悪いが、少し急ぐよ。付いてきてくれ」

「う、うん」

上の空って感じでエイプリルがうなずく。

「早くしろ」

するとアルウィンが俺と反対の手を取り、早足で歩き出した。

養護施設は再建の真っ最中だ。『スタンピード』の時に建物は壊されたが、子供や職員たちは無事だった。今は庭だった場所に小屋やテントを張って、仮設住宅に住んでいる。

元々は古い屋敷を改装したものだったが、現在建て替え中の建物は、寄宿舎のような形に作り替えるという。来月には完成予定だ。

「ちょっと、先生と話してくる」

「待て、先に行くな」

エイプリルがたまりかねた様子で走り出し、アルウィンが後を追いかける。俺も付いていこうとしたところで、足を止めた。

振り返れば、仮設小屋の陰から何人かの子供が顔を覗(のぞ)かせている。警戒しているようだ。俺みたいなデカブツを怖がる子供は多い。けれど、ここにはエイプリルのお供で何度も足を運んでいるし、俺が見かけ倒しのポンコツだというのも周知の事実だ。かくれんぼかと思ったが、それにしては楽しんでいる気配もない。

「よう」

「あ、マシュー」

返事をしたのは、ルークだ。茶褐色の髪をした男の子で、将来のヒモ候補でもある。

「ここで何しているんだ？」

「えーと、こっち来ちゃダメだって」

「誰に言われた？」

「ミッキーとジョーイ」

どちらも養護施設(ホーム)の年上組だ。俺はルークをかわし、建物の陰に入る。

そこには木箱をイス代わりに三人の子供が顔をつきあわせていた。

俺の姿を見ると舌打ちしながら金髪のガキが何かを懐(ふところ)にしまい込む。

「おい」

俺が声を掛けると、小生意気な顔をしたのが立ち上がった。名前は確か、エディだったな。

「なんだよ、マシュー。何か用か？」

エディは肩をいからせ、声変わりしきっていない声ですごむ。

しばらく見ない間に、悪ぶった雰囲気をまとうようになった。ケンカやカッパライ程度はもうやらかしているのだろう。

「こんなところで何しているんだ？　お遊戯会の相談か？」

「うっせえな！　関係あんのかよ」

貧しいから、親がいないから、と世間になめられないように、必要以上に虚勢を張って、つまらない声で喚き立てる。昔の俺がそうだった。

エディの後ろから立ち上る白い煙を見ながら臭いを嗅ぐ。

「煙草か」

どこで手に入れたかなどだいたい察しはつくが、やるべきことは決まっている。地面に落として踏みつける。

「ガキがこんなもん吸っていたらアホになる」

「何しやがる！」

ガキどもが立ち上がって俺を殴りつける。俺の貧弱ぶりはここでも有名だ。頭一つ分以上も背が高い俺にも臆することなく突っかかって来る。体格差があるので、ひっくり返りはしなかったが、他愛なくよろめき、壁に追い詰められる。

「弁償しろよ、おい」

「分かったよ、じゃあ先生たちに払ってやるから一緒に来い」

「ふざけんなよ！」

今度は腹に蹴りを入れられる。

もちろん、体重も軽い上にケンカのいろはも知らない小僧だ。ラルフの方がまだ痛い。

「お前らそれ格好いいと思っているのか？　一から十まで小物のセリフだ。芝居小屋で見たことないか？　せこいセリフで粋がって、最後は正義の騎士様にぶちのめされる役だ」

「殺すぞ」

「お前らに殺されるくらいならとっくに死んでいるよ」

俺は立ち上り、エディの懐に手を入れる。

「放せよ！」

あわてて払いのけるが、遅い。手のひらを広げれば、出てきたのはナイフと、小さな薬瓶だ。ナイフの切れ味は鋭そうだ。薬瓶の方はわずかに刺激臭がした。

俺は鼻を鳴らした。

「こいつを使ってエイプリルを差し出せば、舎弟にしてやるとでも言われたか？」

図星だったのだろう。エディたちは、分かりやすいくらいにうろたえる。

「『魔侠同盟』の連中か」

養護施設にはショバ代を取りに来ないから忘れていたが、ここいらは『魔侠同盟』の縄張りだ。エイプリルがここに出入りしているのは、先刻承知のはずだ。その上でワナを張っていたと見える。

「……あいつが来たら教えろって。それから、適当に騙して連れて来いって。上手くいったら、仲間にしてやるし、『クスリ』さばくのも手伝わせてやるって……」

ちょいとかまかけたくらいでペラペラと口を割りやがって。根性なしめ。

「エイプリルに何の恨みがある。散々世話になったはずだ」

時間を見つけては通い、ここの職員たちを手伝っていた。奉仕活動を続けていた。少なくともここの連中を侮辱し、嘲笑したことはただの一度もない。

「頼んでねえよ」

エディはツバを吐き捨てた。

「あんなのは、金持ちの道楽じゃねえか。いい服着ていいもの食っていいベッドで寝てやがるんだ。じゃあさ、あいつと俺の生活を交換してくれって言ったらあいつはしてくれるのかよ」

「お前みたいにひねくれた孫なんか、じいさまだってお断りだよ」

エイプリルの行動は、偽善だと言っているのだ。俺は否定も肯定もしない。人間の行動など、見方次第でいかようにも評価は変わる。

「それにお前のは、ただのひがみ根性だ」

「あんだと？」

「やくざ者になりたいのなら止めはしねえよ」

自分の人生だ。好きに生きればいい。野垂れ死にするのも自由だ。

「だがな。世の中には仁義ってものがある。日頃の恩義を忘れて恩人に手を出すのは、外道ってんだ」

俺みたいな、と心の中で付け加える。

「外道の行く道は二つに一つだ。殺すか、死ぬかだ」

「上等じゃねえか」

「あっそ」

俺は持っていたナイフをエディに突きつけた。刃先が目玉の先で止まる。一瞬遅れて、喚き（わめき）ながら飛び下がる。のろま。俺が本気なら目玉から脳みそまで突っ込んでいたぞ。

「どうした？　こんなおもちゃでびびってちゃあ、どこの組にも入れねえな」

「おもちゃ？」

「まさか本気でエイプリルを誘拐させようとしたと思っているのか？　お前みたいなガキに？『魔俠同盟』のお兄さん方が？」

俺は鼻で笑った。

「からかわれたんだよ。こいつはただのおもちゃだし、こっちの薬もただの唐辛子入りの調味料だ。しびれ薬でもなんでもない」

俺は少し後ずさる。太陽の光を背中に浴びながらナイフを握った。

「よっと」

気合いとともにナイフは、手の中で真っ二つにへし折れる。

「な？」

手のひらを突きつけてやる。傷一つない。

驚いている間に、薬を全て地面に流す。

「のし上がりたいのなら、真っ当な道を探せ。身の丈に合った生き方をしろ。さもないと行き着く先は、『迷宮』だ」

この街で墓が建つのは、金持ちか身分のある者だけだ。たいていは死ねば『迷宮』の中にうち捨てられる。

「お前はエイプリルを偽善者と言ったな。だが、お前が今こうしていられるのはあの子のおかげだ」

「は？　なんでだよ？」

「ここの最大手の出資者は誰だと思う？　エイプリルだ」

「それは、あいつのじいさんが……」

「じいさまは、お前らなんかに興味ねえよ」

野垂れ死にしたところで眉毛一本動かさない。大多数の人間がそうであるように。

「エイプリルがいなかったら、ここはとっくにやくざの屋敷か、お姉ちゃんたちの娼館だよ。で、お前さんは路上の紳士か、男娼候補生だ」

金もコネもない。ついでに特技もないとくれば、行き着く先は決まっている。打開するだけの力がなければ、状況に押し流されるだけだ。エディが無能だからではない。たいていの人間はそんなものだ。

「……」

「ついでに言えば、今ここの建物を再建しているのもあの子がいるからだ」

貧しくて身寄りのない子供の宿舎など、後回しに決まっている。どこかのじいさまの孫がここに出入りしている関係で、優先したのだ。

「分かるか？　お前は大恩人を裏切ろうとしてあの子だけでなく、自分たちの首を絞めようとしているんだ。底抜けのアホだ」

金の卵を産む雌鶏を殺そうとしたのだ。アホ以外の何者でもない。

反論する手立ても言葉もなく、エディは肩を落とし、拳を握る。

「どうしてもエイプリルと関わりたくないのなら、今すぐここから消えろ。それからやくざでも路上の紳士でも勝手に落ちぶれたらいい」

「うるせえ！」

エディがたまりかねたように殴りかかってきたが、殴られてやる義理はない。ひょいとかわすと、自分から小屋の壁に拳を叩き付ける。痛え、と拳を押さえてしゃがみ込む。心配した顔で駆け寄ってくる仲間を苛ついた仕草で追い払う。

「ここは俺の家だ。なんと言われようと俺の家だ！　金持ちのお嬢様に飼われるペットじゃねえんだよ。適当な時に来て自己満足の手伝いで、悦に入っているようなガキの来るところじゃねえんだよ！」

「……」

「ひがみ根性だと？　上等だよ。俺は大物になりたいんだよ。クスリ売って大儲けして、『魔侠同盟』や『まだら狼』や『群鷹会』みたいに、なりたいんだよ」

何が大物だ。具体的なビジョンを描く想像力も知恵も知識もないくせに。使い捨てのコマになるのが関の山だ。完膚なきまでに論破してやろうと口を開きかけたとき、迷子のようなつぶやきが聞こえた。

「……」

「エディ……」

振り返れば、一番聞かせたくない子がそこにいた。

「ああ、クソ」

俺は頭をかきむしる。

おちびに知られないようにと、柄でもない説教までしたってのに。

いつも肝心なところでへまをやらかす。

「そっか。そんな風に思っていたんだ」

エディは気まずそうに目をそらし、何も言わない。卑怯者め。

「ゴメンね。ワタシ、全然知らなくて」

泣きそうな顔で、絞り出すように言った。

「ワタシのことはいいよ。でも、『クスリ』を売るだなんて、絶対ダメ。誰も幸せになんかならないもの。そのせいで、ヴァネッサさんも……」

「……」

葬式の時にもわんわん泣いていたっけか。

「ワタシが嫌いなら出て行くから。だから、絶対に『クスリ』なんかに手を出しちゃダメだよ」

「君が出て行く必要はない。消えるのは、この恩知らずのアホどもだ」

「ううん、いいの。マシューさん」

エイプリルはエディに近づくと、ハンカチで血のにじんだ拳を巻いてやる。

「それじゃあね」

エイプリルは逃げ出すように養護施設（ホーム）を後にした。俺は無言で付いていく。日陰に入ればのろまになっちまうが、足の長さは変わらない。エイプリルはすぐ近くの道端でしゃがみ込んでいた。

賞金狙いのクソどもに襲われたら、と思ったが、無事だった。ほっとしながら近づいたが、エイプリルは俺を見ると急に後ろを向いた。丸まった背中が、「一人にしてくれ」、と雄弁に訴えている。

「いたか」

ここでアルウィンも追いついた。エイプリルの様子を見て、ためらいがちに伸ばした手が空をつかむ。

「次はどこへ行く？」

空気を読むのは得意だが、あえて読まずに踏み込む。

「……どうしてかな。ワタシ、何か悪いことしたかなあ」

「あんなアホの言うことなんか、気にする必要はないよ」

俺は言った。

「たとえ君が財産全部捨てて、無一文になってもだ。やれ顔がいいだの今までいい暮らしをしてきただのと、ひがみどころを見つけて、自分を哀れむだけだ」

問題は、エディ自身の劣等感だ。他人のせいにして、責任をなすり続けている限り、一生救われやしない。むしろ愛情を注げば注ぐほど、ひがみ根性は増していく。

「ワタシのことはいいの。でも『クスリ』にまで手を出そうとするなんて……」

「自分が中毒になるだけだってのにな」

売人が足抜け出来ない理由は色々ある。金や仲間とのしがらみ、そして自身も中毒者になったから。誰かを地獄に落とす人間は、いつか地獄に落ちる日が来る。多分、俺にも。

「今頃、あそこの職員に目玉飛び出るくらいに殴られている頃だよ」

殴られなければ、理解できない。頭が悪いというより、そういう教育を受けていないからだ。知識がないから知恵も浮かばず、短絡的な手段と目先の快楽にすがりつく。

「君のやって来たことは全部が全部ムダでもお節介でもない。少なくとも俺は君に感謝しているよ」

エイプリルは俯きながら唇を動かした。俺は聞こえない振りをした。今更これくらいのことで感謝の言葉を受ける間柄でもないつもりだ。

「帰ろうか」

「うん」

冒険者ギルドへ行く余裕もなさそうだ。エイプリルは素直にうなずいた。

「……前に言ったよね、先生になりたいって」

「ああ」

「やっぱりワタシじゃあムリなのかな」

「ムリだね」

俺の言葉に、エイプリルが息を呑む。

「仮にじいさまの金で学校とやらを作ったとしても間違いなく失敗するよ。賭けてもいい」

「おい、マシュー」

アルウィンがたまりかねたように俺の肩をつかむ。俺は無言でその手を払いのけた。

「そっか、やっぱり……」

「俺がムリだと言ったのは、君の能力の問題じゃあない。むしろ逆だ。君の夢は、君が思っているより大きすぎる」

「どういうこと？」

「子供を学校とやらに行かせたがる親は、君の想像以上に少ない、貧しければ尚更だ」

貧しいからこそ、働き手は一人でも多い方がいい。貧乏人にとっては、子供も労働力だ。教育を受けさせても将来の役に立つ保証はないと思っている。いや、将来なんて想像すら出来ない。目先の金。目先の食料。目先しか見えない。将来への投資が出来ない。

「本気でやろうと思ったらこれはもう政治の問題だ。子供を通わせるように、金持ちか偉い連中が仕組みや決まりを作って、金を出さないと。君一人じゃどうにもなりはしないよ」

働かせれば、一人分食い扶持を稼げるのだ。だったら働かせる方を選ぶに決まっている。

「……」

「だからこそだ」

俺は小さくなったエイプリルの肩に手を置いた。

「一人で何でも抱え込もうとするな。味方を増やせ。君の理想に賛同する人間を増やすんだ」

世の中を変えるには力がいる。数は力だ。数が多ければ多いほど、意思を通しやすくなる。

「多分、最初は上手くいかないことばかりだよ」

誰も言うことは聞かない。理解者どころか、話すら聞きやしない。孤独を味わう羽目になる。

「自分が本当に正しいのか、迷ったら最初に戻れ。君の原点が、次の行き先を決めてくれる」

いきなり成功する奴はいない。誰だって挫折と失敗の繰り返しだ。

「いきなり大きなことをする必要はない。小さな塾から始めたっていいんだ。最初は失敗もするだろうけどね。そのうちみんな気がつくよ。君の理想がでかくて正しいってね」

成功例を増やせば、賛同者は増えるだろう。お偉方だって、平民の中から頭のいい部下を取り立てた方が便利だ。

「もしかしたら、君の代では成功しないかもしれないけどね。後に続く人間がいれば、いつかは現実になるかもしれない」

今のところ、エイプリルの夢は、現実の事情と乖離しすぎている。それでも鳥が馬を産むような夢物語ではないだろう。すぐにはムリでも、やり方次第では何とかなるかもしれない。故郷を再興しようとしている姫騎士様よりもよっぽど現実的だ。

エイプリルが顔を手の甲で拭いた。何か言いかけた時、背後から声が聞こえた。

「おや、マシューではありませんか」

「あん？」

振り返り、つい舌打ちが出る。見たくもない顔を見ちまった。ナタリーだ。

アルウィンは不思議そうに首をかしげる。

「ナタリー殿。失礼だがその格好は？」

まるで教会の尼僧だ。

「そこの教会が空き家になっていたんですが、この服が置いてあったので少々お借りしました」

「お前の信心は、なんとかって土地神じゃなかったか」

「元手もなしにお金儲ける方法ってないかな、と思ったらやはりこの道が一番かな、と。お金儲けはほら、坊主丸儲けって言うじゃないですか」

「お前の口から出て来るのは悪口くらいだろう。お前の話なんか聞くに堪えん」

「あなた、鏡見たことありますか？」

「毎日見ている。ご覧の通り、三国一の色男だ」

「この男、今すぐぶち殺しますけど、構いませんよね」

本当に剣を抜こうとしたので、あわてて後ずさる。

エイプリルが興味深そうな目をしているので、すぐさま前に立つ。こいつは存在自体が教育に悪い。だというのに、ナタリーは俺を押しのけ、屈みながら目を輝かせる。

「おや、可愛らしいお嬢さんですね。どうです？　うちの教会に寄進しませんか」

「どつき回すぞ」

エイプリルが俺の手を引く。

「この人は？」

「俺の昔の知り合いだよ。カタギになるってんでこの街に来たんだとよ。今は求職中だ」

「まあ、そんなところです」

ナタリーには『百万の刃』を名乗らないように口止めしてある。名乗ったら俺が神の御許に送ってやるけど。

「もしかして、マシューさんの昔の恋人とか？」

「勘弁してくれ」

「お断りですよ」

俺たちはほぼ同時に言った。

「この女と寝るくらいならオークを孕ませた方がまだマシだ」

「こんなデリカシーのカケラもない男なんかに惚れる程、趣味は悪くありません」

アルウィンが盛大に咳き込んだのは見ないふりをしておく。

「……やっぱり仲良しじゃない」

お互い言いたい放題だから、気が置けない仲だとでも思っているのだろう。誤解もいいところだ。デズと違って殴って来ないが、イヤミや皮肉や当てこすりがひどい。男ならば確実に命のやり取りになっているところだ。

「ところで、そこのお嬢さん。どうでしょう。今ならたったの銀貨一枚でこのお守りを差し上げますよ」

と、取り出したのは小汚いネックレスだ。何かの魔物の牙が付いている。お守りか。

「これさえあれば商売繁盛・家内安全・金運・仕事運・恋愛運・安産祈願と……えーと、あとなんでしたっけ？」

俺に聞くな。

「いかがですか？」

ぼったくりかつ無用無益な代物を押し付けられたというのに、エイプリルはむしろ憐れむように眼を瞬かせる。

「あの、今この街はその、神様が大嫌いな人ばかりで、だから、その格好は」

寝取られ太陽神のせいで、この街の聖職者は肩身の狭い思いをしている。関係のない聖職者まで迫害されつつある。エイプリルはそれを心配しているのだ。

「ああ、それで」

ナタリーは合点がいったとばかりにうなずく。裾がわずかに汚れているから、すでに絡まれた後なのだろう。返り討ちにしたのも簡単に想像がつく。

「心配してくれてありがとうございます」

眩しいものでも見るかのように目を細め、エイプリルの頭を撫でる。

「けど、大丈夫です。多分、明日には羊飼いになっているかと」

「この街に羊はいねえよ」

人生の『迷える羊』なら山ほどいるが。

「では歯医者なんてどうでしょう。歯を引っこ抜くのはできそうです」

「お前、他人の口に手を突っ込めるのか」

「……向いてないようなので、止めときます」

正解だ。面倒がって健康な歯まで全部引っこ抜きそうだからな。

「とにかく消えろ。お前がうろつくと面倒事ばかりだ」

「はいはい、おっしゃる通りにいたしますよ」

ナタリーはふて腐れた様子で立ち去る。

「あの」

その背中をエイプリルが小走りに追いかけた。

「やっぱりそれ、いただけませんか？」

と、指さしたのは、さっきのお守り(アミュレット)だ。財布から取り出した銀貨を差し出す。

「止めとけ。こいつはシスターでもなんでもない。そんなもの身に着けたって、何の役にも立ちやしないよ」

「でもお金に困っているみたいだし、それに、マシューさんの知り合いなら悪い人でもないんでしょ？」

俺が反論しようとする前に、ナタリーは銀貨を受け取り、お守り(アミュレット)を手渡した。

「神の御加護があらんことを」

にんまりと笑いながら適当な祈りの言葉を並べると、ナタリーは翼が生えたように走っていった。

「やったー、これで酒場のツケが払えますよ」

「おい待て」

呼び止めたが、すでに人混みの中へと消えた後だった。

「君、大丈夫か？　お人好し(ひとよ)にも限度があるぞ」

「……多分、何とかなるよ」

ネックレスを見つめながらエイプリルは笑った。

「あの人、そんなに悪い人じゃなさそうだし」


家に戻ると、前に人だかりが出来ていた。

かき分けてみれば、柄の悪い男が三人、ロープで縛られている。

その横で『聖護隊(せいごたい)』の連中が槍(やり)を突きつけている。

どうやらうちに忍び込もうとして見つかったようだ。捕まってもふてぶてしい顔で周囲をにらみつけている。エイプリルが震えながら俺の袖にしがみつくので黙って頭を撫(な)でてやる。

またか。金の亡者(もうじゃ)どもめ。今回は、無事だったが、次はどうなることやら。

「帰ったか」

低い声が聞こえた。

「たまたま近くを通りかかったら物音が聞こえたのでな、駆けつけたらこの始末だ」

振り返れば、相変わらずの仏頂面(ぶっちょうづら)だ。

「ただの物取りではなさそうだな」

ヴィンセントは盗人(ぬすっと)どもを見下ろしてから続ける。

「詳しく話を聞こうか」

第四章　牧神は逃げ惑い

「なるほどな」

家のリビングで事情を聞いたヴィンセントが深々とうなずく。

エイプリルの状況は悪化するばかりだ。

俺やアルウィンが護衛するにも限度がある。アルウィンには『迷宮』攻略という大望があるし、俺は日陰や夜ではうどの大木だ。敵の数が多すぎる上にいつどこから襲われるか分からない。心休まる日はなく、心理的な負担は溜まる一方だ。かといって、いつまでも家の中に閉じこもっているわけにはいかない。

「じいさまの釈放はいつになる？」

「管轄外なので、詳しい話は聞いていない。ただ、今日明日という話ではなさそうだ」

そうと聞いてエイプリルががっかりする。

「お偉方は共倒れがしたいのか？」

「ギルド本部はグレゴリーを有罪にしたがっているが、反対派も多い。利権や情実が絡んで誰が味方か敵かもはっきりしない。だが、何もしないというのもまた癒着を疑われる」

「疑われるどころか、同一個体だろ」

領主としても義理と欲と利権の板挟みになっているようだ。

じいさまをとっ捕まえたのは、「仕事をしています」ってアピールのためか。

「賞金の話は俺も聞いている。禁止の触れは出せるが、完全に防げるかと問われたら厳しいな」

そもそもの出資者が非合法の裏組織だからな。禁止令なんか屁でもない。いくら王家肝煎りの『聖護隊』でもやれることには限度がある。

俺はイスから立ち上がると、床に座り、地面にこすりつけるようにして頭を下げる。

「頼む。エイプリルを保護してくれ」

「ちょっと、止めてよ」

エイプリルが驚いた様子で止めに入るが、どうせ空っぽの頭だ。お望みとあらば、何百回でも下げてやる。『聖護隊』の本部は文字通り砦そのもので、見張りも強固だ。そこいらのチンピラが忍び込めるものではない。その間に、関係者間の利益調整も終わるだろう。

場所も分からないような『隠し財産』よりエイプリルの身の安全だ。太陽が照っていないとへなちょこのマシューさんよりずっと役に立つ。

正義漢のヴィンセントならば守り抜いてくれるはずだ。

「そのうちあいつらが、街中引っかき回して隠し財産とやらも見つけるだろう。そうすりゃ、あいつらだっておちびの命を狙う理由はなくなる。それまでの間だけでいい」

ヴィンセントはしばしの沈黙の後、苦しげな声で言った。

「それは出来ない」

横っ面をはたかれた気がした。

「何故だ。市民の保護だってお前らの仕事だろう」

ヴィンセントには器量と権限がある。祭りを見物したがる子供を詰所に入れて保護してやるくらいには。

「悪党どものせいで、くだらないウワサに踊らされて罪もない子供が狙われているんだぞ」

「『魔侠同盟』と事を構えるつもりはない」

「ふざけんな！」

俺はヴィンセントにつかみかかった。

「ご大層な口きいといて今更それか。別に本部に乗り込めなんて言っているんじゃない。何の罪もない娘一人を匿うだけだ」

「何度言われようと出来ないものは出来ない」

「すっかり隊長様もこの街の水に染まっちまったか？　いくらもらった？」

「その子のためだ」

ヴィンセントは苦しげに言った。

「『隠し財産』とやらに興味を示しているのは、無頼の輩だけではない」

お偉方の中にも財産目当ての守銭奴がいるってことか。

「既に内密に打診を受けている。ここで保護すれば、かえって口実を与える」

「それこそ内密に、ってわけにはいかねえのか？」

「……『聖護隊』も大所帯になった」

『スタンピード』での活躍で権限も増えた。つまり任務や義務も増えた。増員はされたが、教育や審査は追いつかず、設立当時のような玉石混淆に戻りつつある。せっかく内部統制と規律を正し、鍛え上げて精鋭部隊に育てていたのに、あっさり逆戻りだ。拒否しようにも『スタンピード』で犠牲者も出ている。人手不足は深刻だ。

「その子が今ここにいることも遠からずご注進に及ぶはずだ」

「……ここにいたらエイプリルが危険ってことか」

「悪いな」

ますます行き場はなくなったってわけか。

こうなっては街を出るのが一番だが、役人にまで手が回っているとなると、街の門はまず使えないだろう。自分から捕まりに行くようなものだ。トビーじいさんなら裏から出してくれるはずだが、そちらは筋者たちが見張っているだろう。時間が経つほど逃げ場所を失い、追い詰められ、逃げたくても出られない。籠の鳥か。

　俺はヴィンセントから手を放すとアルウィンに向き直る。

「君の知り合いで、誰かいないか？　お偉方にも顔が利いて、裏の連中なんか屁でもないって白馬の騎士か、奇跡の王子様。両方でもいい」

「……すまない」

「いや、君が謝ることじゃない。悪かった」

　アルウィンに八つ当たりしたところで事態が解決するはずがない。

「了解だ。要するにかくれんぼと鬼ごっこだ。理解したよ」

　鬼は街ぐるみで、捕まれば鬼になるどころか命も危うい。強制参加で断れば、命はないってクソ同然のゲームだが、構うものか。どうせ、人生自体が不公平なゲームだ。

「いくぞ、おちび」

　ひとまず、またデズにでも頼るか。あいつは筋者も官憲も怖がる奴じゃないからな。ここからは時間との勝負だ。じいさまが釈放されるのが先か。エイプリルが捕まって、無残な目に遭うのが先か。

「……」

　エイプリルは返事をしなかった。棒立ちのまま、足下を見つめている。

「どうした？　用足しなら待つよ」

「……もういい」

「何が？」

「もういいって言っているの！」

目に涙を溜め、身悶えしながら叫んだ。

「誰も助けてくれない。じーじもいなくて、みんなワタシのこと狙っている。このままじゃあマシューさんやアルウィンさんまで、死んじゃうよ……」

髪を振り乱して早口で喚き出す。

「俺は死にやしないよ。今まで死んだことがないからね」

「冗談言っている場合じゃないよ！　もうワタシのことはいいから放っておいて」

「そいつは困る」俺は肩をすくめた。「だったら俺は誰に字を教わればいい？」

「誰だって出来るよ！」

「俺は君がいいんだ」

膝を突き、肩に手を載せる。

「君がいい子だってのは百も承知だけどね、今のは感心しない。お子様の言うセリフじゃあない。悪いのは欲に駆られたアホどもであって君じゃあない」

「でも、ワタシ。もうどうすればいいか。分かんないよ……」

「簡単だよ」

俺は言った。

「『助けて（Help me）』だ。それだけでいい」

いい子過ぎて助けを求められない。早くに両親を亡くし、育ててきたのはじいさまみたいな不良老人だ。もうちょい甘えられる人間が側にいてやった方がいい。

俺はエイプリルの涙を拭ってやる。

「泣いてもいいけど、そういうのはどこかの色男の前にしておくことだ。ここにいるのは、堅物と姫騎士様とロクデナシのヒモだけだからね」

将来は美人になるだろう。鼻の下伸ばして英雄になりたがる男がわんさと集まる。

「君がいないんじゃあ、じいさまも悲しむ。アルウィンもね」

「マシューさんも？」

「もちろん」

エイプリルは俺の首に腕を回す。

「……助けて、マシューさん」

「もちろんだ」

俺はうなずいた。

「もちろん、私もだ」

アルウィンはエイプリルの前にひざまずく。

「ここに誓おう。必ず、祖父の元へ送り届けると」

「うん」

やれやれ。泣いたカラスがようやく笑ったか。

「家を出るなら裏手からの方がいい」

ヴィンセントが口を開いた。

「表にはもう胡乱な連中が張り付いている」

「礼は言わないぜ」

「言われる筋合いでもない」

助けられない、その手助けも出来ないのだ。資格もないと思っているのだろう。自分の信念すら捨てないとやってられないってのは、不自由だな。

「じゃあな。生きていたらまた会おうぜ」

「あの」

エイプリルがヴィンセントの手前を通り過ぎる瞬間、足を止めた。ありがとうございます、とゆっくりと一礼すると、駆け足で俺の方に向かってきた。

「あんな奴に礼を言う必要なんかないのに」

「何言っているの、マシューさん」

まるで子供の不注意を叱るような口調で言った。

「あの人、ずっと泣きそうな顔していたじゃない。可哀想だよ」

猫のオリバーをかごの中に入れ、裏口から出る。ここからデズの家まで大通りを通れば、人目もあるから仕掛けては来ないだろう。いくら袖がちぎれるくらい衛兵にワイロを渡しているといっても限度がある。白昼堂々と暴れては示しがつかないからな。

そう考えたのだが、甘かったようだ。

大通りへと出る道の前にバリケードが敷かれ、その前に筋者らしき男たちが陣取っている。脇道へ逃れようにも、筋者とおぼしき強面どもがぞろぞろと湧き出て俺たちを取り囲む。アルウィンが柄に手をかける。俺はそれを手で制した。強面どもの中には投網を構えている連中もいる。逃げられそうにない。それにここで戦えば、エイプリルもケガをするだろう。

筋者たちに押し出されるようにして進めば、正面にいた巨漢が立ち上がった。

背丈は俺より少し高い。

年は三十過ぎというところだろう。短い金髪に白目がちな目は鷹のように鋭い。腕回りや足回りは女の腰のように太い。服の上からでも分かる。全部、筋肉だ。

額には刃物によるものと思しき大きな傷が刻まれている。

「ご苦労だったな」

存外に高い声だ。声だけ聴けば色男だろうが、凄みが違う。威圧することに慣れている。女を口説いたところで小便を漏らすだけだろう。

俺の目の前に立つなり、言い聞かせるような口調で言った。

「人生には、大切なものが三つある。何か分かるか？」

「いきなり質問で人生訓語ろうとすることじゃないのは、確かだね」

取り巻きの強面の連中に殴られ、ひざまずかされる。

「答えはな、信頼と金と時間だ」

「もう少しひねりを利かせてくれよ。真っ当すぎて反論も出来ない」

「真理ってのは、往々にして平凡なものだ。けど、平凡ってのは退屈だ。だからあれこれ詰まらない言葉遊びで飾り立てようとする。けど、それは真理から遠ざかるだけだ。物事は事実ありのままを語る。それだけでいい。それで伝わる」

「そうだね。『あなたはいつか必ず死にます』って、くらいには受け入れられると思うよ」

また殴られそうになったところでエイプリルとアルウィンがほぼ同時に強面どもの正面に立ちはだかる。一歩も引かない決意だとその背中が雄弁に告げている。うちの御婦人方は強くて頼もしいね。キュンときちゃう。

それに引き換え、この大ピンチだというのにオリバーはかごの中であくびしてやがる。この豚猫め。せめて唸り声くらいは上げてくれよ。

「で、その大切な時間の浪費だから手短に言う。そこのガキをよこせ」

エイプリルがびくり、と体を震わせる。アルウィンが剣を抜こうとするのを横目に見て俺は、

「まあまあ」

ゆっくりと立ち上がり、一触即発の空気に割って入る。

「お互い初対面じゃないか。まずは自己紹介といこうじゃないか。俺はマシュー。アンタは？」

「ハリソン。『火雷』のハリソンだ」

こいつが例のハリソンか。『魔侠同盟』の中堅で、見た目通りの武闘派だ。元々非合法の格闘家だとかで、怪力だ。素手でドラゴンの爪を握りつぶしたというウワサもある。俺もあるけど。

「せっかく出張ってきて悪いが、この子は何も知らないよ。じいさまだってそうだ。もう年だからな。最近じゃあ朝飯だって忘れちまう」

「孫娘の悲鳴を聞いたら思い出すはずだ」

「よく考えてみてくれ。『隠し財産』ってんなら金庫番か？　そいつの屋敷なり女のところを探すのが筋だろ」

「とっくの昔だ」

「そりゃ残念。だったら……」

「時間稼ぎに付き合うつもりはない」

見抜かれていたか。道を封鎖するなんて暴挙がいつまでも続くはずがない。領主からすれば、街の治安が保てていないと宣伝されるようなものだからな。時間さえ稼げば、何とかなるかと踏んだのだが、通用しないか。

おまけに天気は曇り空だ。ズボンの中の『仮初めの太陽』に手を伸ばす。こんなところで正体がばれるのは不本意だが、非常時だ。背に腹は代えられない。

「どうした、『減らず口』はおしまいか？　やはり、時間のムダだな」

「近づくな！」

アルウィンは全身から怒りと闘志をみなぎらせる。

「この子に手を出してみろ。貴様ら全員、命で贖ってもらう」

「街の英雄様だろうと関係ねえな」

ハリソンはせせら笑う。

「お前たちが魔物より強いとでも？」

「やりようってものがあるんだよ、人間様には知恵があるからな」

投網を持った連中が前に出る。あれでアルウィンの動きを封じてから嬲り者にするつもりだろう。血が沸き立つのを感じる。

「最後の警告だ。そこのガキを」

アルウィンは剣を抜いた。目の覚めるような一閃だったが、ハリソンはわずかに後ろへと下がって紙一重でかわす。

「これが返事だ」

その途端、ハリソンの額から赤い筋が流れ落ちる。

かわしたと思ったようだが、街の無頼漢に見切れるほどアルウィンの剣術は甘くない。

「なら、時間の浪費を取り戻して、金を得るとするか」

ハリソンが腕を上げた。いよいよ、全面戦争か。手の中の『仮初めの太陽（テンポラリー・サン）』を握り締めた時、後ろから悲鳴と物音が聞こえた。

振り返れば、ハリソンの手下が別の一団に叩（たた）きのめされ、転がされていた。

その中から現れたのは、会いたくない顔だ。

「よくもまあ、派手にやらかしてくれる」

現れたのは、『群鷹会（ぐんようかい）』の幹部・『鱗雲（うろこぐも）』のオズワルドだ。

「どういうつもりだ」

手下ではかなわないと踏んだのだろう。ハリソンが前に出る。

「どうもしやしねえよ。街を歩いていたら、汚い顔したのが道をふさいでやがるから、ちょいとどいてもらっただけだ」

剣や斧（おの）、槍（やり）に盾まで持っている。完全に戦の格好だ。『スタンピード』の時にあいつらが魔物を退治して回ったのを思い出す。

ハリソンの目に苛立（いらだ）ちが浮かぶ。人数はともかく、オズワルドの手下は場慣れしている。

『スタンピード』の時に魔物を倒して回ったのが、自信と覚悟に繋がっているようだ。

「お前らには関係ねえ、すっこんでろ」

「そうもいかねえ」

オズワルドはせせら笑った。

「街の英雄様がつまらねえ連中に絡まれていなさる。今俺たちが平穏無事でいられるのは誰のおかげだ？　そのお方に刃を向けるからには、それ相応の理由があるんだろうな、え？」

「ここでやるつもりか？」

「粋がるなよ、若いの」

オズワルドは鼻で笑った。

「こっちはそのつもりだ。行く道行くしかねえだろ」

空気がひりつく。ここでぶつかれば『魔侠同盟』と『群鷹会』の戦争だ。構成員の数は圧倒的に『魔侠同盟』の方が多い。戦争になれば勝つだろうが、被害は甚大になるだろう。下手をすれば弱ったところで『まだら狼』に攻められる。

「ところで」

俺は割って入る。

「向こうから衛兵諸君が集まってきたんだけど。続ける？」

ハリソンが舌打ちする。一歩下がったところで、空気が弛緩するのを感じた。アルウィンが原因で戦争など起こされてはたまらない。

「行くぞ」

ハリソンは背を向けて歩き出す。オズワルドも追わなかった。

「よう、無事だったか」

すっかりいなくなったところで、オズワルドが話しかけてきた。

「どうしてここに？」

「近頃、街が物騒なんでな」

にたりと君の悪い笑みを浮かべる。エイプリルが俺の背に隠れる。

「心配しなくてもうちは今回の件には手は出さねえよ。本業が順調なんでな」

だろうな。『スタンピード』で復興中の建築や派遣業が儲かっている。よその組織と争ってまで金を欲しがるリスクを取らなくていい。

「どいつもこいつも『隠し財産』とやらを探してイライラしてやがる。うちの若いのもケンカを売られちまってな。長く続けば厄介なことになる」

「俺たちに何とかしろって？」

「おや、俺は姫騎士様に言ったつもりなんだがな」

すっとぼけやがって。

「送っていこうか？　もし当てがないのならうちに来るか？」

「結構だ」

やくざ者とは関わらないのが一番だ。恩に着せられて、どんな厄介事を持ちかけられるか知れたものじゃない。

「まあ、また今度飲もうや」

にこやかに笑顔で手を振ってオズワルドたちは去っていった。

「マシューさんはあの人たちが嫌いなの？」

「メリットがなければ動かないよ、あいつらは」

今だって、俺たちに恩義を売るためだ。

「じいさまだって同じことを言うよ。関わらない方がいい。あとでとんでもない目に遭う」

その後も何度か怪しい男たちが様子をうかがっていたが手出しはしてこなかった。

デズの家に到着した。相変わらず不機嫌そうな顔をしていたが、反対はしてこなかった。奥方は奥で夕飯の準備だ。

エイプリルは疲れたらしくひとまず上で寝かせている。

「いちいち厄介事を持ってきやがって。頼りやがる」

「そりゃお前が大親友で心の友だからだよ」

当たり前だろう。困った時のデズ頼みだ。ロクデナシの俺なんかに借りを作ったばかりに生涯たかられる。運のない奴だ。

「申し訳ないが、私たちが今頼れるのはデズ殿だけだ」

　アルウィンにも頭を下げられたら断りづらいのだろう。デズはテーブルに頬杖を突いた。

「どいつもこいつも」

　と、デズの視線の方向を追いかければ、ゆりかごの側で見覚えのある女がデズの息子をあやしている。

「なんでお前がここにいるんだ？　この前の詫びならもう済ませただろ」

「ご近所に来たからご挨拶ですよ」

　さっきシスターの格好をしていたと思ったら今は長袖のシャツにズボンの上にエプロンを着けている。

「もしかしたらご近所さんになるかもしれませんから」

　デズの家は職人街にあり、鍛冶屋が多く住んでいる。

「お前、鍛冶屋にでもなる気か？」

「元々職人の生まれですし」

「それがイヤで家を飛び出したんじゃなかったか？」

「多分、何とかなるんじゃないかな、と」

　ナタリーはそう言って適当に台所から酒を漁った後、仕事だと立ち上がる。また転職する羽目になりそうだな。

「ああ、そうそう」

帰り際に思い出したかのように言った。

「さっきこの辺りを見るからに胡散臭いのがうろついていたので、軽くぶちのめしておきましたけど、何かありましたか？」

「さっさと仕事に行け」

ナタリーは適当な返事をして出て行った。

その後ろ姿を目で追いかけてからアルウィンが聞いた。

「ナタリー殿には頼まないのか？」

「この街が戦場になるよ」

ナタリーのことだ。何も考えずに『魔俠同盟』の本部に殴りこむくらいはしてのける。待っているのは、街全体を巻き込んだ戦争だ。

「そうだな」

デズもあいつの危険性は理解しているので否定はしなかった。

「ギルドの方はどうなっている？　じいさまは？」

「マスターならまだ戻ってきてねえ。今はヘクターが代理を務めている」

「話にならねえな」

五十を超えた細身の男で、名目上はギルドの副長に当たる。ギルドマスターが動けない場合は、副長が代理を務める規則なので順当ではあるが、どうにもこいつが頼りない。年季は入っているが、腰抜けだ。不正を働こうとか、じいさまを出し抜いてやろうなんて度胸はこれっぽっちもない。小心翼々と、その日ばかりやり過ごすしか頭にない。だからこそ今までじいさまに生かされてきた男だ。

良くも悪くも小物だ。また『スタンピード』のような騒ぎが起これば泡を吹いて倒れるだけだろう。

ギルドマスターが交代となれば、今後のギルド運営、ひいては『迷宮』攻略にも多大な影響が出る。五年後十年後はともかく、今はじいさまがいないとまずい。

何よりエイプリルのためにも戻ってきてもらわないと困る。大好きなじーじがいなくなって悲しんでいる。おまけにここ数日で一気に環境が変わったのか疲労が溜まっているようだ。何とかしてやりたいのだが。

そこでアルウィンがおもむろに口を開いた。

「私は、ギルドマスターが早く出られるように領主殿に交渉してみる」

アルウィンは決意を込めた目で言った。

「もちろん、ノエルたちも連れて行く。マレット姉妹もイヤとは言うまい」

じいさまが捕まったせいで冒険者ギルドが機能不全を起こしている。このままでは『迷宮』

攻略にも支障を来しかねない。

「大丈夫なの？」

血筋はともかくアルウィンの公的な立場は流民で、一国の王女様ではない。

「無碍にはするまい。前日顔通ししたばかりだしな」

祝宴への出席がこんなところで役に立つとは。ならばその間、俺はエイプリルとお留守番だ。身分がないので、話し合いには参加すら出来ない。

それに、と何故かアルウィンはそこで口ごもる。しばし口の中で言葉にならないつぶやきを繰り返した後、取り繕うように言った。

「……私としても現状が続くのは避けたい」

「そうだね」

一日も早く、エイプリルが安心して暮らせるようにしねえとな。

「……で護衛役がお前かよ」

「文句があるのか？」

「あるから言っているんだろうが、半人前」

ラルフのくせに生意気言いやがって。

「……事情は聞いている。姫様の名にかけて守ってやるから安心しろ」

「そうかい」

実力的にはともかく、アルウィンの名前まで出すのだから意気込みは確かなようだ。

「ならとりあえず玄関先で誰か来ないか見張っていてくれ。心配するな、後で茶くらいは出してやるよ」

番犬代わりに扉の前に置いておく。ここいらは職人街だからよそ者はすぐに目立つ。

エイプリルが下りてきた。休んだせいか、顔色は悪くない。

「ほらよ」

エイプリルに温かい紅茶を出す。台所を勝手に使わせてもらったが、奥方ならば文句は言うまい。デズの妻になろうという聖女様だからな。

湯気の立ち上るティーカップを手に取り、一口する。

「美味しい」

「そいつは何よりだ」

気持ちも落ち着けば、冷静になれるしいい考えも浮かぶ。絶望するのはまだ早い。

「ねえ」

エイプリルはそこで意を決したように口を開いた。

「マシューさんはどうしてそんなに優しいの？」

「ロクデナシだからだよ」

人間の底辺だからな。大抵のことはやらかしている。その分、他人の不始末にも許容範囲が広い。道徳的に説教できないからな。

「マシューさんって、子供の頃ってどうだったの？」

「君とは大違いだったかな」

貧乏で図体ばかりでかくてその上ロクデナシ。おちびとは正反対だ。

「前にも話したと思うけど、八歳の時に親に売られてね。奴隷生活だよ。そこを逃げ出したら山賊にとっ捕まってね。そこでやっぱり奴隷生活。そこを逃げ出して食い詰めて街で盗人やっていたら、傭兵に拾われたんだよ。それで傭兵になった」

「やっぱり、信じられないな。マシューさんが傭兵だなんて」

あり得ないよ、と首を振る。エイプリルにとって、俺はへなちょこヒモ男だからな。戦争で戦うなんか、想像の外なのだろう。

「戦うだけが傭兵の仕事じゃないからね。食料や武器を運ぶのや、雑用だってそうだ」

もちろん、戦うのも仕事だ。エイプリルには曖昧にごまかしたが、傭兵になってから人をバカにみたいに殺した。殺したら金が入って、腹一杯食えたし女も抱けた。傭兵団の雑用からいつの間にか役に立つ新人になり戦力として数えられ、あっという間にエースになっていた。傭兵だって生き残りたいから、強い傭兵団に入りたがる。俺が入ったときには二十人くらいだったが、最大で百人くらいに膨れ上がった。

「けれど、ある日戦いに負けて傭兵団はボロボロ。俺は何とか生き残ったけど、仲間もほとんど死んじまった。先が見えなくなってね。同じ生き残りから冒険者に誘われたんだ」

少人数になったけれど、やることは同じだった。殺す対象が人間か魔物かの違いくらいだ。たまに人間も殺した。殺して殺して金が入って酒飲んで女抱いて、その繰り返しだ。

人数が減ったり増えたりしながら生き残ったのが七人。

傭兵時代も含めれば何十人何百人と仲間を失い、見殺しにして、時には自分の手で楽にしてやった。

「けど、冒険者も結局うまくいかなくって。パーティは解散。流れ流れて辿り着いたのが、この街ってわけ……っておい！」

いきなりエイプリルがすすり泣きを始めた。俺はあわててハンカチを差し出した。

「泣くなよ」

「だって……」

俺の境遇に同情でもしたのだろうけど、今の話のどこに同情する要素があったのやら。

「鼻もかんでいいから」

ハンカチ二枚を洗濯かごに放り込むとようやくエイプリルも落ち着いた。

「……マシューさん、大変だったんだね」

「同情される程のものじゃないよ」

むしろ恨みの方が深いし多い。

「同情とかじゃなくって、その、うまく言えないけど、分かった気がする」

「何が？」

「冒険者の人たちってね、笑ったり泣いたりするけど、すごく怖い目をしているの。どんなにお酒飲んでも酔っ払えないって感じで」

よく見ている。ダテにギルドに出入りしていない、ってことか。冒険者ってのは荒くれ者揃いだ。多かれ少なかれ、後ろ暗いこともやらかしている。人殺しだっているだろう。後ろから刺されても文句の言えない連中ばかりだ。その罪と恐怖が、あいつらの目を染めている。

「でも、マシューさんはちょっと違う。寂しそうっていうか、悲しそうな目をしているの。どんなに冗談を言っている時も、目の奥で泣いている」

「その方がご婦人方にモテるからね」

「ほら、その目」

エイプリルが俺の目を覗き込む。顔が近いな。

「でも、アルウィンさんといるときはすっごく優しい目をしている」

「……」

思い込みだよ、と言おうとして押し黙る。反論すること自体に意味はない。エイプリルがそう思い込んでいるのならそれで構わない。たとえ、俺が、が、何者であろうとだ。

「マシューさん、ワタシで良かったら相談に乗るからね。何か悩みがあるなら言ってね」

「あー」

「お金とギャンブルと女の人以外でね」

釘（くぎ）を刺されちまった。おちびの分際で生意気な。

言いたいことを言って気分も落ち着いたのか、エイプリルはまた沈み込む。

「……これからどうなるのかな？」

この家にも長くは居られない。賞金目当ての雑魚（ざこ）はともかく、『魔侠同盟（まきょうどうめい）』は本気だ。多少の犠牲を払ってでも乗り込んでくるだろう。デズはともかく、奥方や幼いご子息が犠牲になる可能性もある。

「ゴメンね、相談に乗るなんて言っておいて」

「いや」

俺は首を振った。

「おかげで方針は決まったよ」

逃げ続けているのは性に合わない。

「もしかして、『魔侠同盟（まきょうどうめい）』に乗り込むつもり？」

「何の手土産も持たずに乗り込んだところで相手にされやしないよ」

門前払いがいいところだ。下手をすれば取っ捕まって拷問のフルコースだ。『仮初めの太陽（テンポラリー・サン）』

を使えば、やくざ者など楽勝だが、数が多すぎる。親玉に逃げられるか、よくて相打ちだろう。

「今回の騒動は例の『隠し財産』が原因だ。じいさまが捕まっている理由もそれだ」

正確にはそれだけではないのだが、祖父を慕っている孫娘に聞かせる話でもない。

「それじゃあ……」

「ああ」

俺はうなずいた。

「『隠し財産』とやらを見つける」

肝心の『隠し財産』が見つからず、ウワサが独り歩きしているのがそもそもの原因だ。全ての原因である『隠し財産』を見つけて根幹を断つ。『魔俠同盟(まきょうどうめい)』にくれてやってもいいし、アルウィンへの厚遇を確約させるためにお偉方への賄賂にしてもいい。

大金が手に入らないと分かればどいつも手を引くだろう。金にならないことなんか誰もやりたがらないからな。

「俺が、このバカ騒ぎ(ホースプレイ)を終わらせてやる」

エイプリルは目を潤ませつつも半信半疑って声音で問いかけてきた。

「当てはあるの？」

「もちろんだ」

と早くもデズの家で寝転がっているオリバーを指し示す。どこででも我が物顔でくつろぎやがって。ぐうたらの太っちょ猫め。

「あいつがお宝の鍵だ」

じいさまも耄碌するにはまだ早いからな。わざわざ言い残すくらいだから、何かヒントが隠されているはずだ。

「もしかして、体のどこかに宝の地図とか？」

「物語の読みすぎだね」

俺も体を調べたがそれらしい形跡はなし。何かを飲み込んだような形跡もない。そもそも猫はしょっちゅう毛玉や草を吐き出すので腹の中に隠すには不向きだ。

もちろん、体の中に埋め込んだような痕跡もない。

足に妙な感覚を覚えた。

ふとテーブルの下を覗いて理由を悟った。オリバーだ。いつの間にか、起き上がっていたようだ。口にネズミの死骸をくわえてきた。

「狩りは得意みたいだな」

撫でようとしたら噛まれた。ネズミを置いて後ずさるので俺が死骸を始末する羽目になった。

「ネズミを横取りされると思ったんじゃない？」

「だから俺は犬の方が好きなんだよ」

俺はエイプリルに向き直る。

「君、犬飼わないか？　犬。毛が長くてでっかい奴」

「自分で飼ったら？」

「アルウィンに頼んだらダメだって」

昔、番犬代わりに飼ったらイヤガラセに毒を飲まされたってよ。ひでえことしやがる。

……待てよ。

俺は奥にいるデズを呼んだ。

「ちょっと頼みがある」

「また金か？」

「いや」

オリバーを肩に乗せる。存外におとなしい。

「こいつと屋敷に忍び込む。手引きを頼む」

非力な俺では塀を乗り越えるのも一苦労だからな。

「お嬢さんの屋敷にか？　とっくに調べ尽くされているだろ？」

きっと家中ひっくり返しているだろうな。

「じいさまがそんな簡単な場所に隠すはずねえだろ？」

「その猫がカギだってのか？」

「多分な」

俺はオリバーを再びかごに入れる。

「それじゃあちょっち出かけてくる。君はここでお留守番だ。ラルフだけでは不安かもしれないが……」

エイプリルは身を乗り出すように立ち上がった。

「ワタシも行く」

「ダメだ」

外に出れば賞金狙いのクソどものいい的だ。

「だって、マシューさん。ワタシのために頑張っているんでしょ？　だったらワタシだけここで待っているなんて出来ないよ！」

「買い被りだよ」

俺は俺の利益のためにやっている。

「一足先に『隠し財産』とやらを見つけて、少しばかり失敬できればって思っただけだよ」

「絶対にウソ！」

何故断言出来るのかね。君の目の前にいるのは知っての通り、ロクデナシのヒモ男だってのに。

「とにかく、ワタシも付いていくから。これってワタシの問題でもあるんだから。黙って待っているなんて出来ないよ」

「もちろん、俺も付いていく」

扉の外で話を聞いていたのだろう。ラルフまで現れた。

「イヤだと言ってもムダだ。絶対に離れないからな」

そのセリフ、お前が色香漂う美女になってから言ってくれ。

屋敷の前には衛兵らしき男たちが二人、見張りについていた。門はいくつも錠前が掛けられて、固く閉ざされている。裏口や通用門も同じく見張りが付き、こちらは板を打ち付けられている。周辺にも定期的に巡回しているようだ。

屋敷の中からは物音や話し声が聞こえる。今日も見つかるはずのない『隠し財産』を見つけるべく血眼になっているのだろう。

「なら、ここを飛び越えるしかないな」

屋敷の塀を乗り越えれば広い庭に出る。庭木も多いから隠れる場所には事欠かない。

「ロープで乗り越えるのか?」

ラルフがカギ付きのロープを背中のリュックから取り出す。冒険者だけあって用意がいい。

「もっと簡単な方法がある」

そのためにデズを連れてきたのだ。潜入には不向きな男だが、運搬役にはうってつけだ。

「頼む」

俺が声をかけると、デズは片手で俺を持ち上げる。

エイプリルやラルフが目をみはっているが、デズならば俺程度の重量など紙くず同然だ。

「受け止めろよ」

宣言するなり、ぽい、と放り投げた。

俺の体が宙に浮いた。塀を乗り越え、草むらの中に落っこちる。衝撃で一瞬目がくらむが、それどころではない。デズの次の行動など容易に想像がつく。女子供はともかく、大人の男には容赦がない。早く移動しないと大変なことになる。

続けてラルフが降ってきた。俺は飛びのいた。かろうじて受け身は取れたようだ。

ラルフの抗議を無視してロープを放り投げる。

「ほれ、つかめ」

ラルフに引っ張らせると、ロープを伝ってエイプリルがよじ登ってきた。背中にはオリバーを入れたカゴを背負っている。壁の向こう側で咎め立てる声がした。デズが見張りに見つかったらしい。もちろん、その事態も想定済みだ。適当に誤魔化してそのまま家に帰るように言い置いてある。

庭に入って真っ先に嗅いだのは、土の匂いだ。エイプリルがうめいた。

庭は荒れ放題だ。『隠し財産』を探して、地面を掘り返したのだ。

この分だと屋敷の中はもっと荒らされているだろう。先走りやがって。だいたい、あのじいさまが庭になんて隠すはずがない。

オリバーをカゴから出す。首輪には細いヒモを通してある。これが今の俺たちの命綱だ。

「こいつの寝床ってどこだ」

「あっち」

エイプリルに案内されて裏庭に回る。

「いつもここでひなたぼっこしているの」

指さしたのは、屋敷の片隅にある木のイスだ。クッションが置いてある。

オリバーはのろのろと飛び上がると、クッションの上に寝転がってしまった。呼びかけてもびくともしない。これだから猫は嫌いなんだ。

「ん？」

クッションごとひっくり返してやろうかと思った途端、オリバーが立ち上がった。イスから飛び降りてじっと草むらの中を見ている。目をこらせば、灰色の影がちらつく。ネズミか。

オリバーの気配を悟ったか、ネズミは身を翻す。その瞬間、オリバーは火がついたように草むらの中に飛び込んでいった。

「ああ、また！」

エイプリルがもどかしそうに首を振る。また？

「オリバーってのは、そんなにネズミを捕まえるのか？」

「だから倉庫が荒らされなくて助かっているって……」

「なるほど」

じいさまにしては、洒落たマネをする。

「追いかけるぞ」

「え、おい」

理解が追いつかず、目を泳がせるラルフは無視する。オリバーはけたたましい鳴き声を上げながら草の上を駆け抜けていく。太っちょのくせに足が速い。猫の本能ってやつか。

危機を察したネズミは一目散に、壁に空いた穴の向こうへ消えていく。オリバーもくぐりにくそうにしたが、身をよじって穴の向こうへと消えた。さすがに俺たちではくぐれない。エイプリルが途方に暮れた様子で壁を見上げる。隣家との塀だ。向こう側には黒い屋根が見える。

「隣の屋敷か」

「確か、長いこと誰も住んでないはずだけど」

「なら好都合だ」

ラルフを踏み台にして隣家との塀を乗り越える。文句？　聞いてやるまでもない。

「いいのかな？　勝手に入っちゃって」

「誰かに見つかったら、うちの猫が入り込んだからとでも言えばいいさ」

その誰か、が真っ当な人間かどうかはともかく。

隣家は何の手入れもされず、庭木も剪定されていないので、いびつに折れ曲がり、踊る人形のような姿をさらしている。庭草も伸び放題で、草いきれの臭いでむせかえりそうだ。エイプリルなど頭しか見えない。俺はしゃがみ込んで、オリバーの通った痕跡を探る。屋敷の方に向かっているようだ。いや、廃屋と呼ぶべきか。遠くから見ればそこそこ立派に見えたが、側に来れば壁も剝がれ、屋根も雨漏りで腐っている。下手に入れば、崩れてケガをしそうだな。

「俺から離れるなよ」

エイプリルが神妙な顔でうなずくのを見てから廃屋へと進む。

このまま廃屋へ向かうのかと思ったが、オリバーの痕跡は途中で折れ曲がり、庭木の方へと向かっている。

「見ろ」

太い樹がある。俺が腕を伸ばしても抱えきれない。何十年と経っているだろう。大きな洞が空いている。覗き込めば、枯れ葉が積もっている。オリバーの姿はない。

「なるほどな」

木の洞の奥に手を突っ込めば、音を立ててフタが外れる。枯れ葉はカモフラージュか。

洞の中は地下への隠し通路になっていた。コケの生えた階段が地下へと続いている。見ればフタの端が欠けているので、ここからオリバーは入ったのだろう。通路は狭いが、どうにか俺でも通れそうだ。

「宝探しみたいだね……」

エイプリルが目を輝かせている。大昔の海賊の財宝とかならロマンもあるのだろうが、クスリや人身売買に密輸と、弱い者を泣かせて稼いだ金だ。ロマンもへったくれもありゃしない。

「行くぞ」

置いていくな、とラルフが塀を自力で乗り越えてくるのを一瞥してから俺は地下への階段を降りた。通路になっていたが、天井が低い。ラルフはかろうじて普通に歩けるが、俺は屈まなければ満足に歩けない。

「なんだか変な感じ」

後ろを歩いているエイプリルが居心地悪そうにつぶやいた。

「街の真ん中にあんな大きな穴があって、広くて大きい『迷宮』につながっているのに、地面の下にはまた別の穴があるなんて」

「『迷宮』ってのは、異世界みたいなものだからね。あそこはただの入り口」

だからあの穴の下にも地面が存在する。地面を掘り返し、下の土を取り除いても何も出てこない。何もない空間に黒い穴がぽっかりと浮いているだけだ。

だからこそ、この世界に存在しない魔物が現れる。『迷宮』に入ってそいつらの死骸から採れた角や牙や毛皮が高額で取引される。その繰り返しで『迷宮都市』は誕生したわけだ。

「詳しいね」

「そっか、マシューさんも昔は冒険者だったよね」

「一応な」

「大昔の話だよ」

話している間にもう終点だ。通路の突き当たりに大きな扉が見えた。押しても引いてもびくともしない。扉の横に小さな穴があって、そこからオリバーは入っていったようだ。もちろん、俺たちが入れるような大きさではない。

叩いて音を確かめる。かなり頑丈そうだ。おまけに鍵穴がない。取っ手すらない。代わりに平べったい板のようなものが張り付けてある。となれば、正解は一つだ。

「君、ここに触ってみてくれ」

「これでいいの？」

エイプリルが素直に手のひらを板に押し付ける。その途端に、板が白く光り出し、扉が音を立てて左右に開きだした。

「何これ？」

「魔法の扉だね。昔の遺跡なんかでよくある仕掛けだな」

特定の誰かにしか開けられないようになっている。

「マシューさん、行ったことあるの？」

「もぬけの殻だったけどね」

俺たちの次に入った連中は、だけど。

「ここがお宝の部屋で間違いなさそうだね」

扉を開けて、壁にある燭台に火を付ける。淡い光に照らし出されたのは石造りの部屋だ。さしずめ秘密の地下室ってところか。地下通路は地上の廃屋とは逆方向に延びていた。なるほど、あの屋敷自体がフェイクか。地下室に入るなりエイプリルが咳き込んだ。ホコリだらけで当然のことながら掃除などされていない。ネズミのフンも落ちている。ハンカチを手渡す。

「これで口と鼻をふさぐといい。吸い込まないようにな」

ありがとう、とエイプリルはうなずいて、ハンカチを広げ、顔の下半分を覆い、頭の後ろで結ぶ。まるっきり強盗だが、咎める人間はこの場にいない。

「オリバーはどこだろ？」

「ちゃんと証拠を残してくれているよ」

ホコリだらけの床に目をこらせば、肉球の跡が点々と続いている。

消さないように進む。うっすらと消えかかってはいるが、肉球はいくつもある。

オリバーはここに定期的に入り込んでいるようだ。

「うわ、なんだここ？」

振り返れば、ラルフの間抜け面が飛び込んできた。

やっと来たか。

「ここがそうなのか？」

首を左右に振りながら地下室を見渡す。

「で、『隠し財産』は、どこにあるんだ？」

四方を見ても石の壁ばかりで、金目の物などどこにも見当たらない。

「ここじゃないのかな？」

「だったら君しか開けられないようにはしないよ」

絶対にこの部屋にあるはずだ。

「見ろ」

壁の隅に小さな穴が空いていて、中から灰色のネズミが出た。その脇にいるのは、オリバーだ。けたたましい絶叫を上げた後、穴の中に入り込んでいく。奇声が続いた後、ネズミが何匹も俺たちの足下を通って外へと逃げていった。オリバーもその後を追いかけて出て行った。

「なるほどね」

オリバー、を頼れってのはこういう意味か。

「ちょっち失礼」

壁隅の穴の横に手を突っ込む。探っていると、引っかかりを感じた。そいつを思い切り引っ張る。その瞬間、重い音がした。

地響きのような音を立てて壁がせり上がっていく。

壁の向こうは小部屋になっていた。

そこには、金銀財宝が山となって積まれていた。宝石に絵やツボまである。そちらには詳しくないが、きっと高価な美術品なのだろう。

「すごい……」エイプリルは完全に目の前の宝に目を奪われている。「これが『隠し財産』なの？」

「そうだな」

俺はうなずいて金貨の山をすくい上げた。

「ただし、こいつは君のものだ」

「え？」

エイプリルに飾ってあった絵を指さす。大人びてはいるが、エイプリルによく似ている。おそらく、彼女の母親だ。

「『魔俠同盟（まきょうどうめい）』とは別口だよ。これはじいさまの『隠し財産』だ」

考えてみれば、当然の話だ。じいさまが自分の孫娘に伝えるのなら、自分の財産に決まっている。何より、ヘザーが死んだのはつい最近だ。こんな仕掛けを作るには時間が足りないし大がかり過ぎる。孫娘のためにとずっと前からため込んでいたのだろう。

見慣れない大金を見せられて、ラルフは今にも腰を抜かしそうだ。

「これ、いくらくらいあるんだ？」

「さあな。例の『隠し財産』くらいはあるんじゃないか？」

ギルドマスターの権勢は巨大だ。じいさまはその力で長年、私腹を肥やしてきた。そのくらいはあってもおかしくない。

「どうした？」

問いかけてもエイプリルは浮かない顔だ。

「こいつはいずれ君の物になる。そうなれば君はこの街でも一、二を争う大金持ちだ。学校でも何でも建てられるだろうな」

エイプリルはかぶりを振った。

「ワタシは、こんなお金いらない」

「気持ちは分かるよ」

金のせいで悪党には狙われる。養護施設(ホーム)の悪ガキどもには裏切られる。じいさまと違って自分の身も守れない。それどころか、次から次へと恐ろしい危険を呼び込む。エイプリルにとっては厄介な代物でしかない。金がないせいで、奴隷として売り飛ばされた俺としては贅沢(ぜいたく)な悩みではあるが。

「まあ、まだ時間はある。今のうちに考えておくといい」

寄付するのも金で意味のある何かをするのもエイプリルの自由だ。

「持っていかないの？」

「じいさまの金なら世界一の巨乳になるまで懐にぶちこむところだけどね。こいつは君のものだ。俺の自由にはならないし、悪党どもにくれてやるのももったいない」

エイプリルは呆れたような顔をする。

「マシューさんって変なところで律儀だよね」

「相手にもよるけどね」

仁義を通す相手は選ぶ。それだけだ。

この財産はエイプリルのために残したものだ。何かじいさまからのメッセージでもあるのでは、と探していると宝石箱の中から手紙が滑り落ちた。かなり古びており、紙が変色している。相当昔に書かれたもののようだ。

「手紙か」

「おい、勝手に……」

文句を言いかけたラルフを制して手紙を広げる。

「……」

「なんて書いてあるんだ？」

返事の代わりに手紙をくしゃくしゃに丸める。

「じいさまの恋文だよ。変なもの残しやがって」

なんだ、とラルフがつまらなそうに顔をしかめる。

「それより、この扉を閉めてくれ。見た目より簡単に動きそうだ。上に持ち上げればまたぴったりはまるはずだ。これ以上は目の毒だからな」

ああ、とラルフが不承不承ながら扉に手をかけた時、背後からあり得ない声がした。

「待て」

この甲高い声には聞き覚えがある。何故ここに？　と身構える間もなく、闇の中からそいつは現れた。

「その宝を渡してもらおうか」

ほのかな明かりに照らされ禿げあがった猿のような姿が、闇の中に不気味に浮かび上がる。ドナルドに『サム』と呼ばれていた『伝道師』だ。

「お前は！」

ラルフは素早く剣を抜き、エイプリルの前に立つ。抜き放った魔剣が魔力を帯びて淡く輝く。うかつに突っ込まないとか、誰を守るべきか反応できているとか、出し惜しみできる相手ではないとか、この一瞬で判断ができている。成長したな。

実際、この狭い地下室で戦えば俺はともかく、おちびが危険だ。

「よう、久しぶり。元気してた？　俺だよ俺。ジョン・スミスだ」

なんとか時間と隙を作ろうと話しかける。『サム』は小首をかしげる。

「……お前の名前はマシューだったはずだ」

「そうだっけ？　酒の飲みすぎたせいか、自分の名前も定かじゃなくってね」

あれこれ名前を変えているせいで、たまに反応が遅れる。

「で、君の名前は？　何て呼べばいい？」

「……ランディ」

まさか、名乗ってくれるとはな。どうせ偽名だろうが。

「『サム』じゃないのか？」

「俺は、『サム』じゃない」

「なるほど」

ドナルドの様子からして、『伝道師』の姿を見たのはあれが初めてだったはずだ。正体については言い当てたつもりが、外していたってわけか。ご愁傷様。

「で、何の用だ？　まさかお前らの神様は、いたいけな娘への財産までいただこうってか？」

俺の問いかけに『サム』改めランディはいら立ちの感情も隠さずに言った。

「『ロンバルディの鋏』はどこだ？」

初耳だ。さりげなく目配せするが、エイプリルはもちろん、ラルフも首を横に振る。

「何それ？　お前さんの散髪にでも使うのか？」

考えられるとしたら、また抜け作太陽神の作った『神器』か、あるいは『ベレニーの聖骸布』のような、あれの血が付いた汚物か。

「お前が知る必要はない」

取り付く島もない。

こんなことなら多少騒ぎになってでもデズにも付いてきてもらうんだった。

俺は両腕を上げる。

「好きにしろ。鋏(はさみ)でも裁縫針でも好きに探せばいい」

その間に後ろへ指で合図を送る。ラルフがうなずく気配がした。

ランディに向かい両膝を突く。

「お宝はあそこだ。好きなだけ持っていくといい。その代わり、命だけは……」

ランディの目線が宝物庫の方に向いた。俺は叫んだ。

「走れ！」

叫ぶなり手の中に隠しておいた『仮初めの太陽(テンポラリー・サン)』を放り投げる。同時にラルフはエイプリルを抱えて通路へ向かって走り出す。

水晶玉がハゲ猿の頭に当たって跳ね返る。宙に浮いたそれをつかみ取り、俺は叫んだ。

「『照射(イラディエーション)』！」

水晶玉が真っ白な光を放つ。全身に力がみなぎる。まばゆい光を眼前に浴びて、ランディが背を丸めながら顔をそむける。

その隙に一気に距離を縮めて、ランディの頭をぶん殴る。手ごたえありだ。ボールのように飛んで壁にぶち当たる。

「……」

無言だが、効いているようだ。またあのザリガニ怪人を呼ばれたら面倒だ。一気に決める。壁に貼り付けるような勢いで何度も腹や顔を殴りつける。下から何度も突き上げられ、ランディの足が宙に浮く。反撃する間も切り札を出す余裕も与えない。

ぐったりと倒れこむ。その間に短剣を抜き放つ。俺の力なら首を切り落とすくらいはたやすい。

「あばよ」

思い切り振り下ろした途端、急に力が抜けた。

刃先は首筋に当たって硬い音を立てる。食い込むどころか、刃先が欠けていた。

振り返れば、『仮初めの太陽（テンポラリー・サン）』が力なく地面に転がっていた。

昨日も太陽の光はたっぷり浴びせていた。まだ時間は余裕があるはずだ。だが、半透明な水晶玉はまるで呼吸困難にでもなったかのように明滅を繰り返している。落ちた衝撃なのか、またひび割れが広がっている。

頭に衝撃が走った。殴られた、と理解した瞬間には床に転がっていた。

「形勢逆転だな」

ランディが大儀そうに立ち上がる。頭を振りながらも足取りはしっかりしている。

「クソ……」

せっかく与えたダメージも元に戻っちまったようだ。

ランディは倒れた俺に馬乗りになると、首に手をかける。絞め殺すつもりか。

「いいのか？　俺を殺して飼い主に怒られないのか」

「弱い『受難者』は不要だ」

ランディの黒々とした目は汚泥のように濁っている。

「俺がお前を殺したと知れば、あの方も『サム』も俺を見直す」

「承認欲求を満たすために人殺しとかシャレになってないんだがね」

「いいから死ね」

ランディの両腕に力が入る。頭の中が真っ白になっていく。抵抗はするが、体勢が悪い上に非力だ。屁の役にも立ちそうにない。

「この！」

ランディの背後からラルフが切りかかる。戻ってきたのか。

「そいつを放せ！」

魔法の剣ならば『伝道師』にもダメージは与えられる。ランディは俺に馬乗りになっている。回避するのは難しいだろう。闇の中で淡い光が閃き、魔法の刃は地面に突き刺さった。

ランディは俺を抱え上げたまま宙に舞い上がっていた。

ラルフの顔に驚愕で染まる。バカ、逃げろ！

「ジャマだ」

ランディは俺の足をつかむと、まるで棒切れのように振り回した。頭からつま先まで衝撃が突き抜ける。目がくらむ。次の瞬間、俺の体は再び地面にぶっ倒れ、ラルフは勢いよく壁に叩きつけられていた。命はまだあるようだが、気絶してやがる。まさか、自分の頑丈さがここで仇になるとは。

「では、再開だ」

ランディはまたも俺の体にのしかかり、首を絞めあげる。

「ぐ、が」

並の人間ならばとっくに首の俺がへし折れているだろう。気持ち良くなってきた。これは本気でまずい。このまま意識を失ったら次に目覚めるのは冥界だ。足をばたつかせても体をひねってもびくともしない。『仮初めの太陽』に手を伸ばすが、俺の位置では手が届かない。

「止めて！」

悲鳴のような声に、一瞬奴の手が緩む。頭の中に血の流れが戻り、めまいがする。ぼやけた視界に飛び込んできたのは、エイプリルの姿だった。両手でランディの腕を抱え、引っ張っている。

バカ、逃げろ。

叫んだつもりだったが、声にならない。

「マシューさんを放して！」

「どけ」

無造作に腕を振り払う。それだけでエイプリルの体は軽々と吹き飛び、床を滑るようにして倒れる。一瞬、目の前が真っ白になるが、エイプリルからうめき声が漏れる。全身を震わせ、立ち上がろうとする。石の床に叩きつけられたらかなり痛いはずだ。擦り傷だって体のあちこちに出来ているはずだ。それでもふらつきながら立ち上がる。

「マシューさんを……放せえ！」

両手を伸ばして向かってくる。

「黙れ、異教徒が」

ランディは手のひらから炎の玉を放った。俺はとっさにその腕に体ごとしがみつく。炎の玉は軌道を変え、エイプリルの後方に着弾する。直撃は避けたものの、風圧でエイプリルの体がボールのように弾みながら床を転がり、扉の付近で止まった。牙の付いたお守りが転がり落ちて床を滑る。

「エイプリル！」ようやく声が出るようになって俺は叫んだ。「俺はもうダメだ。最後にアルウィンに伝えてくれ。『いつまでも君を愛している』って」

おちびの性格なら素直に逃げやしない。死んでも俺を助けるとか言い出すに決まっている。

「あと、この前、財布から銀貨ちょろまかしてゴメンって。謝っといて」

なんでもいい。とにかく、エイプリルをこの場から逃がせたらそれでいい。

「頼むよ。君しかいないんだ」

「ダメだよ、マシューさん……」

だというのに、エイプリルはまだしつこく立ち上がり、俺なんぞを助けようと、見捨てられないと、こちらへ向かう。

「そういうのは、自分で伝えないと……」

止めろ、止めてくれ。

乾いた音がした。ランディの足が役立たずのお守り（アミュレット）を踏み砕く。

「勇気と蛮勇をはき違えた者は、長生きしない」

ランディがまたも炎を生み出す。火の玉どころじゃない。幾重にも折り重なった炎の波だ。よけるのもかわすのもムリだろう。

「いいから逃げろ！」

「せめてもの情けだ。娘の骨くらいは残してやる」

俺の方を向き、冷酷な笑みを浮かべながらランディが腕を振り下ろす。

「お前が絶望の叫びを上げやすいように」

巨大な炎がエイプリルに向かっていく。

「マシューさん、ゴメンね……」

エイプリルは棒立ちのまま笑顔で言った。

「助けてあげられなくて」

次の瞬間、熱風とともに赤い渦が包み込んだ。巨大な炎は火柱となって、エイプリルのいた場所で熱風を放ち続けている。

ランディが哄笑する。

「安心しろ。熱いと思う間もなかったはずだ」

「いや、熱いですよ」

不意に、醒めた声が聞こえた。

炎の柱が真っ二つに切り裂かれる。続けて小さな炎に分裂し、雲散霧消していく。

瞬く間に炎は完全に消え去り、そこに見覚えのある女が立っていた。

ナタリーだ。

今は、初めてこの街に来たときの旅姿だ。エイプリルを脇に抱え、片手に赤い剣を持っている。『暁光剣（ドーンブレード）』だ。

「火傷（やけど）するかと思いましたよ」

不服そうに言いながらエイプリルを壁に寄り掛かるように座らせる。

「大丈夫ですよ、気を失っているだけです。命に別状はありません」

そうか、と俺は胸をなでおろす。

「さっきそこで偶然デズさんと会いまして」

衛兵にとっ捕まって連行されていたところを助け出してから事情を聞いたのだという。殺してはいない、という発言にも色々突っ込みたいが今はそれどころではない。

「よくここが分かったな」

「そちらの子に案内してもらいました」

指さした先にいたのは年寄りの太っちょ猫だ。のんきそうにエイプリルに体を摺（す）り寄せる。

「気をつけろ、こいつは……」

「デズさんから聞いています。『伝道師』とかいう連中ですよね」

ナタリーは盛大なため息をついた。

「こんな恥ずかしい格好になってまで、よくやりますよね」

「何故（なぜ）、ジャマをする？」

ランディは立ち上がると、俺の体を壁まで放り投げた。痛い。

「当たり前じゃないですか。こんなふざけたマネをして、ただで済むとでも？」

「こんな男が、あのお方にふさわしい訳がない。だから……」

「わたしが言っているのは、この子のことです」

ちらりとエイプリルを一瞥する。

「異教徒の子供がどうだというのだ？」

「今からわたしが、ありがたーい『啓示』をくれてやります」

耳の穴かっぽじってよく聞いて下さい、とナタリーは剣の柄を強く握った。

「わたし今、最高にムカついていますから」

ナタリーは一瞬で距離を詰めると、ランディに切りかかる。

「クソっ」

狼狽した様子で、ランディが飛び下がる。回避しながら火の玉を放つが、全てナタリーに切り伏せられる。

狭い地下室で逃げ場もない。ランディはたまりかねたように宝物庫に逃げ込むと、手にした金貨を放り投げた。凄まじい速度だが、ナタリーにとっては止まったようなものだ。剣を振るおうとした瞬間、はっと表情を変えて横に体をずらす。金貨は壁に当たった瞬間、どろどろの液体となって飛び散った。

高熱で金貨を溶かしたのか。これでは、うかつに剣も使えない。受け止めても弾こうとしても溶けた金で火傷しちまう。

「もったいないマネしますね」

「黙れ、俗物が！」

次々と金貨を投げる。これなら有効と踏んで数に頼ったのだろう。金貨の雨がナタリーに降り注ぐ。そいつは大間違いだ。

「よっと」

当たる寸前、ナタリーが軽々と剣を振るう。弾き飛ばした金貨はまっすぐランディの方に向かっていく。

「があっ！」

溶けた金が顔に当たり、悶絶する。

剣が無効なのは、うかつに使おうとした場合だ。ナタリーがそんな失敗をするはずがない。

ランディが溶けた金を顔の皮膚ごとはがしている間に、ナタリーはすでに距離を詰めていた。

「終わりです」

首をはねようとした瞬間、ランディの体が崩れた。頭から足の先まで、粉々に砕け、床に散らばる。

倒した？　いや自滅したのか？

答えはどちらでもなかった。

砕け散った破片は自然と動き出し、散らばり始めた。それは破片ではなかった。小さなランディだ。指先程の大きさに分かれたランディが襲い掛かってきた。

さっきの炎は余技で、本当の能力はこっちか。

「まるで虫みたいですね」

ナタリーが苦笑する。

散らばりながら思い思いに、ナタリーに群がっていく。払い落とすのは簡単だが、的が小さい上に数が多すぎる。踏みつぶし、切り伏せ、叩き落としても何千匹ものランディが襲い掛かって来る。

「動きを止めるな。集られたら終わりだぞ。……待ってろ」

どうにか体も動くようになってきた。『仮初めの太陽』は使えないが、『意地』の方ならまだ何とかなりそうだ。切り札を見せたくはないが、そうも言っていられない。立ち上がろうとした瞬間、ナタリーの姿が俺の目の前に来ていた。

「誰にものを言っているんです？」

俺の首根っこをつかむなり、片手で放り投げる。床を滑るようにして転がされた先は、エイプリルの側だ。ジャマをするなってか。

「その子をお願いします。もし傷つけたら八つ裂きですからね、デカブツ」

悪態をつきながらランディをぶった切っていく。正確に首と胴体を切り落としている。俺にはできない芸当だ。

何年も左腕が使えなかったというのに、腕は衰えていない。

何匹ものランディが死んで黒い灰に変わる。それでもランディはひるむことなく突っ込んでいく。戦い方そのものは単純だが、数が多いのでやりづらそうだ。

「ココマデダナ」

羽虫のような声が重なる。気が付けば、ナタリーは地下室の隅に追いやられていた。これが狙いか。足元には何千匹もの小さなランディが集っている。ナタリーの視線が下を向いた途端、小さな塊が天井から落ちて来るのが見えた。

「上だ！」

ランディが二匹、抱き合うようにして落ちてきた。その間には、小さな金属の破片が挟まっている。あれで喉を掻き切られたらおしまいだ。

「やり方がせこいんですよ」

当然、ナタリーは気づいていた。剣を振り上げようとした途端、首が不自然に傾いた。見れば、ナタリーの肩に小さなランディが乗っており、両手で黒い髪の毛を引っ張っていた。一体どこから現れた？　という疑問はすぐに氷解した。地下室の隙間だ。

隅に追い詰めたのは、ここへ誘導するためでもあったのだ。

ナタリーは慌てた様子で払いのけるが、その間にランディが足にへばりつき、よじ登り、這(は)いあがっていく。

「あっ」

小さな声とともに、ナタリーの体勢が崩れ、うつ伏せに倒れこむ。その上に覆いかぶさるようにランディが群がる。

「ナタリー！」

俺は大声で呼びかける。

「手を貸そうか？」

「記憶力まで衰えましたか？」

ナタリーは『減らず口(ワイズクラック)』とともに、『暁光剣(ドーンブレード)』を高々と掲げる。

「わたしがこの程度で負けるはずがないでしょう？」

次の瞬間、ランディの大群は吹き飛んだ。

「『太陽は万物の支配者(ソル・エスト・エクストリカ)』、『天地を創造する絶対の存在(アバソルス・イクス・テラ・クリエ)』」

使い方もとっくに知っていたのだろう。耳が腐るような呪文とともに、『暁光剣(ドーンブレード)』から菱形(ひしがた)

の鱗のようなものが湧きだし、分裂したランディどもを弾き飛ばしていった。

　アルウィンの時は赤だったが、ナタリーのは青い。青い鱗は次々と増殖し、立ち上がったナタリーの左腕に絡みつき、覆っていく。


「『我らが敵に、哀れなる敗北と死を』」


　ナタリーの左腕は、青く巨大な手甲に包まれていた。

「よっと」

　軽く振った途端、青い炎が剣から巻き起こる。自らの意思があるかのように曲がりくねりながら分裂したランディを呑み込んでいく。焦げ臭い煙とともに、羽虫のような悲鳴が上がる。

「まだまだ！」

　ナタリーの姿が消えた。

　高速で動き回りながら刃と炎でランディを駆逐しているのだ。隙間に逃げ込んだものも青い炎がなめつくす。宝物庫の隙間に逃げ込んだものもランディだけを焼き払っている。アルウィンの時とは違う。

　持ち主によって特性が異なるのか？

　それとも、これが本来の能力なのか？

気が付けば、小さなランディの姿は消えていた。

倒したか、と思った瞬間、床や壁や天井に張り付いていた黒焦げのススが動き出した。再び、一つにまとまり、膨れ上がり、またあの禿げた猿のような姿になった。

しぶといな。まだ生きているとは。やはり首と胴体を切り離すしかないのか？

だが、さすがに限界らしい。体もやせ細って、顔も骨ばって死人のようだ。

「貴様……貴様だけは絶対に許さん。この命に代えても」

それでも殺意をみなぎらせながら立ち上がる。

「その体で？　何をしようともう終わりですよ」

「お前がな？」

にやりと笑いながらランディが指差す。その先には、もう一匹のランディがいた。ナタリーの首筋に、小さな金属片を振り上げている。全部元に戻ったと思ったらまだ一匹残していやがったのか。

「終わりだ！」

哄笑とともに小さなランディが金属片を喉元目掛けて振り下ろす。ナタリーは動かなかった。

硬い音がした。金属片が滑り落ちて床に落ちる。

青い鱗がナタリーの首元を覆っていた。

「聞こえなかったみたいなので、もう一度言います」

ナタリーは小さなランディを握ると、親指で頭を弾き飛ばした。

「何をしようと、もう終わりなんですよ、あなた」

本体のランディは小さく悲鳴を上げた。飛び下がると、通路の方へと走っていく。本物の猿のように手足で這うように走る。ナタリーは追わなかった。剣尖を床すれすれまで垂らし、静かに呼吸を整えている。

「逃がすわけないでしょう」

ゆっくりと剣を振り上げた。

「『太陽神の魂は永遠不滅なり』」

一閃。

狭く暗い通路に青い光が瞬いた。鬼火のような光が、首が胴体と離れたランディの影を壁に映し出していた。ランディは地面に落ちると同時に黒い灰となっていく。リーヴァイのようにまた復活するかとも思ったが、こいつは一度きりだったらしく、黒い灰は闇に溶けて消えた。

静寂が戻る。

ナタリーは『暁光剣(ドーンブレード)』を鞘(さや)に戻すと、気を失ったままのエイプリルの元へ行き、その体を抱きかかえる。

「助かったぜ」

頭は悪いが、やはり腕前は本物だ。

「ん」

ナタリーは返事の代わりに手を差し出した。こいつはそういう奴(やつ)だったよな。

「ほれ」

手のひらに銀貨を一枚置くと、思い切り頬を膨らませた。

「冗談でしょう？　命がけで戦ったお礼がこれっぽっちですか？」

「こちとら金欠なんだ。それで勘弁しろ」

俺は宝物庫の方を指さす。

「あれは将来おちびのものだ。あとで請求したら好きなだけくれるぜ」

「この子から金取ったらわたし、悪者じゃないですか」

格好つけるなよ。

「それよりデズはどうした。無事か？」

「衛兵から助け出した後で冒険者ギルドの職員に呼ばれてギルドへ向かいました。緊急の案件が入ったとかで」

あいつも忙しいな。

「それより、あの人は放っておいていいんですか？」

指さした先には、ぶっ倒れているラルフがいた。

俺は笑顔で言った。

「オッケー。問題ない」

「ま、待て……」

ラルフが震える腕を伸ばして抗議してきた。意識が戻ったらしい。

俺たちは二人を抱えて地上へと戻る。俺の担当はラルフだ。おちびの方が軽いのだが、俺なんぞには任せられないとナタリーが主張したためだ。

「あー、疲れた。死ぬかと思った」

地下室への入り口がある樹の横で座り込む。

「この前、姫様を抱えて迷宮から戻った奴がグチグチ言うな」

「お前、自分がアルウィンより軽いとでも思ってやがるのか？　了解。あとで伝えておくよ」

「バカ、止めろ」

「ほら、そこ。遊ばないでください」

俺たちの隣では、ナタリーがエイプリルの応急手当てをしている。とりあえず後に残るようなケガもなさそうだ。おちびの顔に傷でも残ったら、じいさまに処刑されるからな。

「勇気のある子ですね」

「そうだな」

俺なんぞのために命を懸けるとか、酔狂にもほどがある。

「さて、これでよし」

ナタリーは立ち上がった。

「わたしはもう行きます」

「どこへ？」

「今は配達の仕事をしていまして。荷物を夕方までに届けないと」

「あれか？」

俺が指差したのは、ずたぼろになったカバンだ。中身は空っぽのようだ。どこかのチンピラが、かっぱらったのだろう。

「良かったな、カバンはまだ使えるぜ」

ナタリーは肩を落とした。

「こんなことなら首と言わず、塵芥（じんかい）になるまでぶった切ってやるべきでした」

八つ当たりか。

ナタリーはため息をつくと、カバンを大事そうに抱える。

「あ、あの！」

立ち去ろうとしたその背中に声をかけた奴がいる。ラルフだ。

「ありがとうございました。助かりました」

「謝礼なら今度いただきますのでそこのデカブツ共々、雁首そろえて用意しておいて下さい」

さっき俺から取り立てたばかりだろうが、守銭奴め。

「あなたは、何者なんですか？　それに、その剣は姫様の……」

「これはアルウィンさんから返してもらったんですよ。元々わたしの剣なので」

「え？」

「詳しくはそこのデカブツに聞いて下さい。では、これで」

人に面倒を押しつけて今度こそナタリーは去って行った。

「おい、あの人は誰だ？　冒険者なのか？」

言われたとおり、今度は俺に絡んで来やがった。あいつの正体をばらすと俺にまで辿り着くからうかつには話せない。それを知っていて押しつけやがる。それでも仲間か。

「頭のおかしな女だよ」

仕方がないので俺は逃げを打つ。

「詳しくはデズに聞け」

なおも食い下がるラルフを適当にあしらい、帰路につく。

エイプリルはまだ目を覚まさないので、背負いながら歩く。

幸いにも太陽が照っているので問題ない。ラルフは失態を取り戻そうとしているのか、俺たちの少し前を警戒しながら歩いている。その背中にオリバーの入ったカゴをかついでいるのでさまにならない。

大通りから通りに入ったところで、背中でもぞりと動く気配がした。

「あれ、あいつは？」

「ようやくお目覚めかな、お姫様」

アルウィンといい、俺の周りにいる女はムチャなマネをする。

「怪物なら通りすがりの剣士が倒していったよ。死体は消えた」

説明するとウソ臭いが、事実なのだから仕方がない。

「誰？」

「名乗りもしなかったな」

ウソは言っていない。名乗る必要もないからな。

「あいつは、なんだったの？」

「『スタンピード』を引き起こした奴(やつ)の仲間だってよ」

リーヴァイの『伝道師』姿は大勢の人間が目撃しているし、エイプリルも知っているので隠す必要はない。背中で身を固くする気配がした。

「また、この街を狙っているの？」

「当分は大丈夫だよ」

あいつらの目的は『星命結晶』だからな。『迷宮』の上は後回しのはずだ。それに、ランディの捜し物は別にあった。『ロンバルディの鋏』だったか。ナタリーが帰った後でひそかに宝物庫に戻ったが、それらしいものは見つからなかった。鋏というのは何かの比喩で、本当に鋏なのかも定かではない。いかんせん、情報が少なすぎる。

「それより問題は君だ。心臓が止まるかと思ったよ」

じいさまが戻ったらちくってやる。お尻ペンペンだ。

「あんなムチャなマネは、もう二度としないでくれ」

「だって」

「だってもへちまもない」

「もう降ろしてよ」

「ダメだ」

応急手当は済ませたとはいえ、ケガもしている。

「まだ気分が悪そうだ」

「でもマシューさん、弱いのに」

「おちび一人かつぐくらい、どうってこと……」

ないよ、と言おうとしたところで突然の曇り空だ。

俺の体は貧弱坊やに成り下がり、紙のように軽かった体が重くのしかかる。それでも下ろすという選択肢はない。命を張って俺を守ろうとした大恩人に「重いからどけ」だなんてどうして言える？

「やっぱり辛そうだよ」

「平気だよ」

どこかの姫騎士様の方がはるかに重かった。本人の前では禁句だが。

途中、治療魔術師の診療所に寄ってエイプリルの傷を治してもらってからデズの家に戻ってきた。疲れた。エイプリルも疲れたのか、家に戻る前に俺の背中でまた眠ってしまった。ベッドに寝かせ、俺は低めのイスに腰掛けてため息をつく。あれだけ苦労して、見つけたのはじいさまのへ、そ、くりだ。『隠し財産』の方は見つからないままだ。

何の進展もないまま今日も夕暮れを迎えようとしている。

「どうしたものかね」

ランディとかいう『伝道師』は片付いたが、もう一匹、ザリガニみたいなのが残っている。問題はそれだけではない。『受難者』だ。この街のどこかに潜んでいるはずだ。

太陽神の狙いも『星命結晶』である以上、いずれアルウィンとも対立するだろう。『迷宮』

の中で襲われたら俺には打つ手がない。今度こそ助けに行く間もなく、アルウィンは殺される。

そうなると頼りになるのは、『戦女神の盾(イージス)』の連中だが、ノエルはともかくマレット姉妹は我が強すぎるし、ラルフは勢いばかりだ。今も扉の前で緊張した面持ちで身構えている。張り切りすぎて不安になる。

酒でも飲んで憂(う)さでも晴らそうかと腰を浮かしかけたところで扉を叩(たた)く音がした。

デズも奥方も出掛けているが、ノックなどしない。

アルウィンの音とも違う。ラルフが緊張した面持ちで扉を少しずつ開ける。

「おい、マシュー」

ラルフが俺に声をかける。

「お前に客だ」

「なんだ、アンタらか」

ちょびひげと色黒だ。

「今日は何の用だ？　悪いが、闘鶏バクチの予想はしばらく……」

ちょびひげは俺の軽口に取り合わず、真剣な表情で言った。

「今から俺たちは独り言を言う。聞かれるとまずい話だ。お前は絶対に聞くんじゃねえぞ」

返事も待たずちょびひげたちは喋(しゃべ)り出した。

「エイプリルって女の子を衛兵どもが探しているらしい」

何だと？

「どうやら、『隠し財産』の件で、お偉いさんまで本格的に動き出したらしい」

「『隠し財産』の金庫番は、ギルドマスターのグレゴリーと昵懇の間だそうだ」

「莫大らしいから、折半しても結構な金額になるからな」

「それだけじゃない。『魔俠同盟』の不正の記録とか。ほかの幹部の弱みなんかも握っているってウワサだ」

「今はエイプリルの行きそうなところを手当たり次第に探しているらしい。養護施設にも手入れが入ったそうだ」

「おまけに『魔俠同盟』の連中まで騒ぎ出して、あちこち目を光らせている」

「この通りの近くでも胡散臭いのを大勢見かけた」

「見つかるのも時間の問題だろうな」

「グレゴリーの奴が白状すればいいんだろうが、まだ口を割らねえときている」

「孫娘がどうなってもいいのかね、まったく」

ここまで言い終えてから色黒がじろりと俺をにらみつけた。

「……聞いていないだろうな」

俺は苦笑しながら肩をすくめた。

「ここのところ耳が遠くってね。何を話していたのかさっぱりだよ」

「ならいい」

満足そうにうなずくと、俺に手紙を手渡した。ご丁寧に封までしてある。

「こいつは別件だ。ここに来る途中で頼まれてな」

「じゃあな、お嬢ちゃんによろしくな」

棒読みで、下手なコントを見せられているようだが、温情は伝わった。

だが、内容自体はかなりやばい。エイプリルまでお尋ね者とはな。

おそらくじいさまとの取引がうまく進んでいないのだろう。人質にして、じいさまを脅迫しようという魂胆か。

そろそろここも限界か。いずれここにも踏み込んでくるだろう。

「いよいよじり貧だな」

とは俺の隠れ家だが、やくざどもに人海戦術で探されたら打つ手はない。デズはともかく、奥方やご子息まで巻き込むわけにはいかない。あ

ヘザーの『隠し財産』はただの金銀財宝ではない。じいさまの金を渡しても納得しないだろう。

「どうしたものかね」

そこで俺は封を開け、渡された手紙を見る。誰かの伝言だろうか。

「どこかのご婦人からのデートのお誘いかな」

手紙を広げる。俺は目をみはった。

くしゃくしゃに手紙を握りつぶし、ズボンのポケットに突っ込む。

「俺は今から出掛けてくる。エイプリルを頼む。いざとなったら裏手から逃げろ」

ラルフに言い置いて俺はデズの家を出る。

人目に付かないよう、慎重に足を進める。　一人で出てきたのは不安もあるが、余人に聞かせられる話ではなさそうだ。

もう一度、手のひらの中の手紙を一瞥(いちべつ)する。

　マシュー様

　この度、ご相談したき儀があり、この手紙をしたためました。

　今夜、『黄金の馬車亭』に来てください。

　来られない場合、あなたの大切な女性が破滅するやもしれません。

　くれぐれもお一人でお越しくださいますように。

要するに、脅迫状だ。

達筆だが、見覚えのない字だった。差出人に見当はつかない。無視しようかとも考えたが、脅迫文の内容が気になった。これが『魔侠同盟(まきょうどうめい)』あたりの呼び出しならば、『命はない』とか

『明日の朝日は拝めない』とか『ギルドマスターのお孫様によろしく』みたいに、直接的な害意をほのめかすだろう。だが脅迫状では『破滅』という単語を使っている。何をもって破滅と呼ぶかは、人によるだろうが少なくともアルウィンの場合は一つしかない。だとしたらデズやほかの連中には頼れない。もちろん、それなりの準備はしてきてある。

俺が『黄金の馬車亭』に到着した時、もう日は暮れかけていた。念のため、店を一周してみたが、伏兵を潜ませているような気配はなかった。

窓を覗いてみたが、先日の女将が一人で皿を拭いているだけだ。ほかに人の姿はない。二階にいるのか？

覚悟を決めて扉を開けた。中に入るのは初めてだったが、入り口右手から奥まで続く長いカウンター席に、左側のテーブル席が四つ。奥には二階へ上がる階段が見える。なるほど、前の『矢を射る鉄熊亭』と変わらない。変わったといえば、二階へ上がる階段が『立ち入り禁止』になっていることと、カウンター後ろの酒の種類が豊富になっているくらいか。

それともう一つ。店の主人が年寄りから美人の女将になっている。

「あら、いらっしゃい」

「どうぞ、ここに座って」

女将の前の席に案内される。とりあえずエールを頼む。

「つまみは何がおススメ？」

「魚の塩漬けと青菜の酢漬けね」

「じゃあ、それで」

エールを空にしてしばらく待ったが、誰かが店に訪れる気配はない。上から降りて来る様子もない。外の通りには大勢の通行人が行き交っているのに誰も店に来る気配はない。不自然過ぎる。サービスも酒もまずい最低の店だというのなら納得だが、そうでないのは今味わったばかりだ。

「いつもこんな感じ？」

「今日は貸し切りにしてあるから」

「頼んだのは？」

「私よ」女将は薄笑いを浮かべながら言った。

「あなたとはゆっくり話がしたかったから。手紙を出したのも私。外には店じまいの看板も出してあるの」

カウンターから出て、次々と窓を閉めていく。まるで夜光蝶のようだ。

淡い香水の匂いを振りまきながらカウンターの中に戻ってきた。

「あなたに提案があってきたの」

「愛人契約？　それとも男妾の？　あにいく今は専属の身でね。それに、こう見えても忙しいんだ。用がないのなら」

「少し失礼するわね」

嫣然と微笑みながらカウンター奥に隠れる。布を上から吊るしただけの簡単な間仕切りだ。衣擦れの音がした。服を脱いでいるようだ。ロウソクの明かりに照らされ、布の向こう側で裸になっていく姿が影絵のように映し出される。

「ここでおっぱじめようっての？　ベッドの上の方がいいんじゃない？」

確かに悪い話ではないが。

「色っぽい話ではないの。ゴメンなさいね」

と、物陰から白くなまめかしい腕を出す。持っているのは、白く小さな紙包みだ。それを手で破ると出来たのは白い錠剤だった。布に映し出された黒い影が、口元に含む仕草をする。ほう、と息を吐く仕草と声が聞こえた途端、口元から煙のようなものを吐き出すのが見えた。見間違いではない。布の上からも白い煙が立ち上っている。何事か、と思う間もなく白い煙は女将の全身を覆い、巨大な蛹のように包み隠す。

やがて蛹が砕け散り、中から現れたシルエットは明らかに女将の……人のそれではなかった。

「お待たせ」

布の向こうから現れたその姿に俺は絶句した。

細長い全身に、白黒のまだら模様が刺青のように刻まれている。細長い顔に、金色の小さな目が光る。鼻や口は見当たらず、脇腹の辺りから巨大なハサミの付いた腕が伸びていた。白黒まだらのザリガニ人間だ。ドナルドを殺した『伝道師』だ。

「落ち着いて」

『仮初めの太陽（テンポラリー・サン）』を取り出そうとしたところで、制止される。

「戦うつもりはないの。今日は話し合いがしたかったの」

その声は紛れもなく、女将（おかみ）のものだった。口調や声は女なのに、目の前にいるのは白黒まだらのザリガニ人間だ。違和感がひどい。

「お前は何者だ？」

「そういえばまだ名乗ってなかったわね」

口も手に手を当て、くすりと笑う。

「私の名前はサマンサ。御覧の通り、太陽神様の『伝道師』よ」

その声は蠱惑（こわく）的で媚（こび）に満ちていた。

「サムって呼んで」

第五章　大地から奈落の底が見えて

サマンサと名乗った『伝道師』が怪物の姿になり、脇腹から生えた腕を伸ばし、服を折り畳む。悪夢を見ているようだ。

「その姿は、さっきの錠剤のせいか」

「半分正解」

愉快そうに白い錠剤を見せびらかす。

「『上昇(アセンディング)』といってね。『解放(リリース)』の成分を凝縮したものよ。その分、効果も大きいわ。魂をより高度な位階へと導いてくれる」

「お前らが作ったのか？」

「人間って罪深い生き物よね」

またどこかの神父か誰かをだまくらかして、『クスリ』を作らせたのだろう。ゴミどもが。

「わざわざ目の前で怪物になった理由は？」

何年も冒険者ギルドで運び屋をしていた奴(やつ)もいたのだ。『伝道師』が隠れて商売をしていたとしても驚かない。気になるのは、自分から正体をばらした理由だ。正体を隠したままならいくらでも優位に動ける。俺やアルウィンを暗殺するのも簡単だろう。そいつを自分から捨てる理由が分からない。

「『信仰を求める者、争いを恐れることなく己の魂を捧げよ。ゆめゆめ偽ることなかれ』」

「そいつは確か……」

「経典の第二章十七項目『神よりの愛と信頼について』よ」

「耳が腐るから止めてくれないか？」

要するに「人から信頼されたければウソをつくな」という、どこの宗教でもありそうな教えなのだが、信じられないことにこの女はそれを実践しているらしい。

「それに、百の言葉を語るよりこの方があなたも信じられるし話も早いと思ったから」

どうぞ、と今度はワインを俺によこした。おごりよ、と言われても飲む気にはなれなかった。

「この店は今日で店じまいか？」

この街の人間は、マダニ太陽神を嫌っている。『スタンピード』なんて災厄を引き起こした張本人だからな。俺が喋ればすぐにでも街中から暴徒が殺到するだろう。

「そこはあなた次第ね。『巨人喰い』マデューカス」

俺が喋れば、俺の秘密もばらすってことか。

「ドナルドを殺したのは、口封じじゃなかったのか？」

「これ以上、羽虫が増えると厄介だもの」

ドナルドは『受難者』についても調べていたからな。あいつが上に報告していれば、冒険者ギルドも動いただろう。

「それで、相談なんだけど……」

「仲間になれ、ってんなら答えはノーだ」

「でしょうね」

サマンサは愉快そうにハサミを鳴らした。

「リーヴァイでも失敗したものね。私には、少し骨かしら」

「なら何故呼んだ？」

「仲間はムリでも共闘ならどうかと思ってね」

「共闘？」

「『星命結晶』を狙っているのは、あなたたちや太陽神様だけじゃない。ほかにもいるわ」

「誰だ？」

「大地母神・オプス」

サマンサは軽侮を込めた口調で言った。

「神々の時代は終わったわ。昔と違い、奇跡の行使もままならない。このままでは信仰も消え去り、過去の遺物となり下がる。そうならないために私たちは戦い続けてきた」

俺にはやくざ同士の抗争にしか聞こえないがな。信仰だなんだと聞こえはいいが、要するにシマとシノギの奪い合いだ。

「奴らは私たちが長年温め続けてきた計画を『星命結晶』ごと横取りしようとしている。対抗しようにもこちらの『伝道師』も数が少ないし、『受難者』は、まだ数が揃わない。戦力増強が必要なの」

「何故、俺なんだ？」

俺が仲間の『伝道師』を殺したのは承知しているはずだ。それに、この街にはデズもナタリーもいる。

「神にとって人間なんて大差のない生き物よ」

だろうな。人間にとってハチやアリンコの区別がつかないように。

「けれど、太陽神様はあなたという個人に興味を持った。これは珍しいわ。百年以上仕えてきて、初めてじゃないかしら」

「なら替わってくれ」

「神の御意思を私がどうこうしようだなんて、それこそ冒瀆よ」

心外だと言いたげに鼻白む。

「大地母神の『説教師』は強いわ。ランディもこの前、不覚を取ったし、私も一人だけでは勝てないでしょうね」

「ここの近所で暴れ回ったのは、お前らか」

サマンサの言葉が本当なら、大地母神（だいちぼしん）の『説教師』とやらはもうこの街に来ている。『異端審問官（インクイジター）』なんて暴力集団を飼い慣らしているのだ。どうせろくな連中ではないだろう。油染み（あぶらじ）み太陽神を相手にするだけでも厄介なのに、そのうえ別の神だと？　勘弁してくれ。

「ついさっきもそのランディとやらが俺のところに来たよ」

「彼、乱暴しなかった？　悪い人じゃないんだけど、気が小さいところがあるから」

「あいつなら死んだよ。首チョンパだ」

「まあ」

本当に知らなかったのだろう。しばらくの沈黙があった。ざまあみろ。

「あなたが倒したの？」

「そうだ」

ナタリーについて教えてやる義理はない。

「なら、お葬式でもしないとね。死体はないけれど」

「ランディってのは何者だ？　お前の部下か？」

怪物の姿で祈りをささげようとしたので、強引に話を続ける。ビッチビッチ太陽神への祈りなど聞きたくもない。

「私の夫」

仮のだけど、と愉快そうに付け加える。

「独り身より夫婦連れの方が何かと便利なのよ。街に入るのも店を持つのも」

だろうな。その方が何かとごまかしがきく。

「まだ若いけど責任感もあっていい人だったわ。あなたとなら友達になれたかも」

「十四の娘をいたぶって喜ぶような変態と友達になるつもりはねえな」

「……残念だわ」

何についての残念かは言わなかった。

「話を戻すけど、あなたたちは三人……いえ、四人も私たちの『伝道師』を倒した。あなたたちなら大地母神にも対抗できると思ってね」

「そいつらも『迷宮』の中では弱体化するんだろ？」

「向こうにも『受難者』がいるのよ。あいつらは『致命者』と呼んでいるけれど」

おまけに大地母神には信者がわんさといる。そいつらを動員すれば、不人気太陽神には勝ち目がない。だから少しでも戦力を増やそうと敵である俺にも声をかけた。

「お前らの『受難者』を戦わせればいいだろう。いるんだろ？　もうこの街によ」

「そうね」

かまをかけてみると、サマンサはあっさりと認めた。

「どこの何者だ。冒険者か？」

「それは言えないわ」

「俺とアンタの間柄だろ。隠し事はなしにしようぜ」

「なら、仲間になってくれるかしら」

「お前らと組むくらいなら、大地母神と組んでお前らを殲滅した方が早い」

「ムリね」

ザリガニ頭が首を横に振る。

「あいつらの目的はね、世界中の人間や妖精族全てを信者にすること」

妖精族というのは、人間以外の種族の総称だ。デズのようなドワーフにくわえてエルフ、ブラウニーなどが該当する。彼らのほとんどが妖精を祖先に持つためそう呼ばれている。知性も高く、魔物ではないとされているため、一応の人権が認められている。

「お前たちだって似たようなものだろう」

「少なくとも太陽神様は個性を認めているわ」

「『スタンピード』でこの街をメチャクチャにしておいてか？」

「人柱のようなものよ。……想定より魔物の発生数が減っていないのは、残念だけど」

期待していた結果は得られなかったが、『スタンピード』自体は起こせたので問題はなし。というのがサマンサの……傲慢太陽神の本音だろう。ふざけやがって。

「一体何人の人間が死んだと思っている？　信用できるか」

「あなたたちも悪いのよ」

サマンサはむしろ哀れむように言った。

「素直に改宗していれば、今頃魂は楽園で優雅に暮らしているはずなのに、下手に拒むから冥界で非道で不公平な裁きを受ける羽目になるの」

この怪物頭に殴りかからなかった俺の理性を誰か褒めてくれ。話す言葉は同じなのに、まるで理解が出来ない。

「『星命結晶』は私たちが手に入れる。あなたの、彼女の願いは何一つ叶わない。後悔しても遅いわ」

「もう自分たちが勝つと思い込んでいるみたいだな」

「いずれそうなるわ」

俺は鼻で笑った。

「俺はいつも負ける方だからな。勝ち馬に乗っかろうって連中とは話が合わない」

「……そう、仕方がないわね」

サマンサは立ち上がった。交渉決裂だ。いよいよ来たか、と懐に手を伸ばす。だが、サマンサはまたカウンター奥にある布の向こうに隠れる。影絵の向こうで口の中からまた煙を吐き出すのが見えた。白い煙は布の隙間から店の中に広がる。視界が白く染まる。

「クソっ！」

俺は『仮初めの太陽』を取り出しながら呪文を唱える。白い煙の向こう側にいる影に向かい、拳を放つ。

殺すつもりで放った拳は次の瞬間、柔らかいものに受け止められていた。白い布越しに黒い影が浮かんでいる。そのシルエットはもう、人間のそれだった。

息が詰まった。

岩を砕き、幾千もの魔物を殴り殺して来た俺の拳が、小さな手のひらに収まっている。とっさに引き抜こうとしたが、万力で挟まれたかのようにびくともしない。

女の細腕一本で。

「言ったでしょう？　今日は話し合いだけって」

布の奥からひょいと顔をのぞかせたのは、肩をむき出しにしたサマンサだ。人間の顔に戻っていた。

手を放すと俺に背を向け、着替えを始める。

俺は手出しできなかった。背中で光っている『仮初めの太陽（テンポラリー・サン）』がテーブルの上に影を落としていた。呆然（ぼうぜん）としながら軽く拳を振り下ろすと、今まで座っていたイスは簡単に砕け散った。

「イスの代金はつけておくわね」

すっかり着替えを終えたサマンサが布の奥から踊るようにして現れた。

「それじゃあ、話はこれで終わり。楽しかったわ」

いそいそと窓を開けて回り、外の看板を掛けなおす。

「今から店を開くところ。今日の分の売り上げを取り戻さないとね」

「戦わないのか？」

「私への『啓示』はね、『伝道師』および『受難者』の勧誘と統括なの。戦いは専門外よ」

「ドナルドを殺しておいて何が専門外だ」

「あれ本当はランディの使命だったの。私は付き添い。大地母神の件もあったから応援に行っただけ」

応援なら尻でも振ってろ。クソッタレ。

もう興味もないとばかりに壊れたイスを隅に片付け、カウンターの中で俺が飲んだコップを洗い出す。

「それとも飲んでいく？　もう一杯くらいならおごるわ」

「お断りだ」

手の内が読めない相手に突っかかれば、返り討ちになるのは目に見えている。焦る必要はない。自分から弱点をさらけ出してくれたのだ。手はいくらでも打ちようがある。

店を出ようとしたところでサマンサが呼び止めた。

「そうそう、忘れていたわ」

振り返ると、サマンサは笑顔で言った。

「姫騎士様に伝えておいて。『二度と私たちの真似はしない方がいい』ってね」

俺は息を吞んだ。アルウィンが『スタンピード』の時に使った、あの力か。サマンサはまだこの街にいなかったはずだが、『伝道師』や『受難者』の統括役だというから『スタンピード』の成り行きをどこかで監視していたのだろう。

「これは心からの忠告よ。いくら素質があったとしても、洗礼も受けていない人間が、『伝道師』の力を使えばしっぺ返しが来る」

ただの脅しとは思えなかった。街を蹂躙していた魔物どもを殲滅するほどの力だ。代償も大きいに決まっている。

「次に使えば、命の保証はないわ。長生きしたいのなら、使わないことね」

「それは脅迫か？」

「弱みに付け込んでムリヤリ戦わせたところで、真の信仰は得られないわ」

体は思い通りになっても心は死んだままだ。それは人形であって『伝道師』や『受難者』とは呼ばないのだろう。

「だから今のは、私だけの秘密。ほかの『伝道師』にも『受難者』にも知らせていない」

「俺をここに呼びつけたのも脅迫みたいなものだと思うけど」

「なら今度からは呼んだらすぐに来てくれる？」

俺は無言で店を出た。

「またのごひいきに」

後ろから艶っぽい女の声が聞こえた。

本音を言えば、今すぐぶち殺したかったが、理性でかろうじて踏みとどまる。

勝ち目が薄いのもあるが、あいつはアルウィンの秘密にも感づいている。仮に倒したとしても、死後に秘密が広まるように手を打っているかもしれない。サマンサの正体を漏らせばやはり報復措置としてあれこれ暴露するだろう。下手に動けば手紙どおり、アルウィンは『破滅』する。

これで、うかつに手出しは出来なくなっちまった。

いよいよもってジリ貧か。

デズの家に戻ると、すでにデズたちが戻っていた。どこに行っていた、と喚き立てるラルフを無視して、デズと差しで向かい合う。

「まずいことになった」

デズの表情は暗い。

「ギルドの本部から命令書が届いた。近々、新任も派遣するとよ」

「マジか」

ギルド総本部は、じいさまを切り捨てる腹づもりか。

「お嬢さんの話も出た。『関わるな』ってよ」

お尋ね者を匿うのは、冒険者の仕事じゃねえってか。

これで金を積んで冒険者に護衛を依頼する手段も断たれたか。

「分かっているよ。お前さんも釘を刺されたんだろ」

俺とデズが親しいのは、ギルドでは周知の事実だからな。

「言いたいことは分かる」

ドワーフのことわざに、『傷ついたモグラは穴掘りも逃がす』とある。みすみす窮地に頼ってきた相手を放り出すなど、デズの義侠心が許さないのだろう。命に代えても守り抜こうとする。デズはそういう男だ。

「だがこれは俺の問題だ」

守るものの多いデズに、甘えてばかりもいられない。

「当てはある。心配するな。俺はおちびを起こしてくるから準備を頼む」

励ますように肩を叩いてやると、デズはむしろ申し訳なさそうな目をする。

「気にするなよ。おちびはお前を恨んだりしない」

「お前は、お嬢さんがそんなに大切なのか？」

「子供をいじめて喜ぶクソ野郎になりたくないだけだよ」

世間なんてのは理不尽だ。おちびみたいないい子が不幸な目に遭うし、俺のようなクソ野郎が天寿を全うすることもある。

「それに」

　と俺は肩をすくめる。

「どこかの姫騎士様のお人好しがうつったみたいでね。正義とか公平ってのに、少しでも貢献してみたくなったんだよ」

「俺もそうだ」

　振り返れば、ラルフがずかずかと居間に入るなり、自分のカバンを整理し始めた。

「次はどこへ行くんだ？」

「お前も付いてくるつもりか？」

「姫様に頼まれたからな」

　偉そうに胸を張ってみせる。

「最悪、冒険者としてやっていけなくなるぞ」

「姫様を裏切る方が俺にとっては大問題だ」

　いっぱしの口を利くようになったな。

「それじゃあ、おちびを起こしてくる。お前は準備をしてくれ」

　その夜、デズにアルウィンへの伝言を頼み、俺たちは家を出た。

　見つからないように監視の目をくぐり抜け、やってきたのは、ニコラスの家の近くにある廃屋だ。無人なのは知っているし、鍵は勝手に開けた。かつて店をしていたので、入り口付近が店で、奥が居間になっている。

ただ、俺とニコラスの関係も知られているはずだ。この近くに出入りしているのは、大勢の人間に見られている。ここを嗅ぎ付けられるのも時間の問題か。

とりあえず、食堂の隅に寝床を作る。家の中からかき集めてきた布やクッションで即席のベッドの出来上がりだ。これで少しは心地よく眠れるだろう。余った布を吊って目隠し代わりにしているのでラルフの不躾な視線も気にならない。

「疲れただろう。今日はそこで眠ってくれ」

「うん、ありがとう……」

エイプリルは寝床の上で身を屈めるようにして座っている。

顔が真っ青だ。気丈にふるまってはいるが、次から次へと居場所をなくして途方に暮れているのだろう。

「色々辛いだろうが、しばらくの辛抱だ。すぐにじいさまも出て来る」

「そうだよね」

笑い方にも力がない。

ラルフは扉の近くで警戒している。不審な連中が近づいてきたら知らせるように言ってある。

じいさまが捕まってから何一つ事態は好転していない。むしろ悪化するばかりだ。解決する方法は分かっているが、実行できないでいる。

「お休み」

俺はロウソクの火を吹き消した。

目を覚ます。仮眠のつもりが想像以上に眠っていたらしい。イスに座ったまま眠ってしまったので体が痛い。窓を見れば、空が明るくなっている。もうすぐ夜明けか。あとどれくらい逃げ続けなくてはならないのか。俺はともかくラルフにも疲労が溜(た)まっているし、エイプリルはもう体力も気力も限界のはずだ。

「結局、『隠し財産』の在処(ありか)は謎のままか」

散々苦労してこれか、と徒労感にため息が出る。

「あのね、マシューさん」

吊(つ)った布が開いてエイプリルが顔を出す。

「まだ寝ててもいいよ」

「いい。何だか眠れなくって」

疲れすぎると気が昂(たかぶ)り、かえって眠れなくなる。平気ぶってはいるが、辛(つら)いだろうに。

「それでね、『隠し財産』のことなんだけど、本当にこの街にあるのかな？」

エイプリルの言いたいことは分かる。よその街にひそかに持ち出している可能性を指摘しているのだ。一度に運び出すのは難しくても、少しずつ、長い年月をかければ可能だろう。

「金庫番もこの街にいたからな。多分、それはない」

何度も街を出入りしていれば、怪しまれる。頻繁に出向けば行先などいずれ露見するし、誰かがとっくに探っているだろう。

「そっか」

いい考えだと思ったんだけどなあ、と肩を落とす。糸の切れた人形のような動きだったが、笑う気にはなれなかった。エイプリルなりに事態を打開しようと一生懸命なのだろう。

「その金庫番って人が出てきてくれたら話が早いんだけど」

「『スタンピード』で行方不明って話だからな。もうとっくに死んでいるだろう」

裏社会の連中が総出で探しているのだ。生きているのなら、この街のどこに隠れていたとしても見つかっているはずだ。いくら金があったとしても、必ず足が付く。

「ん?」

そこまで考えておかしな事に気づいた。金庫番は『スタンピード』に巻き込まれたというが、金はあったはずだ。報酬をケチれば、金庫番などあっという間に盗人に早変わりだ。ヘザーから相応の報酬はもらっていたはずだ。

なのに、なぜ逃げなかった?

『スタンピード』の予兆の時、金持ちは率先して街から逃げた。ケガや病気だったという話は聞いていない。逃げられない事情でもあったのか。

考えられるとすれば、『隠し財産』か。逃げたくとも『隠し財産』が気になって逃げられなかった。あるいは、逃げ遅れたか。

『隠し財産』は本当にこの街にあるのか、とエイプリルは疑問に思った。

街の至る所であらゆる人間が探している。それでも見つからない。だとしたら……。

「そうか」

どうにか、隠し場所の在処(ありか)が見えてきた。

「ありがとうね、マシューさん」

あれこれ考えていると、エイプリルがおずおずと話しかけてきた。

「本当に感謝しているの。ワタシ、マシューさんがいてくれて本当に良かった」

「礼なら全部片付いてからにしてくれ」

じいさまも捕まったままだし、やくざや官憲にも追われている。礼を言われて悪い気はしないが、早すぎる。

「今言いたいの。今言わないと一生言えない気がするから」

エイプリルは真剣な顔をする。

「あのね、マシューさん。ワタシ……」

次の瞬間、破片とともに窓が砕け、子供の頭ほどもある石が飛び込んできた。

エイプリルが悲鳴を上げると、同時にラルフが部屋に飛び込んできた。

「囲まれているぞ！」

壊れた窓から覗けば、黒い影が家を取り囲んでいる。手にした松明が自分たちの正体をバカ正直に告げていた。金目当てのごろつきどもだ。

考え事に気を取られて気づくのが遅れちまった。

「クソ、思っていたより早い」

ラルフは窓の脇にへばりつきながら剣の柄に手をかける。唇が青い。手も震えている。魔物とは何度も戦ってきても、人間相手との殺し合いはほとんどないはずだ。おまけに一般人らしきものも混じっている。正当防衛という大義名分があったとしても、慣れていないと人殺しは辛いものだ。

「今から俺が飛び出すから何とかその間に……」

「面白いこと言うようになったな」

俺は笑いながらラルフの肩を後ろからつかむ。

その間にもごろつきどもは、徐々に包囲網を狭めている。反撃しようにも数が多い。

「付いてこい」

俺は二人を奥へ連れていく。地下への入り口だ。

「ここは？」

「地下倉庫だ」

ハシゴを下りると目の前には大きな穴が広がる。

「何これ？」

「頭のおかしな連中が作ったんだよ」

ここは『聖賢通り』の代筆屋・トーマスの店だ。少し前に、ここを隠れ蓑にして『ソル・マグニ』の連中が潜んでいた。使えるものは何でも使う。ルーピー太陽神の信者が掘った穴だろうとだ。

「付いてこい」

燭台付きのロウソクに火をつけて穴の中に入る。本当ならば穴をふさいでおきたいのだが、時間がない。

「ここから少し歩くと大広間に出る。そこからいくつか出口がある。連中から逃げるにはちょうどいい」

「それでここに立てこもったのか」

ラルフが感心したように言う。

「逃げ道の確保は、籠城戦の基本だ」

どんな堅固な城だろうと逃げ道は用意してあるものだ。

「全部調べたわけじゃないが、いくつか外への出口は調べてある。こっちならあいつらの目もくらませる」

山羊頭(バフォメット)の悪魔と戦った広間を抜けて、岩肌だらけの細い道を進む。

明るくなってきた。出口は近い。岩肌から漆喰(しっくい)塗りの地下室に変わる。小さな階段を上り、ようやく地上に出る。大通り近くの教会だ。太陽神とは無縁だが、『スタンピード』で神父が亡(な)くなり、管理者不在のまま放置されている。野良犬(のらいぬ)や野良猫(のらねこ)が入り込んだのか、糞尿(ふんにょう)の臭いもするが、掃除してやる義理も余裕もない。

「これからどうするの？」

いったんは逃げ切ったが、追っ手の数は多い。いずれはこのルートにたどり着くはずだ。

「もちろん賢明なマシューさんは考えてあるさ」

俺は胸を張って言った。

「ここから大通りを通って街の真ん中へ行く」

「真ん中って……冒険者ギルドへ行くのか？」

「いや」俺は首を横に振った。

「『迷宮』……『千年白夜(せんねんびやくや)』の方だ」

ラルフは喉を絞められたニワトリのような声を上げた。エイプリルも目を丸くしている。

「お前、正気か？」

「自信はないな」

正気だったら、多分俺は生きていないからな。

「魔物に襲われたらどうするんだ。危険すぎる！」

「誰が『迷宮』に入ると言った？」

誰が好き好んで魔物の巣窟に入るものか。今度こそ冥界行きだ。

「正確には『迷宮』の入り口だ」

俺は言った。

「そこに『隠し財産』も眠っている」

ラルフが惚けた顔で瞬きを繰り返す。理解が追い付かないのだろう。

「時間がない。到着してから説明してやる」

ぼやぼやしていたら賞金目当ての追っ手に追いつかれちまう。

「けど、『迷宮』の前には門番がいるんだぞ。しかも元冒険者だ」

「そこでお前の出番だ」

しょせんは現役を引退した隠居どもだ。ラルフでもどうにかできる、はずだ。最悪オトリにすればいい。問題はそれまでに見つからずに行けるかどうかだ。人目に付けば、やくざや衛兵まで呼び寄せてしまう。

「どのみちここでグズグズはしていられない」

案の定、階段の下に耳をすませば物音が聞こえる。

「分かった」エイプリルはうなずいた。「ワタシ、マシューさんを信じる」

「ありがとう」

教会の奥からシスターの頭巾を持ってきて、エイプリルの頭に頭巾をかぶせる。この子の銀髪は目立つからな。

「行くぞ」

教会を出て何食わぬ顔で歩く。下手に立ち止まるとか、早足になれば、むしろ人目に付きやすくなる。狭い通りで襲われたら逃げ場がない。先程から視線を感じる。気のせいだとは思いたいが、油断はならない。薄氷の上を歩くような緊張感に、心臓の鼓動も速くなる。

エイプリルは緊張しきっているようだ。冷汗がひどい。

「心配するな。そう簡単に見つかりっこ……」

「いたぞ！　あいつだ！」遠くから声が聞こえた。

「あのデカブツだ！　兄貴に知らせろ！」

ああクソ。そうだよな、俺みたいな図体のでかい奴は目立つよな。

肝心なところでへまをやらかしちまう。

必死で逃げるが、向こうは大の大人だ。ラルフはともかく、少女とのろまのマシューさんでは勝負にならない。

「おい、あの子」

「そうだ、賞金首の……」

「捕まえろ！」

追っ手がどんどん増えていく。一般人も交じっていた。先程まで新鮮な野菜を目利きしていた主婦が、黙々と柱に釘を打っていた大工が、売り物を蹴飛ばした露天商が、金と欲に目がくらんだ阿呆どもが。追っ手へと加わる。

何事かと立ち尽くす通行人を押し倒し、跳ね飛ばし、たった一人の女の子を捕まえようと躍起になっている。地獄に落ちろ、クソども。いや、ここが地獄か。金の亡者たちがうごめく、貪欲者の地獄だ。

「ああ、クソっ！」

先頭を走っていたラルフが急に踵を返し、反対方向に走り出した。

「お前たちは先に行け！」

剣を抜いて振り回す。切り倒すためではなく、威嚇のためだが、効果はあったようだ。追っ手もひるんだ様子で足を止める。

「ラルフさん！」

エイプリルが立ち止まろうとしたので、腕を引いて走らせる。

「大丈夫だよ、あいつは死にやしない」

こんなところでくたばっていたらアルウィンは守り切れないからな。だから生き延びろ。

大通りに出る。あとはここを南に走れば『迷宮』にたどり着く。賞金目当ての金の亡者どもは幾分減ったが、まだ追いかけてくる。

大勢の前に出ればおとなしくなるかと思ったが、甘い考えだったようだ。だからこそ早めに決着をつけようとしているのだろう。諦めろ。どうせお前らが大金を手にしたところで、酒か女かバクチに使うのが関の山だ。俺と一緒だよ。

「マシューさん……ワタシ、もう……」

俺はエイプリルの手を握った。

「限界なのは分かるが、もう少しだけ踏ん張ってくれ。あと、見捨てて逃げろ、ってのは聞かないから。君が止まったら俺も足を止める。俺たちは一蓮托生(いちれんたくしょう)だ」

「うん！」

エイプリルの手を取り、立ち止まる通行人の間を駆け抜ける。もう少し、というところでエイプリルが急にバランスを崩してすっ転ぶ。駆けつけようとしたところで誰かに足をすくわれた。その上に大勢がのしかかる。ただでさえ曇り空だというのに、人混みで遮られて身動きも取れない。

俺の目の前では、エイプリルの上に馬乗りになった男が歓喜の声を上げている。彼女の銀髪をつかみ、拳を振り上げる。

「捕まえたぞ！　やった、俺が捕まえ……」

言い終わる前に横から殴り飛ばされて壁に激突する。殴り飛ばしたのは年かさの主婦だ。エイプリルの頭を地面に押さえ付け、悲鳴のように喚きたてる。

「ほら見とくれよ。あたしがこの子を捕まえたんだ。ほら、賞金はあたしのもんだ」

「どけ、ババア」

別の男が女を突き飛ばす。あとはその繰り返しだ。エイプリルをもみくちゃにしながら賞金の権利は自分のものだと主張しあう。

どうやら寛大なマシューさんもガマンの限界のようだ。

「どいつもこいつも……」

死ななきゃ分からないアホどもめ。そんなに金が欲しければ、くれてやる。金貨でも銀貨でも袋ごと、冥府の底から好きなだけ取ってこい。『仮初めの太陽』ごと拳を握った瞬間、人混みをかき分けて小さな影が飛び込んできた。

「止めろ！」

泣きそうな顔で、養護施設のエディがエイプリルの上に乗っていた男に体当たりして突き飛ばす。よろめいたところで、エイプリルの上に覆いかぶさる。

「どけ、ガキ！」

「ジャマだ！」

群衆に踏みつけられ、蹴飛ばされても、歯を食いしばり、甲羅のように背を丸めてエイプリルの上から動かない。

「ちょっと、何をして……」

　エイプリルも事態がつかめず、困惑しているようだ。

「うるさい、黙ってろ！」

　喚(わめ)いたところでエディの体が反り返る。さっき突き飛ばした男に髪と顔をつかまれていた。エディの体が持ち上がり、放り投げられる。

「ジャマすんな、ガキ」

「ジャマはテメエだ！」

　地面に転がされてもエディはめげなかった。素早く立ち上がると、再度男に飛びかかり、その指に噛(か)みついた。悲鳴が上がる。

　どういうつもりかは知らないが、チャンスだ。エイプリルを助けようと腰を浮かしかけた時、不意に人混みが空いた。俺やエイプリルにしがみつき、逃がすまいとしていたゴミどもが離れていく。

　空いた道を悠然とやってきたのは、裏社会の……『魔侠同盟(まきょうどうめい)』の連中だ。その先頭を歩いているのは、『火雷(ひがみなり)』のハリソンだ。

「また会ったな」

　俺たちを見下ろしながら手を上げた。

　路地に逃げ込もうにも、強面(こわもて)がぞろぞろと這(は)い出(で)てきた。逃げ道はなし、か。やくざ者の集団に取り囲まれる。両腕をつかまれ、ムリヤリひざまずかされる。エイプリルもまた、後ろから突き飛ばされて、倒れ込む。

ハリソンは俺たちを見下ろしながら、訳知り顔で言った。

「人生に付きものは三つある。出会いと別れ、あと一つは何だと思う？」

「通人ぶって説教したがるごろつきか？　身の丈に合わないキャラ付けは後々苦労するからやめておいた方がいい」

ハリソンの足が俺の頭を踏みつけた。地べたにキスさせられる。

「答えは、『災難』だ」

「今更教えてもらうほどでもないな、それ」

俺の人生、災難だらけだ。当たり前すぎる。

「派手に登場したかと思えば、怖いお兄さん方ばかりかき集めちゃって。これなら仮装行列でブービーは取れるぜ」

「余裕だな、『減らず口（ワイズクラック）』」

今度は顔面を蹴飛ばされる。

「止（や）めてっ！」

エイプリルが俺を庇（かば）うようにして叫んだが、ハリソンも連中も薄ら笑いを浮かべるだけだ。

「安心しな、お嬢ちゃん。すぐにお前もこうなる。クソジジイの前でな」

ハリソンがエイプリルの髪をつかみ、無造作に放り投げる。指先に銀色の髪が数本、絡みついている。

「レディの扱いがなってないぜ、大将」

「生きてさえいればそれでいい」

エイプリルを求めるのは、じいさまを脅すための道具に過ぎない。命さえあれば、『クスリ』漬けにしようと、変態の相手をさせようと、手足をもいで目玉をくり抜こうと、お構いなしなのだろう。まして、俺など飼い主が特別ってだけのヒモ男だ。生かしておく理由すらない。

「あいにくだが、『隠し財産』の在処はじいさまも知らないよ。賭けてもいい」

大事な孫娘をこんな目に遭わされてまだ白状しないのだ。知らないに決まっている。

「恥をかく前にさっさと帰った方がいい。今頃アンタの愛人が若い男とねんごろになっている頃だ。間男の子供でも育てるつもりなのかな。博愛主義者だな、ミスター・カッコウ」

ハリソンは俺の口の中にナイフを突っ込んだ。刃先がベロに当たってチクチク痛い。

エイプリルが青い顔で震えている。

「舌切り落とされねえと、静かにできねえみたいだな」

反論したいところだが、口を動かすだけでナイフの刃が当たりそうだ。

「止めて！　マシューさんもワタシも何にも知らないの！　金庫番なんて人、会ったこともない！　本当よ、全然知らないの！」

エイプリルの否定はもはや、懇願と呼ぶべきものだった。

ハリソンはエイプリルの胸倉をつかみ、放り投げる。

「それを判断するのは俺だ」

衆人環視の中、裏社会の人間に非道な目に遭っていても誰も助けない。止める者すら現れない。『魔俠同盟』が怖いからではない。彼らが賞金の『出資者』だからだ。聞こえるのは、金を求める声。俺たちの身を案ずる声など聞こえない。

人だかりの隙間から、やくざ者に踏みつけられているエディが見えた。死角になっているのでエイプリルは気づかないようだ。殴られても諦めず、平伏して何事か叫んでいるようだ。おそらくエイプリルの命乞いなのだろうが、声は届かない。きっと群衆の声にかき消されているのだろう。俺たちの声のように。

衛兵たちの姿も見えるが、解散を呼びかける気配はない。暴徒と化した市民に手が出せないようだ。

俺は視線でハリソンに呼びかける。このままでは会話できないからな。

「なんだ、命乞いか？」

口からナイフを引き抜く。自分のものとはいえ、唾液まみれのナイフとかばっちいな。

このままでは、エイプリルはこいつらのおもちゃだ。見過ごしたとあっては、アルウィンに叱られる。

「分かったよ、アンタの勝ちだ。『隠し財産』の場所を教える」

ハリソンは俺の胸倉をつかみ上げた。視線を部下に送ると、部下たちはいっせいに群衆どもを遠ざける。気が付けば俺たちの周囲に大きな空間ができている。

「どこだ？」

「すぐそこだよ、ここからでも見える」

俺はあごで指し示した。

「『隠し財産』は『迷宮』にある」

ハリソンはナイフを振り上げた。エイプリルが悲鳴を上げる。

ナイフは俺の目の前で止まる。

「寝ぼけるなよ、ヒモ野郎」

ハリソンがナイフで俺の頬を叩く。

「『迷宮』の中を探せと？　冒険者のマネをして最下層まで潜って来いってか？」

「話は最後まで聞けよ」

確かに『迷宮』の中は魔物だらけだ。隠していたとしても一階は『ついばみ屋』であふれかえっている。その中で財産を隠すなど難しい。金庫番が毎回『迷宮』に入っては怪しまれる。

「『隠し財産』はな、『迷宮』のある土地の地下にある」

大勢の人間が勘違いしているが、『迷宮』の中はこの世界であって世界でない場所。一種の異世界だ。穴は別の世界への入り口である。なので、穴の下にはきちんと地面がある。地面の下には、過去に掘られた穴や天然の地下空洞がいたるところにある。

「魔物の出る大穴だ。誰もがそっちに目を奪われる。だからこそ隠し場所にはうってつけだ」

「仮にそうだとしてもだ」

今度は俺の鼻先にナイフを突きつける。

「その地下には、どこから入るんだ？」

『迷宮』への穴は壁で覆われている。扉の前や壁の中には門番や人の目もある。だが、壁の外は違う。魔物を恐れて、一般人は近づかない。

「金庫番ってのは、『スタンピード』の最中に『迷宮』の近くで行方不明になったそうじゃないか。その近くに地下への入り口があるはずだ」

「当てはあるのか？」

「金庫番が出入りしていた場所はつかんでいるんだろう？　その近くにあるはずだ」

「とっくに探している。だが、何もなかった」

「なら、アンタらが近づけない場所にある」

「そんな場所が……」

「ゴミ捨て場なんてどうだ？　壁の近くにあるだろ？」

『スタンピード』以前から人気のなかった場所だ。おまけに汚臭ただよう生ゴミが、入り口を隠してくれる。金庫番のエルトンが付けていたという香水は、臭いを誤魔化すためでもあったのだろう。

「……来い」

ハリソンは部下に命じて俺を立ち上がらせる。両腕をつかみ、連行する。その後ろからエイプリルも腕をつかまれている。

「お前の話がデタラメなら、このお嬢様はお嫁に行けなくなる」

「その時は俺がもらうことにするよ」

強面の仮装行列に連れてこられたのは、『迷宮』の壁側にあるゴミ処理用の穴だ。以前来た時は、生ゴミが山と積まれて、ひどい有様だったが、今はほとんどが消えていた。回収業者が仕事を再開したのだろう。それでもこびりついた生臭さは健在だ。鼻が曲がりそう。

「やれ」

「へいへい」

ハリソンの指示で生ゴミを素手で掻き出す。お手々が汚れちゃう。ゴミをかき出し、くぼんだ穴が露出する。さらに泥を掻き出すと、手触りが変わった。つるつるした床を撫でると、かすかに隙間を感じる。隙間を手探りで探すと、ちょうど人が入れるほどの丸い穴になる。蝶番のような感触もあったから間違いないだろう。

「これか」

泥で隠されているが、わずかに取っ手がある。引っ張ってみるが、びくともしない。

「鍵がかかっているみたいだね」

どうする、と問いかけるとハリソンは無言で部下を促した。大柄な強面が隙間に鉄の棒を突っ込み、ムリヤリこじ開ける。鈍い音とともに丸いフタが開き、黒い穴が顔を覗かせる。

「これが入り口か」

穴の奥には丈夫な縄梯子もかかっている。

「先に入れ」

「別にワナとかないと思うけど」

「いいから行け」

松明を持たされ、穴の中に降りていく。

「ほう」

梯子を下りた先は、小さな石壁作りの部屋になっていた。壁の三方向に棚が据えられており、部屋の真ん中には、やはり棚が二列並んでいる。棚にはたくさんの木箱が置いてある。中には本や書類や帳面、それに山と積まれた金貨や宝石に香水もある。

大当たりか。

絵画や美術品のような類もある。ほかにも杖や本といったマジックアイテムらしき道具もある。巻物にはこの前、散々苦労させられたものだ。やはり呪文や魔物が封印されているらしく、呪文や魔物の名前が付箋で貼られている。

「ほう、こいつは……」

「こんなところに隠してやがったのか」

背後からの声に振り返れば、ハリソンが手下を連れて降りてきた。金銀財宝には目もくれず、向かったのは棚にある書類や帳面だ。裏取引の証拠か何かは知らないが、見られるとまずい代物なのだろう。

「ご苦労だったな」

ハリソンは俺にナイフを突きつける。やっぱりね。

「ここで殺す気？　せっかくのお宝に死臭が付いちゃうけど」

「安心しろ。ちゃんと五体バラバラにすれば、運ぶのも簡単だ」

「そしたら血の臭いがついちゃわない？」

「た、大変です」

そこへハリソンの手下が血相を変えて駆け込んできた。

「上の連中が、役人に取り囲まれて……」

「なんだと？」

俺を連行しながら再び縄梯子(なわばしご)をよじ登る。

なるほど、穴の周囲には手下が弧を描くようにして固まり、さらにその周囲を武装した『聖(せい)

護隊』の連中が取り囲んでいた。

その先頭にいたのは、ヴィンセントだ。

「そこまでだ、人質を解放しておとなしく縛に就け」

毅然と言い放つ。ハリソンは本人含めて六人。ヴィンセントは二十人も引き連れている。戦いになれば、ハリソンの方が不利だ。

「いいのか？」

にもかかわらず、平然とせせら笑う。

「俺たちを捕まえれば、お前さん方も無事じゃあ済まないぜ」

「お前たちに通じていた者たちならすでに逮捕している」

ハリソンが片眉を上げる。

「それに、白昼堂々、誘拐事件を起こした悪党どもなど、問答無用に決まっている」

俺は鼻で笑った。

「それで？　やくざの『隠し財産』をお前らが横取りするつもりか？」

「不正で稼いだ金だ。調査の後、国庫に納められる」

要するに、お偉方の懐の中ってわけか。

「素直に渡せば、エイプリル嬢の安全は保障しよう。ギルドマスターも解放するように領主殿と交渉するつもりだ」

「お前は領主の命令で動いているんじゃねえのか？」

「我が忠誠は国王陛下と国家にある」

ヴィンセントは胸を張って言った。

「これ以上、俗物に動きを邪魔されたくはないのでな」

言うようになったな。

「勝手に自分たちのものになったようにしてもらっちゃあ困るな」

ハリソンの合図で手下の一人がエイプリルの首にナイフを突きつける。ハリソンの合図一つで健気(けなげ)な少女の命は失われる。

「ここの金はヘザーの……『魔侠同盟(まきょうどうめい)』の金だ。役人なんぞに取られてたまるかよ」

「なあ、大将」

エイプリル同様、ナイフで脅されながら呼びかける。

「忠告だ。素直に従った方がいい。ここは『迷宮』のすぐそばだ」

「それがどうした？　また魔物でも飛び出してくるってのか？」

「うんにゃ」

俺は首を横に振った。

「もっとおっかない」

次の瞬間、頭上から黒い影が降ってきた。ハリソンの手下を殴り飛ばし、地面に沈める。その上に着地すると、エイプリルを抱え上げ、『聖護隊』の方に放り投げる。ちょびひげと色黒が慌てながら受け止める。俺は唇を曲げた。

「レディはもっと丁重に扱え」

「ならお前も普段からそういう扱いをしてやれ」

もじゃひげを撫でまわしながら言った。

我が大親友のお出ましだ。

ハリソンが舌打ちする。この最強最悪最高のドワーフの腕前は知っているのだろう。街の侠客程度が敵う相手ではない。

デズがにらみをきかせると、手下は逃げて行った。

「マシューさん！」

エイプリルが俺に抱き着いてきた。俺は静かにその頭を撫でる。

「大丈夫か、エイプリル。痛かっただろう？　怖い思いをさせちまったな」

「ううん、いいの」

声が涙ぐんでいる。よほど怖かったのだろう。無事で良かった。

「形勢逆転だな」

「そうでもないぜ」

ハリソンは自信ありげに言った。その余裕はどこから来るのかと思ったが答えは向こうからやってきた。

我先にと駆けつけてきたのは、大勢の群衆だ。狭い路地からも飛び出してきて、『聖護隊』を幾重にも取り囲む。

「あそこだ、あの穴だ！」

「あそこにお金があるのね？」

「少しでいいんだ、俺にくれよ」

こいつらは堅気だ。見知った顔もいる。この近所の連中だ。

「ああ、お前らに分けてやる。早い者勝ちだ！」

ハリソンの声に応じて歓声が上がる。我先にと、『隠し財産』のある穴へと向かおうとする。

「誰一人通すな！」

ヴィンセントの指示で食い止めようとするが、数が違いすぎる。

「まずいな」

やくざ者ならデズがいれば、百人いたって問題ではない。だが堅気を傷つければ後々面倒になる。最悪、デズはギルドを追われる。『聖護隊』なら職務権限で叩きのめせるだろうが、数が多い。暴徒と化した連中を食い止めても時間の問題だ。

「俺たちにもメンツがあるんだよ。これだけ大騒ぎ起こして負けましたなんて言えないんでね」

　ハリソンが懐から取り出したのは丸い木の軸が付いた、魔術の巻物だ。どうやら中身は『爆　発』のようだ。あんなものを群衆の中で使えば、何十人と死ぬ。こけおどし、と言いたいところだが、ハリソンの目を見れば分かる。あれは本気だ。

「どうする？」

　デズが俺の袖を引っ張る。

「俺がどうにかして、あの巻物を取り上げるから、お前は雑魚どもを……」

「どけ！」

　暴徒と化した群衆の一人が、『聖護隊』の壁をすり抜け、こじ開けて穴へと殺到する。デズの小さな体があっという間に呑み込まれる。続けて俺も人の波にのまれ、引き離される。

　遠ざかっていく視界に飛び込んできたのは、ナイフを構えて向かって来るハリソンと、その真正面に立つエイプリルの姿だった。

　俺は叫んだ。

　凶悪な怒号とともにエイプリルの胸を突き刺す寸前、横から突風が吹いた。体勢を崩したハリソンの頭上から稲光が駆け抜け、全身を貫いた。

　黒焦げの大火傷を負ったハリソンは口から白い煙を吐きながらその場に倒れた。

　暴徒と化した連中が一斉に静まり返る。金と欲に血走っていた目に、理性と恐怖が戻っていた。

「ダメじゃない、ビー」

　上から声が聞こえた。

「相手は素人なんだから。まず警告してから、って打ち合わせだったでしょ」

「でも、この方が手っ取り早いでしょ」

「だからアダムおじさんみたいに気が短いって言われるのよ」

　同じ顔をした魔術師がじゃれあっている。セシリアとベアトリスのマレット姉妹だ。

　そこに道の向こうから彼女がやってきた。

「待たせたな」

　本当にいいところで駆けつけるんだから。途中で拾ってきたのだろう。ラルフもノエルとともにその後ろに付いている。

　姫騎士様のご登場だ。

第六章　愛と欲望の果てに

「ムチャをするな。君が死ねば私も悲しい」

アルウィンがエイプリルを抱きしめながら諭すように言う。

「だが勇敢だったぞ」

声を震わせながら笑うエイプリルの頭を撫でてから俺に向き直る。

「すまない、遅くなったな」

「もう少しでこのおじさんに貞操を奪われるところだった」

「……元気そうだな」

「こ、この」

ハリソンがよろめきながら立ち上がる。死んでもおかしくないほどの一撃だったが、まだ戦おうとするとは。執念なのか、制裁への恐怖なのか、憎悪に満ちた目でアルウィンをにらみつける。

「いくら英雄様でもジャマをするなら容赦はしねえ」

「それはこちらのセリフだ」

アルウィンは毅然として言った。

「お前たちの無法をこれ以上見過ごせるものか。戦うというのなら相手になるまでだ」

剣を抜くと、ハリソンもさすがに殴りかかる気力も体力もないのか、がくりと膝を突く。それでも捕まるものか、とその場でナイフを振り回しながら『聖護隊』を牽制する。

アルウィンはそれを一瞥すると、今度は暴徒どもに向かって紙を広げる。

「領主殿からの手配は撤回された。誤解だった。エイプリルが追われる理由など何一つない！」

交渉の結果は成功のようだ。欲に目がくらんだとは言えないから、ミスだったと取り繕ったのだろう。

犯人を逮捕するという正当性は消滅する。だが、もう一つ厄介なものが残っている。あいつらがエイプリルにかけた賞金だ。

「関係ねえよ！」

案の定、暴徒の中から声がした。

「金があればこんなクソみたいな生活から抜け出せるんだ」

「うちの子が病気なの！」

誰にだって事情はある。借金に追われて一家離散寸前の奴もいれば、病気の家族を抱えている奴、妻子が飢えている奴もいるだろう。安っぽい言葉だが、人の数だけ正義はある。

「それでもだ！　エイプリルに罪を背負わせるなど。絶対に間違っている」

「間違っていようと、金がなけりゃ死ぬんだよ！」

良心に訴えたところで、現実はどうにもならない。いくら祈ったところで、神は金貨の雨を降らせてくれない。理不尽に人は死んでいく。

「アンタは、俺たちの味方じゃなかったのかよ！」

暴徒の誰かが叫んだ。

「今のお前たちが正しいと胸を張って言い切れるのか？」

無情な現実を突きつけられてもなお、アルウィンは揺るがない。

「お前たちに事情があるように、私にもエイプリルにも事情がある。お前たちは無実の娘を金のために虐げようとしている。百万の言葉を紡いで己の正当性を主張しようとそれだけは、厳然たる事実だ。罪を背負う覚悟があるというのか？」

頭に血の上った群衆どもに冷や水を浴びせる。

自分たちこそ犯罪者になる覚悟があるというのか？

狂気が少しずつ薄れていく。冷静になれば、自分たちの醜さが見えたのだろう。何よりこの状況でムリヤリ『隠し財産』に手を付け、エイプリルを捕まえれば、牢屋にぶち込まれるのは自分たちの方だ。それでも納得しないバカはいる。

「うるせえ！」

包丁を構え、身を乗り出すように飛び出してくる。

「黙ってそこのガキをよこせって……」

「これ以上近づく者は、一人残らず心臓を貫いてくれる！」

雷鳴のように空気を震わせる声に、足が止まる。包丁を捨て、その場で尻もちをつく。

アルウィンの気迫に、欲に駆られた暴徒に恐怖が伝染していく。

今だ。

俺は背を向けながら鼻をつまんだ。

「貴様らただちに解散しろ！　さもなくば、全員牢屋にぶち込むぞ！」

色黒の声マネはここでも効果は抜群だった。ただでさえ自分たちの後ろめたさを今しがた思い知らされた連中だ。熱狂が冷めればもろい。それに群衆の中には、悪そうな顔もちらほらいる。衛兵の厄介になったことのある奴もいたのだろう。

暴走すると手に負えない反面、恐怖に駆られると群衆はもろい。

一人また一人と武器を投げ捨てて方々に散らばっていく。

尻もちをついていた男も這うように裏路地に逃げ込んでいった。

「ムダな抵抗は止めろ。残ったのはお前だけだ」

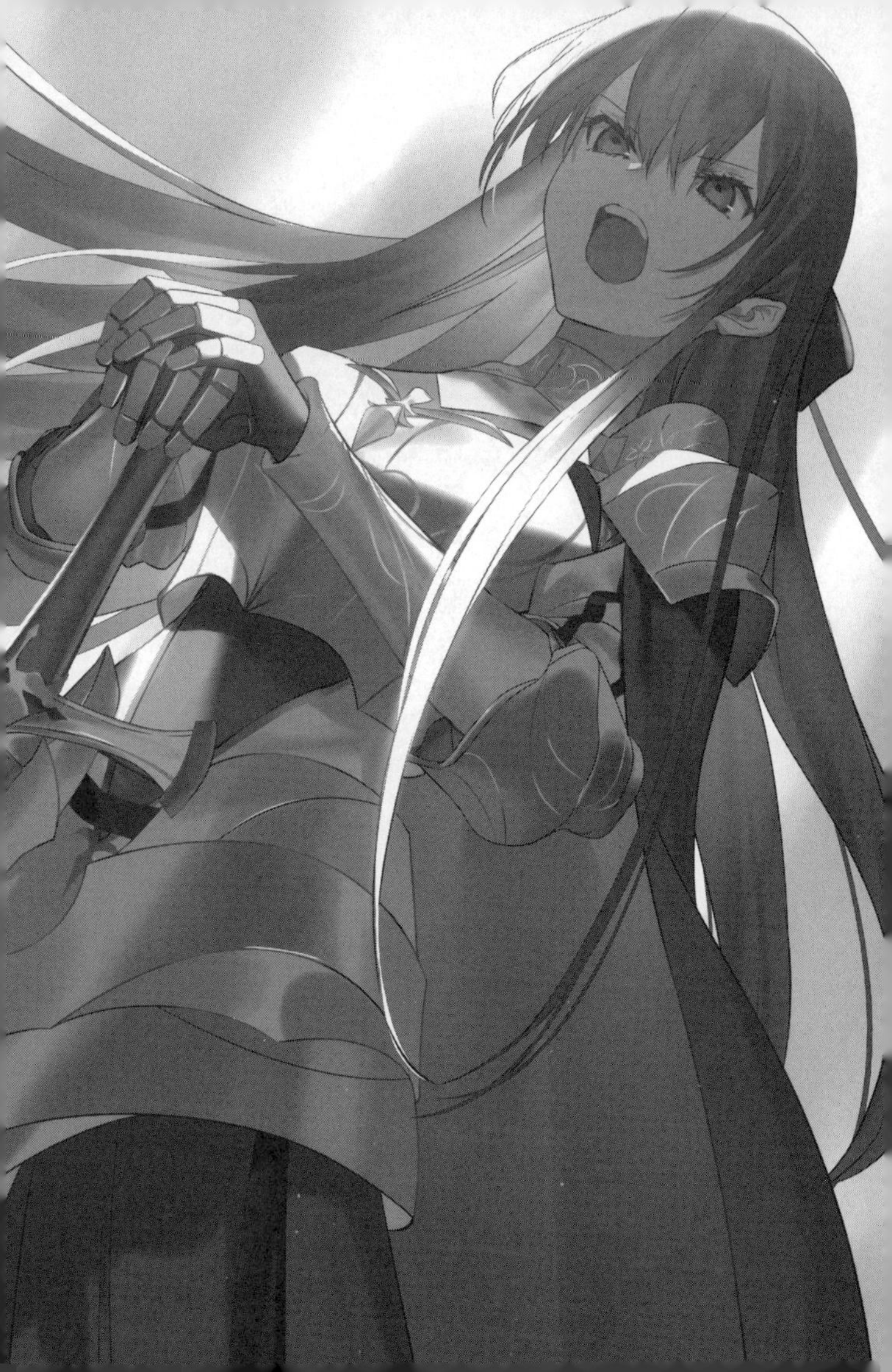

手下どもは逃げ出し、逃げ遅れた者は全て捕まった。残ったのはハリソンだけだ。

「観念しろ。最早お前に勝ち目はない」

「ふざけるな！」

ハリソンが突きつけたのは、さっきの白い巻物だ。まだ持っていやがったのか。あれを広げて呪文を唱えるだけで、爆風と熱風が周囲に広がる。

「こいつは特別製だ。お前らにヘザーの『隠し財産』は渡さねえ。死ぬのはお前らだ！」

ナイフを突きつけながら口で巻物を広げる。

「取り押さえろ！」

ヴィンセントの命令で『聖護隊』が動き出す。アルウィンも剣を持ちながら駆け出し、上のマレット姉妹も呪文を唱え始める。

けれど、どれも間に合わない。白い紙に魔法陣が浮かび上がる。まずい。ああなったらもう止まらない。魔術が発動しちまう。

ハリソンが狂気と歓喜に満ちた笑みを浮かべた瞬間、横から伸びた白い手が巻物を奪い取った。

「こんなもの！」

エイプリルはやけっぱちのように叫びながら巻物を思い切りぶん投げた。軸が付いたまま巻物は風になびきながら飛んでいき、ゴミためのの中にある大穴の中に吸い込まれていった。

「逃げろ、お前ら！」

俺が叫びながらしゃがみ込むと同時に巨大な火柱が上がった。轟音を上げながら赤い炎は天高く舞い上がり、火の粉を取らす。肌をちりちりさせる熱風が静まると、黒い煙が穴の中から立ち上る。時折、足下の方で何かの弾ける音と、派手に崩れる音がした。

「これで『隠し財産』はパーだな」

あれだけの爆風が狭い地下室で起こったのだ。何もかも吹き飛んだだろう。不正の証拠も、宝石や金貨も。

「あ、あ」

俺のつぶやきに反応したのか、ハリソンはがくりと膝を突く。一気に十歳は老け込んだかのようだった。遅ればせながら『聖護隊』がハリソンを確保した。抵抗はなかった。

冷たい風が吹き抜ける中、アルウィンが剣を鞘に戻し、近づいてきた。

「助かったな」

アルウィンはほっとした様子で微笑んだ。

「礼ならおちびに言ってくれ。ただその前に……」

爆発に腰が抜けたのか、エイプリルはまだ黒い煙の出る穴を見つめながら座り込んでいた。

俺はその頭に拳骨を落とした。

「何するのよ！」

おちびが抗議するし、アルウィンもあわてたような顔をしているが、こればかりは見過ごせなかった。

「ムチャをするな。下手をしたら君が死ぬところだったんだぞ」

「だって、あのままじゃあ」

「君がやらなくっても後ろの姫騎士様が颯爽と解決してくれたよ」

子供に命を張らせるのは俺の流儀ではない。

「……ゴメン」

「詫びならじいさまに言ってくれ。お尻ペンペンと、反省文五十枚の後でね」

「マシューさん、先生みたい」

「反面教師なら自信はあるけどね」

せいぜい、ダメな大人の見本にしてくれ。

「ご苦労だったな」

ヴィンセントが近づいてきた。

「『隠し財産』は吹き飛んだが、今回の件で派手に動きすぎたからな。『魔侠同盟』も打撃を受けるだろう。協力感謝する」

「……」

「グレゴリーもすぐに釈放されるはずだ。こうなった以上、逮捕しておくのはリスクが大きすぎるからな」

「そうかい」

俺はヴィンセントをぶん殴った。

どうせ曇り空だ。ちょいとよろめいた程度だが、びっくりさせるには十分だったようだ。

『聖護隊』のちょびひげと色黒がすかさず俺の両腕をつかみ、地面に押さえつける。動き自体は悪くないが、反応が遅い。昔の俺ならば、ヴィンセントの命はなかった。戸惑った顔で俺を見下ろすなど出来なかったはずだ。

「貴様、何を……」

「勝手に人をオトリに使った罰だ」

地べたに顔を押しつけられながら俺は言った。

駆けつけようとしたアルウィンが中途半端な姿勢で固まる。エイプリルもはっと息を呑みながら目を見開いている。

ヴィンセントたちが現れたタイミングがあまりにも良すぎる。もっと以前からハリソンたちを見張っていたに違いない。ならば、もっと早く助けられたはずだ。『隠し財産』を回収するため、ハリソンやその手下を逮捕するために、俺たちをオトリに使った。エイプリルの身を危険にさらしたのだ。誰だってぶん殴りたくもなるだろう？

むしろその程度で済んだと、感謝して欲しいくらいだ。じいさまがこの場にいたら目玉が飛び出るまでぶん殴られているところだ。

「清濁併せのむのは結構だが、限度を間違えればただの悪党だ。手段と目的を取り違えるなよ、隊長様」

　ヴィンセントが正義を貫くのも自由だ。けど、そいつが俺の大切なものを傷つけるのなら、容赦はしない。ロクデナシにも意地がある。やられっぱなしでいられるほど、人間は出来ちゃいない。

「あの、お願いします」

　エイプリルがとりすがるようにヴィンセントの袖を引く。

「マシューさんはバカでスケベでどうしようもない人だけど、その、いい人……かどうかもちょっと怪しいんだけど、でも悪い人というわけでもなくて、その……」

「ゴメン、アルウィン代わって」

　グダグダ過ぎて聞いていられない。

「もう、せっかく助けようとしているのに！」

「君のは弁護じゃなくって、人物評だよ」

　逆効果もいいところだ。

「……放してやれ」

　ヴィンセントは頬を撫(な)でながら言った。ちょびひげと色黒が離れたので、俺も立ち上がる。

「ムチャをするな」

アルウィンには小突かれ、エイプリルには蹴飛ばされて散々だが、まあいい。バカにされて軽んじられて、それが俺の日常だ。日常が戻ってきたのなら歓迎すべきだ。女の子を守るヒーローなんてのは、どこかの青臭い小僧に任せる。

「疲れたから俺は帰るぜ。せいぜい国王陛下に、ご褒美の骨でももらうんだワン」

「待て」

後ろからヴィンセントが呼び止める。振り返ると、いつもの冷徹な顔で言った。

「お前が隠し持っているものを出せ」

ズボンのポケットからルビーの指輪、靴の裏に隠した金貨、耳の穴に入れた小さな宝石が没収されてしまった。

「いつの間に……」

アルウィンは呆れていたが、当然だろう。目の前にお宝が転がっていたんだ。持ち出せるだけ持ち出すのが、作法というものだ。

おまけに裸にされてまで調べられる始末だ。体中べたべた触られたせいで、イケない気持ちになってしまったのはナイショだ。その上、脱いだ服まで引っかき回しやがる。

「丁寧に扱ってくれよ。お前さんの給金じゃ買えないシロモノだぜ」

古着屋で手に入れた一点物だから二度と手に入らない。

俺だけではなく、デズまで調べられた。デズは終始不機嫌な顔のままだ。全身から殺意をみなぎらせているので、『聖護隊』の連中も及び腰だが、それでもひげや髪の間まで調べられた。

「ガマンしろよ、頼むから」

何度も言い聞かせる。デズがぶち切れたら間違いなく死人が出る。

解放された時には、もう日暮れだ。

「結局、全部巻き上げられちまった」

肩を落とし、盛大にため息をつく。

「不正で得た金だ。泥棒の上前を撥ねるつもりか？」

アルウィンに正論を言われれば、返す言葉もない。エイプリルにも白い目で見られる始末だ。

「色々話もある。帰るぞ」

「ちょっち待って」

俺はデズの肩を叩いた。

「悪いけど、先に帰ってて。デズが俺に用があるんだって。この前、貸した金返せって。な？」

「……」

デズは無言でうなずいた。

「……先に戻っている」

憮然とした顔でアルウィンはエイプリルを連れて去って行く。

「それじゃあ行こうぜ……分かっているよ、そんな顔するなって」

そのまま冒険者ギルドにあるデズの部屋へ向かう。小さなイスに向かい合って座る。誰も聞き耳を立てていないのを確認してからほっと息をつく。

「もういいぞ」

合図するとデズは自分の口に手を突っ込んだ。取り出したのは、べとべとの紙だ。テーブルの上でよだれが跳ねる。

「ばっちいな、おい」

「お前がやらせたんだろうが！」

殴りつけられて、俺の頭がテーブルに沈む。

「怒るなよ。こうするしかなかったんだよ」

ヴィンセントが来た時にこうなるのは予想が付いたからな。とっさに巻物から軸を外して紙だけを折り畳み、ヴィンセントが近づいてくる寸前に、デズの口へ突っ込んだ。体を調べられるのは分かり切っていたし、『減らず口』と渾名される俺が無言では、確実に怪しまれる。その点デズならば偏屈者で通っているので誰も不審に思わない。日頃の行いがこういう時にものを言う。

「……『隠し財産』と大騒ぎして結局、手に入ったのは巻物一枚か」

デズが忌々しそうによだれを拭き取り、巻物を調べる。

「封印されているのは……グーロか」

黒と茶色の毛をした、アナグマだ。大食いなので、放っておくと山一つが丸坊主になる。大きい個体ならば家屋並みにでかくなるが、その分動きものろい。性格もおとなしくて気弱だからすぐに倒せる。せいぜい二つ星程度だ。

魔物が封印されている巻物は、その強さで価値が比例する。こいつならば、せいぜい金貨で二、三十枚といったところか。

「大赤字だな」

「そうでもない」

俺はにやりと笑った。

「まあ、俺の言うとおりにしろ」

その夜、アルウィンの家を抜け出した俺は、街の地下通路にやってきた。

すでにデズが待ちくたびれた顔で座っていた。今日の得物は、柄の短い斧だ。『十六番』か。

デズにとっては短剣代わりだが、それを食らう連中にとっては戦斧と変わりない。

「遅かったな」

「抜け出すのに手間取っちまった。悪い」

アルウィンってば、なかなか放してくれないんだから。

「それじゃあ始めてくれ」

促すと、デズが目を閉じて巻物を広げる。

魔物を呼び出すのは誰でもできる。

巻物に浮かび上がった魔法陣が淡く輝き、巨大なアナグマが姿を現した。間違いない。グーロだ。金属臭い息を吐きながら体を起こそうとして止まる。洞窟の天井に頭がつかえている。

「やれ」

「命令するんじゃねえよ」

デズがのろのろと近づくなり、短い足で飛び上がり、グーロの体にへばりつく。デズが自分の毛をつかんでよじのぼっているのにも気づかない。その方がいい。デズがグーロの喉元にしがみつくと、杭を打ち込むようにして『十六番』を一閃する。一撃で急所を切り裂かれ、悲鳴すら上げられずにグーロは仰向けに倒れ込んだ。

「それでは、お願い致します。親愛なる我が永遠の大親友にして慈悲深き父であり誠実なる夫であるデズ様」

歌い上げるように懇願した途端、『十六番』の柄が俺の腹に食い込んだ。

「気色悪い」

どうしろってんだよ。

デズはぼやきながらグーロの腹の中をかっさばく。

デズが目を見開いた。俺は笑いがこみ上げる。

「大当たりだ」

腹の中から出てきたのは、金銀財宝だ。

おかしいと思ったのは、地下で『隠し財産』を見つけた時だ。金貨で百万枚という話だったのに、あれでは少なすぎる。絶対にまだどこかに隠しているはずだ。だが、ほかの隠し場所は全て探し尽くされている。ならば、と思いついたのが『スタンピード』での出来事だ。巻物（スクロール）から現れたらしきリントヴルムの中から生きた魔物が現れた。それでピンと来た。この方法を使えば、巻物（スクロール）の中に好きな物を隠しておけるのでは、と。

ほかにも封印されている魔物はいたが、たっぷり腹の中にため込んでおけそうな魔物はこいつだけだった。木を隠すには森の中、だ。

「また腹一杯食わせたものだ」

グーロの腹の中から出てきた金の量に、さしものデズも目を丸くしてやがる。これだけの稼ぎは冒険者時代でもそうはなかった。おまけに七等分だったからな。

「ああ、せっかくの金がクソになるところだ」

腹の中から出てきた金貨を頭上に放り投げる。金貨の雨だ。頭に当たりはしたが喜びが勝って痛くもなんともない。苦労した甲斐（かい）があった、ってものだ。

「こいつは、俺とお前で山分けだ！」

ヘザーの『隠し財産』は金貨百万枚の価値はあるって話だが、ここにあるのはその半分ってところか。それでも五十万枚だ。それを俺とデズで山分けだから、約金貨二十五万枚。それだけあればアルウィンの解毒薬を作っても釣りが来るだろう。デズだってギルドでこき使われる必要はない。女房子供と三人、もっといい暮らしが出来る。

「いえ、わたしもです」

唐突に背後から声がした。反射的に振り返り、盛大に顔をしかめる。

ナタリーだ。今日はこの街に来た時の旅姿だ。

「デズさんと二人で夜中に出掛けるから何かと思えば、こういうことでしたか」

嫌みったらしく宝石を拾い上げる。

「これ、この前からウワサになっていた『隠し財産』ですよね。まあ、わたしも悪魔ではありませんので、分け前は均等ということにしておきましょう」

「ふざけんな！」

何もしてねえくせに、横からしゃしゃり出てきて分け前だけかっさらおうってか？

「この前、助けてあげたじゃないですか」

偉そうに胸を張る。

「わたしが口を滑らせたらどうなるか、ご存じですよね」

『魔俠同盟（まきょうどうめい）』はもちろん、これだけの大金だ。よその裏組織の連中にも狙われるだろう。つまり、街中の裏組織が敵に回る。

デズは仕方がないって顔でうなずいた。俺としてはこの女の口を永久にふさぐ方にしたいのだが、ここは地下だし、不安定な『仮初めの太陽（テンポラリー・サン）』では俺の方が消されそうだ。

結局、『隠し財産』は三等分することになった。ナタリーは換金しやすい宝石だけを選ぶと例のぼろっちいカバンに放り込み、さっさと消えちまいやがった。残りの金貨はひとまず地下洞窟の奥に隠しておくことになった。

「クソ、あの女。いつか絶対、ぶちのめしてやる」

「お前らは本当に騒がしいな」

「あのアホがケンカ吹っ掛けて来るからだよ」

あいつが来てからろくな目に遭わない。とんだ大嵐を呼び込みやがって。

翌朝、俺はデズを訪ねて冒険者ギルドへ向かった。『隠し財産』の換金方法を相談するためだ。金貨はともかく、装飾品は下手に売りさばけば足が付く。

入る前からギルドの中が騒然としていた。人だかりでごった返している。冒険者だけでなく、そこいらの通行人らしいのもいる。

人様より高い背丈で覗（のぞ）き込めば、理由はすぐに分かった。

じいさまが戻ってきたのだ。エイプリルが抱きついて号泣している。

アルウィンの交渉が実ったのだろう。ヴィンセントも約束を守ったようだ。

「あ、マシューさん」

エイプリルは俺に気づくと、振り返って今度は俺に抱きついてきた。

「じーじが、じーじがね……」

「良かったな」

頭を撫でてやってからじいさまに向き直る。

じいさまは悔しそうに言った。

「世話になったみたいだな」

「色々とな」

孫娘の世話に、釈放の手助けまでしてやった。大忙しだ。

「話がある」

連れて来られたのは、ギルドの屋上だ。人払いをしてあるらしく、いるのは俺とじいさまだけだ。今なら俺を殺すのも簡単だろうな、と漠然とそんなことを思った。まあ、三階建ての建物の屋上だからな。俺の体なら突き落とされても死なないだろう。

「今回の件は、本当にすまなかった。感謝する」

深々と礼をする。横柄なじいさまにしては珍しい。

「おかげで、また孫の顔を見ることが出来た」

「礼なら誠意で示してくれ。金貨の千枚も積んでくれたらそれでいい」

そうしたら俺をワナにはめてドナルドを始末させようとしたのも許してやる。

「これで勘弁しろ」

じいさまが俺に投げてよこした。白いカードの束だ。

「カードゲームは苦手なんだがな」

「少し前に闇市で手に入れたマジックアイテムだ。クセはあるが、お前なら使いこなせるだろうよ。使い方はメモを挟んでおいたから後で読め」

役に立つのかよ。まあ、くれるものはもらっておく主義だ。病気以外は。

「そういや、一つ確認なんだが『ロンバルディの鋏』って知っているか？」

ランディはその鋏を探してじいさまの秘密の隠し場所まで現れた。ならじいさまがどこかで手に入れた、あるいは何か関わっているとどこかで聞きつけた可能性は高い。

「そういや、エイプリルもそんなことを言っていたな。『伝道師』が探していたとか」

じいさまは忌々しそうに顔をしかめる。

「どこかで聞いた気もするが、思い出せねえな。少なくとも俺が手に入れた記憶はない」

「そうか」

ウソをつくとか誤魔化している様子はない。本当に知らないようだ。ニコラスにもそれとなく聞いてみたが、心当たりはないようだった。手がかりがなくなっちまったな。

「で、あちらはどうなったわけ？」

「『隠し財産』が消えた以上、俺を閉じ込めておく理由はなくなったからな。領主から首謀者の首と、賠償金せしめてきた」

「ギルドの方はどうなったんだ？　次のギルドマスターが来るって話は？」

「もちろん、立ち消えだ」

にかっ、と笑う。まだまだじいさまの独裁体制が続きそうだな。ドナルドは犬死にか。哀れだとは思うが、エイプリルが一人前になるまでは生きてもらわないとな。

「用件はこれで終わりじゃないよな。……アンタの『隠し財産』の件だろ？」

謝礼を渡して終わりならこんな場所まで来る必要はない。

「心配しなくても金貨一枚取っちゃいないよ。あれは全部エイプリルのものだからな」

何枚か金貨が溶かされたが、あれはランディって『伝道師』の仕業だ。第一、あの程度なら誤差だろう。

「……お前、あそこで何を見た？」

じいさまの目が険しくなる。

「エッチな本でも隠してあった？」

「裏は取ってある。お前が、手紙を見た後で丸めて捨てた、ってな」

ラルフから聞いたのだろう。口止めしておけばよかった。

「たいしたことじゃない。エイプリルの父親からアンタへの手紙だ。幼い娘を思ってアンタに託した。感動に涙がちょちょぎれるかと思ったよ」

「素直に吐けと言っている!」

じいさまが屋上の手すりをぶっ叩く。せっかく、内密にしてやろうと思っていたのに。

そんなに口封じでもしたいのかね。

俺は肩をすくめた。

「アンタは俺にこう言って欲しいんだろう? 『例のエルトンって金庫番、あれがエイプリルの父親だな』ってさ」

じいさまは大きく息を吐いた。

「その話をあの子にしたのか?」

「何も。偉い学者だったけど、旅の途中で船が沈没してって聞いたが……ウソなんだろ?」

アホばかりのこの街で、学者なんて生業が成り立つとは思えない。研究がしたければ、出来るほどの頭があれば、王都に行くだろう。

それに、巻物に封じた魔物の中に金を隠しておくなんて発想が、そこいらのやくざ者から出るとは思えない。魔物や巻物に詳しい冒険者ギルドのギルドマスターならでは、だ。

「そうだ」

じいさまは苦々しい顔でうなずいた。

「あいつの本名はモーリス。モーリスは、はなっからやくざ者だったんだよ」

エイプリルの父親・モーリスは元々、どこかの貿易商で使用人として雇われていたが、バクチに手を出し、店の金に手を付けて逃げ出した。落ちぶれたものの計算は出来たらしく、とある『魔侠同盟』の傘下にある裏組織に入った。密輸や会計役として重宝されていたらしい。

ところがたまたま訪れたこの街で偶然、エイプリルの母親・フローラと出会い、恋に落ちた。

モーリスは更生を誓い、カタギとして再出発しようとした。裏社会とも縁を切ろうとした。

だがその裏組織は足抜けを許さず、モーリスへ追っ手を放った。モーリスは親子連れでは逃げられない、とまだ幼かったエイプリルをじいさまに預け、夫婦で逃げた。

「アンタは匿ってやれなかったのか？」

「交渉はしたが、かなりヤバいヤマに関わっていたらしくてな。妻と娘の命だけなら助けてやるとさ」

本当は、モーリスもほとぼりが冷めたところで別の街で生活基盤を作り、エイプリルを引き取るつもりだったようだ。

「ところが流行病でフローラはあっけなく死んだ。モーリスもてっきり死んだと思っていたが、そうじゃねえ。のうのうと生きてやがった。『魔侠同盟』の幹部の金庫番としてな」

やむにやまれぬ事情があったのか、愛する妻が死んで自暴自棄になったのか、今となっては定(さだ)かではないが、モーリスはエルトンと名前を変え、金庫番として可愛(かわい)がられていたようだ。

「よく放っておいたな」

間接的とはいえ娘を死なせ、孫娘を放置していたのだ。じいさまの気性ならぶち殺すかと思っていた。

「そうしたいのは山々だったがな。『魔俠同盟(まきょうどうめい)』と事を構えるのは、犠牲も大きい。それに、あれでもエイプリルの父親だからな」

その代わりにじいさまはモーリスに口止めを約束させた。自分が父親であると、絶対にエイプリルに名乗り出るな、と。

気持ちは分かる。エイプリルの中で父親は、立派な学者様だ。その幻想を壊したくなかったのだろう。モーリスも名乗り出ることはせず、やくざ者の銭勘定をする日々だ。

「ところが、つい二月ほど前にあいつから連絡が入った」

幹部のヘザーが病気で倒れて余命幾ばくもない。『隠し財産』をかすめ取るチャンスだ。それを持って街を出る。今度こそカタギになって、娘と幸せに暮らすのだと。だからエイプリルに会わせてくれ、と頼み込んできたという。

「でも失敗に終わった、と」

計画が漏れてヘザーの手下であるハリソンたちに捕まった。逆に『隠し財産』の在処(ありか)を白状しろと拷問まで受けた。

「口を開くようにと『クスリ』まで飲まされたらしいが、それでも吐かなかったとよ」

そうこうしているうちに『スタンピード』が起きて街中は大騒ぎだ。モーリスはその隙に牢を抜けだした。当然、『魔俠同盟』は血眼になって行方を追いかけた。じいさまもモーリスの行方を捜したが、『スタンピード』やその後始末に対応に追われて、なかなか動けなかった。じいさま自身、『魔俠同盟』に見張られていたせいもある。

「おまけに俺とあいつが会っていたのが、どこからか漏れちまったらしくてな。それで関係を疑われちまった」

そういえば、ロブとかいう下っ端を尋問した時に言っていたな。『金庫番は元・冒険者でじいさまとも親しい、というウワサがある』と。じいさまが冒険者ギルドのギルドマスターだから、誰かが勘違いしたのだろう。そのせいでじいさまの孫娘であるエイプリルが狙われる羽目になったというのは、皮肉な話だ。

「最後の連絡は、『スタンピード』の直後だ。『紳士同盟』の連中に化けて機会をうかがっているって話だったが、それっきりだ。ぱったり連絡が途絶えちまった」

街から逃げたかとも思ったが、外へ出た形跡はない。

「死んだんじゃねえのか？」

「多分な」

じいさまは肩をすくめた。

「この期に及んでも出てくる気配はねえ。もちろん、『魔俠同盟』にも捕まってない。何かのいざこざにでも巻き込まれたんだろうな」

路上の紳士なんて誰も気にしない。死体だって、『迷宮』に打ち捨てられておしまいだ。

「それでも万が一って線もある。もし見かけたら教えてくれ。捜し物は得意みたいだからな」

ダメで元々か。じいさまも諦めているのだろう。

「それでモーリスってのは、どんな男なんだ？」

顔も分からないのでは捜しようがない。

「これだ」

差し出したのは、一枚の紙だ。絵の下書きのようだ。

若い男女だ。女の方は小さな女の子を抱いている。この女の子には見覚えがある。

「絵描きに描かせていたが、例の件でうやむやになっちまった。残っているのはそれだけだ」

結局、親子の肖像画は完成せず、下書きだけが残った。なるほど、完成しなかったから絵は残っていなかったのか。

「で、この男がエイプリルの父親ってわけか」

その絵を食い入るように見つめた。男の顔には見覚えがある。

「……モーリスってのは、逃げる前に『クスリ』を飲まされたって？」

「『解放』だってよ」

じいさまが忌々しそうに唾を吐く。

「飲まされた量からして、かなり中毒も進んでいるはずだ。手首や首の後ろにでも黒い斑点が出ているはずだから見分けも付くだろう」

「……」

なんてこった。

どうやら俺という奴は最後の最後で……いや、最初っからとんでもない過ちを犯していたらしい。

あいつが、『抗解薬』を、アルウィンのために黒い斑点を消す薬の実験台にして、その副作用で死んだ路上の紳士。あれが、モーリス。エイプリルの父親だ。思えば死ぬ寸前、もがき苦しみながら何事かつぶやいていた。あれは、娘の名前ではなかったか。

「どうした？」

「いや」

平静を装いながら、とりあえず了解した旨を告げる。

「長生きしろよ。あんまり若い娘に手を出すんじゃねえぞ」

ロクデナシのじいさまでも、たった一人の身内だからな。

「大きなお世話だ」

階段を降りる途中で疲労感を覚えて座り込み、天を仰ぐ。呻き声が口から漏れ出た。

殺意はなかったが、死んでも構わないと思ってあの薬をあの量で飲ませたのだ。何の言い訳にもなりはしない。

エイプリルが父親の話をしている時に悪感情は見られなかった。たとえずたぼろの姿であっても、やくざな稼業に手を染めた男であっても、実の父親だ。もし再会したとして、感動の対面になったか、不幸な出会いになったかは分からない。ただ、その機会は永遠に失われた。ほかならぬ俺自身の手で。

エイプリルには申し訳ないことをした。そう思う反面、胸をかきむしるような良心の呵責に苛まれもしなかった。

これまでにも散々手を汚してきたのだ。アルウィンのために罪もない人間、無関係な人間を殺めてきた。アルウィンと出会う前だって、大勢の人間を死なせてきた。何もかも今更だ。ましてやロクに話したこともない男だ。エイプリルの父親と知った時はさすがに驚いたが、もう胸の中でさざ波も起こりはしない。冷静でいられる。しょせん、他人の命など屁のようなものだともう一人の自分がせせら笑っている。

冥界ではいざ知らず、この世なら黙っていれば誰にもバレやしないだろう。じいさまも気づいた様子はなかった。俺一人、死ぬまで口を閉ざして墓場まで持っていけば済む話だ。どうせ、アルウィンと一緒にいると決めた瞬間から俺の人生は、地獄への一本道だ。『地獄の最下層』行きは決まったようなものだ。

「ここにいたのか」

一階まで降りると、アルウィンと目が合った。今朝、『迷宮』へと出掛けたのでもう入ったと思っていたが、まだ地上にいたのか。

「……何かあったのか？」

隠していたつもりだったが、表情に出ていたらしい。

「じいさまから厄介な頼み事を押しつけられてね。うんざりしていたところ」

ウソは言っていない。ただ、永久に達成不可能と知っているだけだ。

「手を貸そうか？」

「いや、戦いがどうとかって話じゃないから」

「お前は、私が荒事しか出来ない女だと思っているな？　困ったことがあれば、私に相談しろ。もちろん、金以外でだ」

誰にも相談は出来ない。懺悔(ざんげ)など、俺の重荷を誰かに背負わせるだけだ。罪の意識から逃げようなんてマネは、俺には許されない。

君こそ忘れ物？　と問いかけると返事の代わりに俺を隅に引っ張る。人目を気にしながら口を開いた。

「この前話していた『受難者』の件だ」

「見つかったの？」

相槌を打ちながら重苦しい気分をムリヤリ振り払う。

「名前は違うが、それらしい男はいた。ドナルドの記録ともほぼ一致する。おそらくその男で間違いあるまい」

やはり冒険者の中に化けていたか。

「そいつはどこに？」

「『迷宮』の中だ。……体は、な」

そこで初めて、アルウィンが言いにくそうにしている理由を悟った。

「先日、街の中で頭から血を流して死んでいるのが見つかった。目撃者の話では、犯人は若い女だったそうだ。どうやら別れ話がきっかけで揉めていたらしい」

「それってどのあたり？」

「確か、『黄金の馬車亭』あたりだったな」

俺の脳裏に若い男の顔が浮かんだ。俺をぶちのめそうとしたので返り討ちにしてやった間抜けな男の顔が。

「亡骸は、『迷宮』にうち捨てられ、遺品は仲間が引き取ったらしい。その仲間も『迷宮』で死体となって見つかった」

「……そうか」

「本当に殺されたのか、誰かに口を封じられたのかは定かではないが、手がかりはこれで途絶えてしまった。ほかの『受難者』の存在も分からずじまいだ」

——なら後始末はしておくわ

女の声が頭の中に蘇る。


「何から何までサービスのいいことで」

「ん？」

「いや、何でもないよ」

笑みを作って誤魔化す。

「油断はしないでくれ。まだあいつらの仲間がどこかに潜んでいるかもしれない」

アルウィンは神妙な面持ちでうなずいた。

「それともう一つ。お前が話していた『ロンバルディの鋏』の件だ」

「分かったの？」

じいさまも知らないみたいだから、どうしたものかと思っていたのだが。

アルウィンはうなずいてから古びた本を取り出した。

「あいつらが信仰している聖典なるものがあってだな。その偽典に載っていた」

詐欺師太陽神教に限らず、聖典を編纂する際には、真偽不明なエピソードや文書や教えは除外される。聖典から外された文書や教えをまとめたものを外典や偽典と呼ぶそうだ。

「要するに異端の教えだ。信者や神父でも知らない者も多いらしい。探すのに苦労した」

それでニコラスも知らなかったのか。

アルウィンはもう一度周囲を確認し、声を潜めて言った。

「簡単に言えば、『ベレニーの聖骸布』と同様に、太陽神の血がついた聖遺物だ」

『聖骸布』はベレニーの死後、ズタズタに切り裂かれ、文字通り分散した。アルウィンの体内に入っているのもその一部だ。

「偽典によれば、『聖骸布』はベレニーの死後に欲深な者によって切り刻まれたという。その男の名前がロンバルディだ」

切り刻んだ時に、ババクソ太陽神の血が鋏にも付いてしまったと。聖典には載っていないから、知らない者も多いという。

「その鋏も『聖骸布』同様に、不思議な力を宿したらしい。だが、『聖骸布』と異なり、災いと不幸をもたらすものだそうだ」

ある者は美しい妻を願ったが、結婚式当日にその妻に刺殺された。ある者は鋏の力で億万長者になったが、一年後に事故で鋏が喉に突き刺さり、絶命した。ある者は永遠の若さを望んだが、手にした途端、周囲の人間たちは一人残らず年老いてしまった。またある者は、国王の地位を望んだが、隣国に攻め滅ぼされ、処刑された。

願いを叶（かな）える代わりに、不幸も背負わせる。それが『ロンバルディの鋏（はさみ）』だ。

「どっかで聞いたような話だな」

「昔話の類だと思っていたが、そうも言い切れまい」

そっと胸に手を寄せる。『ベレニーの聖骸布』とて、ただの伝説や与太話の類だと思っていたが、現実に俺は見たし、アルウィンの命を救った。

「あいつらがそれを手に入れたとしたら、何をしでかすか分かったものではない。くれぐれも気をつけてくれ」

「了解」

『迷宮』へと向かうアルウィンを見送り、家に戻る。街は平穏そのものだ。けれど、一皮むけば途方もない悪意を隠し持っている。金のために罪もない少女を悪党に売り飛ばそうとする程度には。街を歩く人間も善良って顔を張り付けている。『千年白夜（せんねんびゃくや）』から魔物があふれ出すような事態は当分の間起こらないだろう。けれど、人間の悪意はなくならない。ふとしたきっかけで『集団暴走（スタンピード）』を引き起こす。気をつけないと、次に潰されるのは俺やアルウィン、あるいはそこらで平気な顔をして歩いている誰かかもしれない。

家に戻ってきた。鍵が開いている。確かに閉めたはずだ。また泥棒かと思ったが、こじ開けある。大家か。俺の鍵はここにある。大家ならば、勝手に入り込みはしないはずだ。一体誰だ？　懐の『仮初めの太陽』を握りながら慎重に扉を開ける。

荒らされた様子はない。だが、人の気配がする。台所の方だ。足音を殺しながら静かに近づいていく。もしや、と嫌な予感が膨らんでいく。台所には、あめ玉の材料が隠してある。アルウィンの重大な秘密だ。もし誰かに知られたら、アルウィンは破滅する。だからこそ、それを知った者を何人も殺してきた。どこの何様であろうと。

足音を殺し、静かに忍び寄る。何かを探るような物音がした。予測通り、気配の主は台所にいた。下の棚を開け、その前で背を丸めてしゃがみこんでいる。

「エイプリル」

呼びかけると、銀髪の少女がびくっと体を震わせた。恐る恐る振り返った顔は、罪人のように青ざめていた。その手には、ボウルを持っている。その指先は白い粉で染められ、被せていたはずの布は半分、開けられていた。

「勝手に人の家に入るのはマナー違反だって、じいさまに教わらなかったのかい？」

自然と咎め立てるような声になっていた。エイプリルの体がしゅんと縮こまる。

「その、アルウィンさんから鍵を預かっていたのを忘れていて、それを返そうと思ったら、この前のお菓子が気になって……」

熱にうなされたように言い訳を並べ立てるが、何も頭に残らなかった。右から左へと頭の中を通り過ぎていく。

「開けるつもりはなかったんだけど、マシューさんのお菓子美味しいし、その……」

興奮しすぎて顔が真っ赤になるエイプリルを見ながら、頭の中が冷えていくのを感じた。

もっと警戒しておくべきだった。やってくれるよ、このお嬢様は。どうしてくれようか、と頭の中で様々な答えが浮かぶが、俺にとっての正解などとっくに決まっている。

「あの、このお菓子……その」

俺は何も言わない。その方が効果的だと知っているからだ。

「ゴメンなさい、その、これはね」

「悪い子だ」

すっかり恐縮しきったエイプリルの背中に窓から眩い日差しが降り注ぐ。薄暗い部屋の中でそこだけが隔絶されている。光の牢獄のようにも、別世界へ旅立とうとする天使にも見えた。

俺は静かに近づき、元の力が両腕にみなぎるのを感じながらエイプリルからボウルを取り上げた。

あ、と小さく漏らしたその声と姿に、気持ちが萎えかける。だが、これは今後のためにも避けては通れない義務だと、腹の底から気力を振り絞る。俺の影に覆われたエイプリルに向かい、非情に告げる。

「言わなかったっけ？　このパウンドケーキの生地は一晩寝かせておいた方が美味しいんだ。いちいち様子見で出し入れしていたらかえってダメになる」

「ゴメンなさい……」

見るも哀れなほどしょんぼりする。俺はため息をついた。

「君の自業自得だ。今からそいつを焼き上げるから食べてくれ。ただし、味の保証はしない。いいね」

「うん」

真新しい窯でパウンドケーキを焼いていく。エイプリルは窯の前で今か今かと踊るように待っている。その背中を見ながら俺は冷汗をぬぐう。

念のためにとあめ玉とその材料を天井裏に移しておいたのは正解だった。日頃の用心がこんなところで役に立つとはな。これ以上、殺したくもない人間を殺したくない。

「どうしたの？　マシューさん」

俺の視線に気づいたのだろう。エイプリルが不思議そうに振り返った。まっすぐに、透き通った瞳を俺に向ける。

「別に」俺はそっぽを向きながら言った。「意地汚いお嬢様をどうやってブクブク太らせてやろうかと考えているところ」

「だから、もう謝ったじゃない」

「砂糖もバターもたっぷり使ってやる。今日の晩飯は食えなくなる。せいぜいじいさまに怒られるといい」

「イジワル！」

エイプリルが俺の足を蹴飛ばした。この元気があれば大丈夫だろう。

「そういえば」

話をそらすための話題を頭の中で探っていたら、思い出した。

「あの時、何言おうとしていたんだ？　ほら、あの廃屋で」

「え、そうだっけ？」

首をかしげる。

「ゴメン、覚えてない。もういいの」

「あっそ」

覚えていないのに、もういい、か。まあ、言いたくないのならそれでいい。ムリヤリ聞き出すつもりはないからな。

「うん、もういいんだ。ワタシじゃ……勝てそうにないから」

寂しそうにつぶやいた。意味は不明だが、詳しく追及するつもりはない。乙女の秘密を暴き立てるつもりもない。

パウンドケーキを腹いっぱい食わせたが、まだ日は高い。

「これからどうする？　家に帰るのか」

「今から養護施設(ホーム)に行こうかと思って」

「あいつらの頭を下げさせるわけか」

なめたマネしてくれたからな。顔中泥まみれになるくらい頭を下げさせてやればいい。エイプリルにはその権利がある。エイプリルにはその権利がある。エディの奴(やつ)は騎士様のように体を張って助けに来たような行動を取っていたが、そもそも真っ先に売り飛ばそうとしたのもあいつだからな。

「もう、違うって」

煩わしそうに首を振る。

「みんなともう一度話がしたいからさ」

健気(けなげ)だな。あれだけの目に遭ったというのに。

普通なら人間不信になってもおかしくない。俺ならなっている。

「送っていくよ」

あのガキどもが何をしでかすか分かったものじゃない。掛けられた賞金は解除されたが、何事にも例外は付きものだ。何より、エイプリルはもう十四歳だ。これから良からぬ欲情を抱く者もどんどん多くなるはずだ。

外へ出て、二人並んで歩けば、視線が集まる。露天商が気まずそうに目をそらした。あの顔は覚えている。ハリソンにそそのかされて、エイプリルを追いかけ回した奴(やつ)だ。今度、通りすがりに屁をこいてやる。

「そういえば、オリバーは元気かい？」

「もうすっごい元気だよ」

あのデブ猫は、正式にエイプリルの飼い猫になったらしい。じいさまも孫娘に迷惑を掛けた手前、断り切れなかったようだ。いつも眠ってばかりだが、気が向いたときにはネズミを狩っては、エイプリルに献上しているらしい。夜になると、悲鳴がしょっちゅう聞こえると、もっぱらのウワサだ。

「それで、ノーラの代わりってどうなったんだっけ？」

今回の件で心労が重なり、昔からの腰痛が悪化したらしい。正式に侍女を引退した。今は家族の元で療養しているという。

「新しい人が来てくれるの。護衛も兼ねていて、すっごく強いんだから」

じいさまのことだから騎士団でも配備するかと思った。

「美人？」

「内緒」

エイプリルがイタズラっぽく含み笑いをする。

「そのうちマシューさんにも会わせてあげるね」

「期待して待っているよ」

エイプリルはうなずいてから寂しそうに俯く。

「……だから、これからもギルドや養護施設にも行くつもり」

「……この街を出ないのか？」

今回の件でエイプリルも理解したはずだ。この街の悪意は、醜悪で容赦がない。じいさまもいつかはいなくなる。守る者のいなくなったお嬢様は、悪党どもの格好のエサだ。

ハリソンは捕まったが、まだまだ『魔俠同盟』の屋台骨は健在だ。

「……お爺様にも言われた。この街を出て王都の学校に通いなさいって」

「その方がいいよ」

勉強も出来るし、まともな友達も出来るだろう。冒険者なんて社会のクズどもと関わるよりもっと幸せになれる。

「でも、ここがワタシの生まれた街だからさ」

故郷ね。俺には理解できない感情だ。帰りたいなんて思ったことがないからな。

それに、とエイプリルは笑いながら続けた。

「だって、みんながいるから」

終章　幽冥と夜を生み出す

「で、次はいつ出来る？」

　俺の問いかけに、ニコラスは困った顔をした。

「簡単に言ってくれるがね。薬の開発というのは試行錯誤の繰り返しで、一朝一夕にできるものでは……」

「御託はいい」言い訳を聞くつもりはない。

「金なら渡した。俺は役目を果たした。次は先生の番だ」

　解毒薬の生成と同時に新たな薬の開発も進めてもらっている。前回よりも更に効果のあるものだそうだ。解毒薬と同時に禁断症状を抑える薬も開発させている。

　完成すれば毒と薬を同時に飲むなんて、不毛なマネをせずに済む。アルウィンも地獄から這い上がれる。

「善処するよ」

　ニコラスは呆れた様子で鼻を掻いた。

「それにしても、あの大金はどうやって……」

「素敵なパトロンが見つかったんだ」

やくざの『隠し財産』をちょろまかしました、と言ったらまた面倒なことになりそうだからな。秘密を知る人間は少ない方がいい。

「……あまり、彼女を悲しませないように」

「あいよ」

いくら前職が坊主だからといって、説教を聞くつもりはない。

「アンタこそ気をつけてくれ」

この街にはまだ回虫太陽神の手下がうろついているのだ。

「当分は、この家と『迷宮』の往復生活だ。なるべく外出も控えてくれ」

「退屈だね」

「むらむらしちまったらお姉ちゃんでも呼んでくれ。『夜の回遊魚』って店がやってくれる。そこらのガキを使いに出せば、来てくれる。ただし、チェンジは二回までだ。それ以降は使い料金を取られるから慎重に……」

「無用だ！」

ニコラスの顔がわずかに赤くなる。

「悪い」

聖人君子みたいな面している奴を見るとつい、怒らせたくなる。我ながら悪いクセだ。

「じゃあ、俺は行くから。解毒薬の件は頼む」
「どこへ行くのかね？」
「お楽しみだよ」

「ありがとうございました。またいらしてくださいね」
媚を売ったような声が聞こえる。扉を閉める音に続いて、水の音がする。皿やコップでも洗っているのだろう。

ここは『黄金の馬車亭』の地下だ。前の店主が、客の逢瀬や交情を聞くために密かに作った部屋だ。以前、闘鶏バクチを当ててやった礼にと、特別に教えてもらったのだ。その時の助平顔ときたら、今でも忘れられない。

ほかの店員には気づかれないよう、入り口は外に作ってある。サマンサはよそ者だ。居抜きで買ったというからここには手を入れていないと踏んだのは正解だったようだ。存在すら気づいていないのだろう。

サマンサの弱点や、不利になる情報が手に入らないかと、試しに入り込んでみたが、今のところは、ろくでもないものばかりだ。

サマンサを口説こうとする粘っこい声や、真っ昼間から酔っ払いが小間物をぶちまける音だの、と耳が腐りそうだ。うんざりしかけた時、動きがあった。急に店から客を出し始めたのだ。

窓や扉を閉める音もする。きっと大切な客が来るのだろう。何者かは知らないが、サマンサや腐れ外道太陽神の秘密を探るチャンスだ。

待つことしばし。扉が開く音がした。

来たか。俺は目を閉じ、耳を澄ませて集中する。

「あら、いらっしゃい」

扉の閉まる音に続いてイスを引く音がした。

「今日もまた、面白い格好をしているのね」

返事はなかった。カウンター越しに向かい合っているのだろう。酒も出したか。足音から察するに、客は一人か。

「それで、例のものは持って来てくれたんでしょう？」

ごとり、と重いものが落ちる音がした。

「……これが『ロンバルディの鋏(はさみ)』なのね」

サマンサが感慨深そうに言った。動かすような音もしたから、ためつすがめつ確かめているのだろう。まさか、あの鋏(はさみ)を手に入れたのか？　一体どこで？

「この街を最後に行方が途絶えていたから、誰かが隠し持っていると踏んだのは正解だったようね、ご苦労様」

「……」

　何事か『客』が話したようだが、声が小さすぎて聞き取れない。

「無知な人間にこれの真の価値は分からないでしょうね。鋏とすら認識できないもの」

　どういう意味だ？　別の物に偽装されていたってことか？　俺の疑問をよそに話は続く。

「……そうね、そちらは見当違いだったわ。ゴメンなさい。けれど、あの彼を泳がせたのは結果的には正解だったわね。お陰で目的のものに辿り着いた」

　どこかのバカが踊らされて、『ロンバルディの鋏』まで『客』を案内したってか。余計なマネをしてくれる。どこの間抜けだ？

「でも遅くないかしら。あなたが手に入れたのは、もう七日も前のはずよね」

　サマンサの声が刺々しくなる。七日前といえば、俺たちが『伝道師』のランディと戦った時だ。まさか、『ロンバルディの鋏』は本当にあの地下室にあったのか？　いつの間に手に入れた？　俺の動揺をよそに、サマンサの声はますます険しくなる。

「まさか、独り占めする気だったのかしら？　それとも、何か別の目的が？」

　温厚ぶってはいるが、しょせんはクサレ外道の手下だ。返答次第では平然と八つ裂きにしてのけるだろう。

　何と返事をするつもりか、と息を呑んでいると『客』の声が聞こえた。

「そんな小汚い刃物に興味はありませんよ。わたしはもっと見た目も切れ味も優れた剣が好きなんです」

頭の中が真っ白になる。

今の声は、確かに……いや、そんな、まさか。

呆然とする間にも会話は続いている。

「その『神器』みたいに？」

「本当はもう少し短い方が取り回しも良いんですけど」

「あのお方の創造物が気に入らないのかしら？」

「好みの問題ですよ」

サマンサの声に凄みが混じっても『客』は一向に態度を改める様子はない。

「そもそも神様のくせに『千年白夜』が何階まであるかも分からないんですか？」

「あそこは、太陽の光の届かない『異界』だもの」

「神様もたかがしれていますね」

空気を切り裂く音がする。

沈黙が流れる。おそらくは、サマンサが刃物を『客』に突き付けているのだ。

「怒らないで下さいよ。その偉大なお方のせいで、わたしは片腕が動かなくなったんですよ。

しかも利き腕。グチぐらい零したっていいじゃないですか」

「ランディを殺したのはあなたね」

「小物じゃないですか。『迷宮』にも潜れないし大した役にも立たない、でくの坊ですよ」

その口調に悪びれた様子はなかった。

「あれなら、うちのデカブツの方が万倍は役に立ちますよ。ロクデナシですけど、その分悪知恵が働きますからね」

サマンサがため息を吐く気配がした。こと、と音がした。刃物をカウンターにでも置いたのだろう。

「それで？　お仲間候補の方はどうなっているのかしら？」

「話になりませんね」

文字通り、鼻で笑う。

「ちょっとしごいてやったらピーピー泣いて逃げ出すような雑魚ばかりじゃないですか。あんなのと一緒に『迷宮』に潜れとか、わたしを殺す気ですか？　もっと腕の立つのをよこして下さいよ。有能なリーダーとか、怪力で誠実なドワーフとか、あと性格悪いのとか、性格悪いのとか……メチャクチャ性格悪いのとか」

酔っ払ったかのように『客』の女がまくし立てる。『迷宮』攻略のための仲間を募っているのか？　けれど、『客』はその実力に満足せず、追い返している。

「……雇うのは、結構高かったんだけどね。四つ星だったのよ」

「ならあと三つです。もう少し頑張りましょう。ファイトです」

他人事のように励ます。もし俺がサマンサの立場なら即座に首を絞めている。

「また新しい候補は揃えておくわ。何人死んでも構わない。けれど、その前にやって欲しいことがあるの。異教徒どもが動き出したわ。ジャマはされたくないの」

「はいはい、そっちはわたしがやればいいんですよね」

イスを引く音とともに、立ち上がる気配がした。

「それじゃあ、また。今度は半月くらい後で」

「来る時は連絡をちょうだい。あと、もっと早い時間に来てくれるかしら。営業中に店を閉めたくないの」

「眠いから嫌です」

「……」

「冗談ですよ。分かりましたから。その『クスリ』、見せびらかさないで下さい」

へらへらと笑いながら後ずさる音がした。都合が悪くなると逃げを打つ姿が見なくとも容易に想像がつく。

「それでは、また」

「ええ、またね」

一瞬の沈黙の後、二人の女は同時に言った。

「『太陽神はすべてを見ている（ソル・ニア・スペクタス）』」

ぐらり、と世界が揺れた気がした。めまいがして壁に手をついた瞬間、けたたましい音がした。振り返れば、壁に立てかけてあった棒きれが倒れていた。

その瞬間、頭上の気配が冷ややかなものに変わる。

「……どうやら、ネズミが潜り込んだみたいね」

しまった、気づかれた。俺はためらわず外に出ると、一目散に外へ出て人混みの中に紛れ込む。何度も角を曲がり、追ってこないのを確認してから壁にもたれかかり、息を吐く。

自分の聞いたものが何かの間違いであってほしかった。

だが、あの声は疑いようもない。

確かに仲が良かったとは言い難（がた）い。気に入らないところも山ほどある。ケンカした数なんて数えきれないくらいだ。それでもお互いに命を張って戦ってきたし、助け合ってきた。

少なくとも、俺は仲間だと思ってきた。

それが、まさか……。

「クソ、情けねえ」

昔の俺ならば即座にあの場に乗り込んで、ぶん殴ってでも白状させていただろう。だが、今の俺では勝ち目は薄い。建物の中では俺の力は制限される。何より、と懐(ふところ)から『仮初めの太陽(テンポラリー・サン)』を取り出し、舌打ちする。ひび割れはまた深くなっている。この分では、いつ砕けてもおかしくない。

もしあいつが敵に回ったとしたら一大事だ。

デズに相談するべきだとは思うが、もしあの女がサマンサ……『伝道師』とつながっているのならうかつな手は打てない。芋づる式にアルウィンにまで被害が及びかねない。

金は手に入った。アルウィンの『迷宮病』も落ち着いている。解毒(げどく)薬の量産も時間の問題だ。何もかもこれからって時に、次から次へと厄介事が増えていく。

こんがらがった頭で考えたところでまとまるわけがない。こういう時は一度頭を空っぽにするに限る。背を丸めながら目に付いた酒場に飛び込んだ。

久しぶりにしこたま飲んだ。いつもは金欠でアルウィンの小遣いで節約しながらちびちび飲んでいるから久しぶりに深酒しちまった。足もふらついて、通りかかったお兄さん方に蹴り飛ばされたが、いつものことだ。

思えば、今回の一件は訳の分からないことばかりだった。ようやく『スタンピード』が片付いたというのに、大勢の人間の思惑が複雑に絡(から)み合(あ)い、混ざり合って街を巻き込む騒動にまで発展した。今のところは落ち着いてはいるが、火種はまだあちこちに、くすぶっている。『魔(ま)

侠同盟』や『まだら狼』に『群鷹会』といった裏社会の連中に、路上の紳士たち、『聖護隊』とその隊長様、冒険者ギルドのギルドマスターとその孫娘、養護施設の子供たちに、太陽神の『伝道師』に『受難者』、元・冒険者である昔の仲間たち、そして冒険者パーティ『戦女神の盾』を率いる『深紅の姫騎士』様とそのヒモ。これだけややこしい面子が揃っているのだ。いつどこでまた、魔女の大鍋のような状況が起こってもおかしくはない。

『灰色の隣人』は、そういう街だ。

今日はもう帰るか。面倒なことはまた明日考えりゃあいい。

「あ、マシューさん！」

急に声を掛けられて、思考が中断される。

振り返れば、馬車の窓からエイプリルが手を振っている。

思っていたより、時間が経っていたようだ。もう夕暮れだ。

「よう、おちび。元気そうだな」

「だから、おちびって言わないで、って言っているでしょ！」

手を振り下ろすが、馬車の上からなのでかわすのは簡単だ。

「……ああ、ゴメンなさい。うん、少しだけだから」

エイプリルが馬車の奥に向かって言い訳をする。新しい護衛とやらでも乗っているのだろう。

「また服でも買いに行くのか？」

「養護施設(ホーム)に寄ってきて、今帰るところ」

「またクソガキどもに悪さされたら俺に言え。尻が赤くなるまで蹴り上げてやるからよ」

エディのやつ、この前からエイプリルを見る目が変わってきたからな。色気づきやがって。

「……マシューさんどうしたの？　元気ないね」

エイプリルの顔が曇る。どうやら憂鬱が顔に出ていたらしい。酒なんかでごまかしきれないのは、分かっていても飲んじまう。

「闘鶏バクチで外してすってんてんになったから。デズから金借りてちょっちやけ酒飲んできたところ」

「マシューさん」

エイプリルが軽蔑しきった目で睨(にら)み付(つ)ける。

「いい加減、働いたら？　アルウィンさん、今日も『迷宮』でしょ？　そうだ、今度の市の日に屋台でお菓子を出すっていうのは……」

「さっきそこで立ち小便したら作り方も忘れちまった」

「最低！　もう！」

それでいい。尊敬も心配もされたくない。ふくれっ面(つら)して適当にダメな大人の相手してくれれば、俺に言うことはない。

「お嬢様、そろそろお時間です」

　エイプリルの横から黒い髪の女が顔を出した。

　その瞬間、俺は動けなくなった。見えない鎖でがんじがらめに縛られたかのようだった。硬直する俺に構わず、そいつは反対側の扉から馬車を降りて俺の前に立つ。

「ご挨拶が遅れました」

　白い長袖のワンピースに、その上から袖のない青いドレスを着ている。そして腰には似つかわしくない剣を帯びていた。うやうやしく一礼する。

「わたし、この度お嬢様付きの侍女になりましたナタリーと申します」

「……お前が？」

　どうにかそれだけを絞り出した。色々なことが多すぎて頭が付いてこない。

「天職でしょう？」

　とっさにエイプリルの方を向いたら、そうだよ、とうなずいた。

「ナタリーさん、すっごく強いんだよ。こんなにキレイなのに剣の名人なんだよ！」

　知っているよ。何千という魔物の大群を切り伏せ、巨大なロックゴーレムを真っ二つにしたのも、俺はこの日で見てきた。

「あんなこともあったし、物騒だからって。じーじが。そしたら侍女としてなら雇われてもいいってナタリーさんが」

　護衛向きかどうかはともかく実力は本物だ。俺が保証する。

「でも、こいつ雑草と茶葉の区別も付かないんだぜ。前にそこらの雑草で茶を飲ませても美味いって二杯もおかわりして……」

「口を慎まれてはいかがですか？」

お高くとまった口調で冷ややかに笑う。

「旦那様より仰せつかっておりますので」

喉元にナイフを突きつけてきやがる。物騒な侍女だ。

俺はナタリーを馬車の陰に連れていく。

「どういうつもりだ？」

「あなたと一緒ですよ」

小声でささやくと、ナタリーはとぼけたように肩をすくめた。

「わたし、あの子のこと気に入ったんですよ。お屋敷も貴族みたいに堅苦しくありませんし、あの子の世話をしてお金ももらえますからね。好都合じゃないですか」

「それで自分から売り込んだのか？」

「二つ返事でしたよ」

元・七つ星冒険者が護衛についたのだ。二つ返事かはともかく、じいさまにとっては渡りに船だろう。

「金ならこの前、渡したじゃねえか」

「使っちゃいました」

一瞬、言っている意味が分からなかった。

「武器屋にですね、ちょうどいい出物がありまして」

少し前の俺ならアホか、と呆れ(あき)ながら説教しただろう。だが、今はそんな気分になれなかった。あの金は本当にお前の武器収集に使ったのか？　まさか、毛虫太陽神の尖兵(せんぺい)をかき集めるための資金になったんじゃないだろうな。

考えれば不審な点はいくつもあった。

初めてこの街で出会った時もそうだ。『呪い』を掛けられたはずの左腕が動いたこと自体、本来ならあり得ない。根性や腕力でどうにかなるなら、俺がとっくに何とかしている。なのに、こいつは『暁光剣(ドーンブレード)』の能力も使わずに剣を振り回してのけた。

俺がドナルドを見張っていた時、こいつが出てきたのは『黄金の馬車亭』だった。

地下室に駆けつけたのは、偶然ではなかったのか？　街をあちこちうろついていたのは、『ロンバルディの鋏(はさみ)』を探していたからなのか？

中身を奪われ、空になったはずのカバンを何故(なぜ)大事そうに抱えた？　あの中には、地下室から盗み出した『ロンバルディの鋏(はさみ)』を隠したからではないのか？

この街に来たのは、本当に身を隠すためなのか？

そもそも死んだふりをしたのが、昔の敵に狙われたからって理由自体、本当なのか？

聞きたいことは山ほどあったが、声にはならなかった。

信じられない。信じたくない。曲がりなりにも命がけで戦ってきた仲間だ。

俺と同様、『呪い』のせいで地獄の苦しみを味わったはずだ。

そんなこいつが、クソゲス太陽神の『受難者』に成り下がったなどと。

「ナタリー、お前……」

「マデューカス」

俺からの追及を制するように昔の名前で呼んだ。それから、エイプリルを横目で見る。

「わたしが、あの子を気に入っているのは本当です。あの子の安全はわたしたちの……

『百万の刃(ミリオンズ・ブレイド)』の名にかけて、保証します。それだけは信じてください」

何を信じろってんだ。それじゃあ、まるで懺悔(ざんげ)じゃねえか。

それと、とナタリーは俺の唇に指を当てながら言った。

「乙女の会話を盗み聞きするのは感心しませんよ」

今度こそ、打ちのめされた気がした。

「……誰が、乙女だって？」

「失礼ですね」

ナタリーは肩を揺らして笑った。

「では、わたしはこれで失敬しますね。また会いましょう、マデューカス！」

「そいつは死んだよ」

「そうでしたね」

ナタリーは肩をすくめた。

それから再び馬車に乗り込み、エイプリルとともに去っていった。

遠ざかっていく馬車を見ながら俺は肩を落とした。ここ数日で色々なものが目まぐるしく変わった気がする。ひどく疲れた。お姉ちゃんの店に行って発散する気にもなれない。すっかり酔いも醒めちまった。今日はもう帰ろう。踵を返してその場を立ち去ろうとしたとき、背後から声が聞こえた。

「マデューカスだと？」

心臓が跳ね上がる。

いつもの制服ではないから私用か何かなのだろう。振り返れば、『聖護隊』の隊長様が取り乱した様子で近づいてきた。

「まさか、『百万の刃』の『巨人喰い』マデューカスか？」

言葉自体は疑問形だが、ヴィンセントの語気は確信に満ちていた。以前から俺がただのヒモではないと怪しんでいたからな。

「どういうことだ？　まさか、本当にお前が……」

俺の肩をつかみながら激しく揺する。

落ち着けよ。そんなに揺さぶられたら、返事も出来ないだろうが。お前の聞き違いだよ、あいつは、「マシューさん」って言ったんだ。耳垢（みみあか）でも溜（た）まっているんじゃないか？　一度耳掃除でもした方がいい。俺で良ければ、有料でやってやるよ。特別に膝枕のサービス付きだ。

いつもの『減らず口（ワイズクラック）』で応じるつもりだったが、その気力も起きなかった。完全に、俺の容量（キャパシティ）を超えちまった。

あのアホ、またとんでもない『暴風（テンペスト）』を残していきやがった。

呆然（ほうぜん）と立ち尽くす俺に、ヴィンセントは詰問（きつもん）を続ける。

「答えろ」

続く

あとがき

この度は『姫騎士様のヒモ』五巻をお読みいただき、誠にありがとうございます。今回から第二部開始となります。金と欲望と暴力という、異世界ノワールらしい話になったのではないかと思います。

この巻では大変な目に遭ったエイプリルですが、実は応募原稿の時点では存在しないキャラでした。改稿にあたり「ヒロインを増やした方がいい」という提案を編集担当の田端様よりいただきました。「この街に似合わない、超人畜無害な存在」というコンセプトからギルドマスターの孫娘という設定を付け加え、エイプリルが誕生しました。

女好きでだらしないマシューにも親身になってくれる、優しい子にしようと思っていたはずなのですが、気がつけばお節介焼きで足癖の悪い女の子になってしまいました。小説や漫画で「キャラクターが勝手に動き出す」という話をよく耳にしますが、本作でも似たような現象が起こったのかもしれません。書いていくうちにそれがエイプリルらしさになったのでしょう。今後も彼女らしく、最後まで駆け抜けてくれれば、と願っています。

一巻の頃と比べて、マシューとアルウィンを取り巻く環境は変わりました。好転したものもあれば、ますます泥沼にはまっていくものもあります。エイプリルの災難はひとまず決着しましたが、別の火種はいまだにくすぶり続けています。

マシューはただのヒモではいられず、アルウィンもまた高潔な姫騎士ではいられません。窮地に立たされた二人がどのような選択をするか、今後ともお付き合い願えたらと思います。

最後になりましたが、今回も美麗なイラストで作品を盛り上げていただいたマシマサキ様、エイプリルのもう一人の生みの親にして編集担当の田端（たばた）様、そして本作の制作に携わった方々にもこの場を借りて御礼申し上げます。

大暑の日に。

白金透（しろがねとおる）

次巻予告

姫騎士様のヒモ

He is a kept man
for princess knight.

―第6巻―

Story

明かされた衝撃の事実。

動揺するヒモにさらなる試練が訪れる――

加速する異世界ノワールは第６弾へと突入！

2024年春

発売予定

◉白金 透著作リスト

「姫騎士様のヒモ」(電撃文庫)
「姫騎士様のヒモ2」(同)
「姫騎士様のヒモ3」(同)
「姫騎士様のヒモ4」(同)
「姫騎士様のヒモ5」(同)

本書に対するご意見、ご感想をお寄せください。

ファンレターあて先
〒 102-8177　東京都千代田区富士見 2-13-3
電撃文庫編集部
「白金 透先生」係
「マシマサキ先生」係

本書は書き下ろしです。

電撃文庫

姫騎士様のヒモ5

白金 透

2023年9月10日　初版発行

発行者　山下直久
発行　株式会社KADOKAWA
〒102-8177　東京都千代田区富士見2-13-3
0570-002-301（ナビダイヤル）
装丁者　荻窪裕司（META＋MANIERA）
印刷　株式会社暁印刷
製本　株式会社暁印刷

●お問い合わせ
https://www.kadokawa.co.jp/（「お問い合わせ」へお進みください）
※内容によっては、お答えできない場合があります。
※サポートは日本国内のみとさせていただきます。
※Japanese text only

※定価はカバーに表示してあります。

ISBN978-4-04-915143-5　C0193　Printed in Japan

電撃文庫　https://dengekibunko.jp/

電撃文庫DIGEST　9月の新刊

発売日2023年9月8日

魔王学院の不適合者14〈上〉
～史上最強の魔王の始祖、転生して子孫たちの学校へ通う～

著／秋　イラスト／しずまよしのり

世界を滅ぼす《銀滅魔法》を巡って対立する魔弾世界とアノスたち。事の真相を確かめるべく、聖上六学院の序列一位・エレネシアへ潜入調査を試みる——!!　第十四章《魔弾世界》編、開幕!!

ブギーポップは呪われる

著／上遠野浩平　イラスト／緒方剛志

県立深陽学園で流行する「この学校は呪われている」という噂は、生徒のうちに潜む不安と苛立ちを暴き暗闇へ変えていく。死神ブギーポップが混沌と無情の渦中に消えるとき、少女の影はすべてに牙を剥く——

はたらく魔王さま!　ES!!

著／和ヶ原聡司　イラスト／029

真奥がまさかの宝くじ高額当選!?　な日常ネタから恵美たちが日本にくる少し前を描いた番外編まで！『はたらく魔王さま！』のアンサンブルなエントリーストーリー！

ウィザーズ・ブレインX
光の空

著／三枝零一　イラスト／純 珪一

天樹錬が世界に向けて雲除去システムの破壊を宣言し、全ての因縁は収束しつつあった。人類も、魔法士も、そして大気制御衛星を支配するサクラも見守る中、出撃の準備を進める天樹錬と仲間たち。最終決戦が、始まる。

姫騎士様のヒモ5

著／白金 透　イラスト／マシマサキ

ギルドマスター逮捕に揺れる迷宮都市。彼が行方を知るという隠し財産の金貨百万枚を巡り、孫娘エイプリルにも懸賞金がかかってしまう。少女を守るため、ヒモとその飼い主は孤独に戦う。異世界ノワールは第2部突入！

怪物中毒3

著／三河ごーすと　イラスト／美和野らぐ

街を揺るがすBT本社CEO危篤の報。次期CEOの白羽の矢が立った《調薬の魔女》・蛍を巡り、闇サプリをキメた人獣や古の怪異が襲いかかる。零士たちはかけがえのない友人を守り抜くことはできるのか？

飯楽園—メシトピア—
新作 **崩食ソサイエティ**

著／和ヶ原聡司　イラスト／とうち

ジャンクフードを食べるだけで有罪!?　行き過ぎた健康社会・日本で食料国防隊に属する少女・矢坂ミトと出会った少年・新島は、夢であるファミレスオープンのため「食」と「自由」を巡り奔走する！

ツンデレ魔女を殺せ、と女神は言った。
新作

著／ミサキナギ　イラスト／米白粕

異世界に転生して聖法の杖になった俺。持ち主の聖女はなんと、長い銀髪とツリ目が特徴的な理想のツンデレ美少女で大歓喜！　素直になれない“推し”とオタク。それは異世界の命運を左右する禁断の出会いだった——？